SCHEINBEZIEHUNG MIT MEINEM BESTEN FREUND

Eine süße Kleinstadt-Romantikkomödie

Deutsch Sisters & Sweethearts
Buch 2

KATE O'KEEFFE

Übersetzt von
STEFFI KS

Wild Lime
Books

Übersetzt von Steffi KS.

Urheberrecht © 2025 Kate O'Keeffe

ISBN: 978-1-991378-01-9

Prolog

Gabe

Kennst du dieses eine Zitat von Eleanor Roosevelt über Freundschaft? Darüber, dass nur wahre Freunde Fußspuren im Herzen hinterlassen? Nun, die Spuren in meinem Herzen stammen von Ryn Cole. Sie sind ungefähr Schuhgröße 37, je nachdem wie der Schuh ausfällt, nie wirklich subtil und fast immer von Tennisschuhen.

Eines der großartigsten Dinge daran, Ryn als beste Freundin zu haben, ist, dass sie zu jeder Tages- und Nachtzeit da ist – mit einem Lächeln, einem findigen Kommentar und Ratschlägen, die genau zu mir passen.

Wir verstehen einander. Wir funktionieren zusammen.

Weißt du, Ryn und ich sind bereits seit unserer Kindheit beste Freunde, seit sie Macauley Gellert gesagt hat, er solle aufhören, mich zu hänseln, weil ich keinen Vater habe oder sie würde ihm mit ihrem Bleistift in den Arm stechen. Damals waren wir sieben Jahre alt. Sie hat es nicht getan. Musste sie auch nicht. Macauley ließ seine Hänseleien sein – und ich? Nun, ich fand meine beste Freundin.

Wir sind beide in Hunter's Creek aufgewachsen, im weitläufigen Pazifischen Nordwesten, genauer gesagt in Washington, wo die Bäume hoch und das Flanell zu Recht kariert ist. Wo anständige, aufrichtige Menschen leben, die sich umeinander kümmern – auch wenn sie manchmal dazu neigen, zu tratschen und sich einzumischen.

Manchmal? Wem will ich hier eigentlich etwas vormachen? Es ist die *ganze* Zeit so. Ich würde sogar so weit gehen zu sagen, dass Hunter's Creek ohne das Fundament von Einmischung und Klatsch und Tratsch im berühmten Regen von Washington davon gespült werden könnte.

Aber weißt du was? Ich kenne kein anderes Leben und möchte es auch nicht. Hunter's Creek ist mein Zuhause. Und es ist auch das Zuhause meiner besten Freundin – mit ihren Fußspuren.

Was ich getan habe, um eine beste Freundin wie Ryn Cole zu verdienen?

Ich schätze, ich hatte einfach Glück.

Ich parke meinen Truck an unserem üblichen Platz, einer Lichtung am Stadtrand an den Ausläufern des dichten Waldes. Hunter's Creek wurde als Holzfäller-Siedlung gegründet und ohne diese Bäume, die sich Meile um Meile erstrecken, würde unsere Stadt nicht existieren.

Der Nachthimmel ist geradezu atemberaubend – die

einzigen Lichter kommen aus der Stadt, ein paar Meilen entfernt. Eingefasst von den Silhouetten der hoch aufragenden Bäume breitet sich der Himmel wie eine Decke aus, gespickt von Millionen winziger, leuchtender Punkte.

Ich weiß, ich werde poetisch. Es ist schwer, das nicht zu werden, wenn man von solcher Schönheit umgeben ist. Und all das liegt direkt vor unserer Haustür, bereit, genossen zu werden.

Das ist genau das, was meine beste Freundin Ryn und ich gerade tun.

„Ist das der Große Wagen?", fragt sie und zeigt in den Himmel.

Ich bin dankbar für die Wärme des Motors an unserem Rücken, während eine kühle, frühsommerliche Brise die Nachtluft durchzieht.

Ich folge ihrem Blick zu einer Ansammlung von Sternen, die zusammen wie ein großer Einkaufswagen aussehen. Ich stupse sie mit dem Ellbogen an. „Hast du etwa heimlich gelernt?"

„Ich bin einfach natürlich begabt", erwidert sie mit einem Lächeln, ihre haselnussbraunen Augen schimmern im schwachen Licht.

„Du bist natürlich begabt darin, Sternbilder zu kennen? Gibt's das überhaupt? Das ist doch nicht wie begabt in Mathe oder im Komponieren von Symphonien zu sein."

„Mathe kann ich auch."

„Und du könntest dich hinsetzen und eine Symphonie komponieren, wenn du wolltest?"

Sie lacht leise und klingend. „Klar. Warum nicht? Erinnerst du dich? Ich habe im Schulorchester die Triangel gespielt."

„Einmal, Ryn-Ryn. Du hast die Triangel ein einziges

Mal gespielt, und wir wissen beide, dass es eine Wette war."

Sie seufzt zufrieden und blickt wieder zum Nachthimmel auf. „Die einfachsten zwanzig Dollar, die ich je verdient habe."

Ich lache, während ich den Kopf schüttele. Das ist die andere Sache, die meine beste Freundin und mich ausmacht: Wir necken uns. Oft. Foppen, necken, uns gegenseitig aufziehen. Es macht Spaß, ist vertraut und ein großer Teil dessen, wer wir sind: große Kinder, schätze ich.

Tatsächlich haben wir uns als Teenager geschworen, nie erwachsen zu werden. Wir sind Peter Pan und Petra Pan aus Nimmerland – uns ist damals kein besserer Name eingefallen.

Wir waren uns einig, dass Erwachsensein mit Verantwortung und Ernsthaftigkeit einhergeht, und keiner von uns möchte das. Wir wollen im Moment leben und uns keine Sorgen um das Morgen machen. Unser Leben führen, so wie es jetzt ist.

Vielleicht denkst du, das macht uns unreif, vielleicht sogar festgefahren. Mit 23 sollten wir es doch besser wissen.

Ich bin der Überzeugung, es macht uns furchtlos.

„Ich werde mir einen Großen Wagen holen und zu meiner Sammlung zu Hause hinzufügen", sagt sie. „Das würde die Himmelskugel, die ich aufgebaut habe, perfekt abrunden."

Ich pruste los. „Du nennst deine Zimmerdecke jetzt eine ‚Himmelskugel'?"

„Sie *ist* eine Himmelskugel, G", sagt sie und benutzt den Spitznamen, den nur Ryn für mich hat. „Die Ryn-Cole-Himmelskugel, aus offensichtlichen Gründen."

„Originell."

„Diese berühmten Astronomen benennen Sternbilder ständig nach sich selbst. Ich folge nur ihrem Beispiel."

Seit ich Ryn kenne, hat sie diese leuchtenden Plastiksterne an ihrer Decke. Sie arrangiert sie kunstvoll, angeblich dem echten Nachthimmel nachempfunden. Zumindest behauptet sie das. Wir verbringen zwar viel Zeit im Sommer damit, die Sterne anzuschauen, aber ich bin eher wegen der Gesellschaft hier als wegen irgendwelcher astronomischer Bildung.

Aus dem Augenwinkel lasse ich meinen Blick über sie schweifen. Nicht auf eine gruselige Weise, verstehst du, eher in einer *,sie ist meine beste Freundin und ich schaue sie einfach so an'* Art. Ihr Gesicht ist nach oben gerichtet, ihre Nase gerade, ihr langes, dickes, erdbeerblondes Haar fällt in Wellen gegen die kühle Windschutzscheibe hinter ihrem Kopf. Heute Abend trägt sie ein Tanktop, dazu wie gewohnt Jeans und Turnschuhe. Es ist figurbetont, zeigt ihre Kurven auf eine Weise, die ihre sonst üblichen T-Shirts definitiv verstecken.

Nicht, dass mir solche Dinge auffallen sollten, natürlich. Beste Freunde, schon vergessen?

Aber ich bin immer noch ein Mann.

Sie hat keine Ahnung, wie wunderschön sie ist. Ich weiß, das klingt nach einem absoluten Klischee, aber bei Ryn stimmt es zu hundert Prozent. Sie ist attraktiv und lustig, und kennt offenbar die Position des Großen Wagens.

Ernsthaft, was könnte ein Mann mehr wollen?

Natürlich nur als beste Freundin.

Ich trinke einen Schluck und die kühle, prickelnde Flüssigkeit rinnt meine Kehle herunter. „Wurdest du heute mit *der Frage* gelöchert?"

„Natürlich. Ich bin ein Piranha in einem Goldfischbecken."

Ich lache in mich hinein. „Piranha? Das ist neu."

„Wenn man ständig nach seinem Liebesleben gefragt wird und gesagt bekommt, dass man nicht single sein sollte, muss man kreativ werden. Du kennst das. Du hörst die Frage doch auch jeden Tag."

„Aber ein Piranha in einem Goldfischbecken deutet an, dass sie denken, du würdest sie zum Frühstück verspeisen."

„Vielleicht tue ich das ja", antwortet sie grinsend. „Wie oft wurdest du heute nach deinem Liebesleben gefragt?"

Ich denke an meinen Tag zurück, den ich zwischen meiner Schicht im ‚Schwarzbär' und meiner Ausbildung in der Glasbläserei am Stadtrand verbracht habe. Ein typischer Sonntag für mich und niemals ein Tag der Ruhe. Dafür habe ich zu viel zu tun, egal, was meine Mutter immer über die Notwendigkeit gesagt hat, zu entspannen. Meine Entspannung ist das hier, mit meiner besten Freundin auf der Motorhaube meines Autos zu sitzen.

„Ich habe kurz im Second Chance vorbei geschaut", antworte ich und erwähne das Café an der Hauptstraße, wo Ryn zurzeit arbeitet.

„Ah, verstehe, dann ist wohl meine Tante Sheila passiert."

„Oh ja, das ist sie. Und sie hat mich mal wieder gefragt, warum du und ich nicht miteinander ausgehen."

„Was hast du ihr gesagt? Nein warte, lass mich raten: Du hast etwas gesagt wie ‚Ich halte mir alle Optionen offen', weil du nicht lügen kannst, Herr Ehrlich-bis-in-die-Knochen. Stimmt's?"

„Ich bin nicht ehrlich bis in die Knochen", protestiere ich. „Es stimmt, ich schätze Ehrlichkeit mehr als vieles andere, aber das ist kein Manko. Ich bin ehrlich zu den Menschen in meinem Leben und erwarte dasselbe auch im Gegenzug."

Sie lacht kurz auf. „Du bist Kapitän Ehrlichkeit. Ich

frage mich, was deine Superkraft ist. Oh, ich weiß! Es wäre wie das Seil von Wonder Woman."

Ich bin mir nicht sicher, ob ich die Antwort tatsächlich wissen will, aber ich frage trotzdem: „Das Seil von Wonder Woman?"

„Du weißt schon, das Seil, das sie um jemanden wickelt und derjenige dann nicht mehr lügen kann?"

„So eins könnte ich gut gebrauchen."

Sie wirft mir einen Seitenblick zu. „Nicht jeder ist ein Lügner, G", sagt sie sanft.

Ich presse meine Lippen zu einer engen, dünnen Linie zusammen und richte meinen Blick wieder auf die Sterne. Wir wissen beide, worauf sie anspielt. Mein Vater hat meine Mutter und mich verlassen, als ich noch nicht einmal ein Jahr alt war. Keine seltene Geschichte, schätze ich. Viele Ehen gehen früh in die Brüche, besonders wenn das Paar so jung ist wie meine Eltern damals.

Was weniger gewöhnlich ist: Nach seinem Weggang fand meine Mutter heraus, dass er sie die ganze Beziehung über belogen hatte. Er hatte eine andere Familie in der Nachbarstadt. Sie blieb buchstäblich mit dem Baby auf dem Arm zurück, in einer Ehe, die nie rechtsgültig gewesen war.

Erwartungsgemäß hat es sie völlig umgehauen, und sie hat sich nie davon erholt. Was sie allerdings getan hat, ist mir die Bedeutung von Ehrlichkeit beizubringen, und ich achte darauf, mich nur mit Menschen zu umgeben, denen ich hundertprozentig vertrauen kann.

Ryn, als die Freundin, die sie ist, wechselt das Thema. „Eines Tages wirst du dir eine neue feste Freundin suchen müssen, damit diese Stadt aufhört, uns ständig verkuppeln zu wollen. Warum sie nicht verstehen, dass ein Mann und eine Frau auch beste Freunde sein können, ohne alles durch romantische Gefühle zu verkomplizieren, ist mir ein Rätsel."

„Darauf trinke ich."

Wir stoßen mit unseren Limodosen an, nehmen beide einen Schluck und verfallen wieder in angenehmes Schweigen.

Das ist eine der anderen großartigen Sachen an meiner besten Freundin. Wir müssen nicht immer reden. Sie versteht, dass es manchmal einfach reicht, zusammen zu sein.

Ryns Handy vibriert, und sofort greift sie danach.

„Ignorier es", sage ich und möchte nicht, dass unser Moment gestört wird.

„Aber es könnte Ivy sein. Du weißt, wie oft sie ihre Schlüssel vergisst. Vielleicht hat sie sich wieder ausgesperrt."

Ivy Fenwick, Ryns neue Mitbewohnerin – und meine Ex-Freundin aus der High-School. Wir kommen inzwischen gut miteinander aus, was auch gut ist, denn in einer Stadt wie Hunter's Creek kann man sich nicht aus dem Weg gehen.

Bevor ich weiter protestieren kann, drückt Ryn mir ihre Getränkedose in die Hand, greift nach ihrem Handy und beginnt die Nachricht zu lesen. Das helle Licht des Displays erhellt ihr Gesicht, und ich beobachte, wie sich ihre Augen weiten und ihr Gesichtsausdruck sich von Schock zu Aufregung wandelt.

Sie schießt kerzengerade in die Höhe und überrascht mich damit vollkommen. „Oh, mein Gott", sagt sie, ihre Stimme plötzlich atemlos.

Ich lehne mich zurück, schließe meine Augen und frage: „Oh, mein Gott', was?"

„Das kann doch nicht wahr sein."

Meine Augen öffnen sich einen Spalt breit. „Was ist los?"

„Das kann sie unmöglich ernst meinen", murmelt Ryn, ihre Augen weiterhin auf den Bildschirm gerichtet, während ihr die Kinnlade runterfällt.

„Was kann sie nicht ernst meinen?" Unruhe breitet sich in meiner Brust aus. Ich richte mich auf, sodass wir Seite an Seite sitzen, während ich unsere Dosen balanciere.

„Das wäre das Beste, was diesem Ort *je* passiert ist."

Erleichtert, dass es nichts Schlimmes ist, sage ich: „Du weißt, dass du es mir irgendwann sagen musst, oder?"

„Lies es einfach", verkündet sie und hält mir ihr Handy direkt vors Gesicht.

Ich nehme es ihr ab und überfliege die Nachricht.

Du wirst es nicht glauben. Ich habe gerade gehört, dass ein Holly-wood-Filmteam NÄCHSTEN MONAT in unsere langweilige kleine Stadt kommt. Ruf mich an! SOFORT!!!

Ivy hat definitiv ihre Wochenration an Ausrufezeichen aufgebraucht.

„Ein Hollywood-Filmteam?" Ich ziehe eine Augenbraue hoch und reiche Ryn ihr Handy zurück. „Unwahrscheinlich."

„Was meinst du mit ‚unwahrscheinlich'? Natürlich ist das wahrscheinlich. Ivy hat es doch gerade geschrieben!" Sie hält ihr Handy zum Beweis hoch.

„Komm schon, Ryn. Ivy hat nicht wirklich Kontakte in Hollywood. Oder habe ich was verpasst und sie ist heimlich eine Hollywood-Insiderin und nicht in der Buchhaltung der Sägemühle beschäftigt?"

„Du kannst glauben, was du willst, Gabriel Hartmann."

Mit einer geschmeidigen Bewegung springt Ryn von der Motorhaube und landet mit ihren Turnschuhen sicher auf dem staubigen Boden, wie eine Turnerin nach einem perfekten Abgang vom Schwebebalken.

„Warum nennst du mich plötzlich Gabriel?" Ich schwinge meine Beine ebenfalls über die Kante der Motorhaube und springe hinunter.

„Weil du mir nicht zuhörst, *Gabriel.*"

„Entspann dich. Ich höre dir zu."

„Ich glaube Ivy. Warum sollte sie sich so etwas ausdenken?"

Weil sie Aufmerksamkeit sucht und wahrscheinlich gelangweilt ist von ihrem eigenen Leben? Das sage ich natürlich nicht. Ryn und Ivy sind Freundinnen und nun auch Mitbewohnerinnen. Und: Kleinstadt, schon vergessen?

Es ist nicht so, dass ich Ivy nicht mag. Ich mag sie, sie ist nett. Aber sie ist wie viele Leute hier in der Stadt: bereit, jede Neuigkeit oder aufregende Idee zu glauben, die ihren ruhigen Alltag ein bisschen aufpeppt.

Ryn tippt etwas auf ihrem Handy, dann steigt sie in den Truck und schließt die Tür – eine unmissverständliche Aufforderung, dass sie nach Hause will.

„Ich nehme an, du möchtest nach Hause?"

„Wenn's dir recht ist, Mr. Zynisch." Sie schaut nicht von ihrem Bildschirm auf.

Ich lache leise. „Ich bin also in einer Nacht von Kapitän Ehrlichkeit zu Mr. Zynisch geworden?" Ich öffne die Fahrertür und steige ein. „Erklär mir mal, warum ein Filmteam nach Hunter's Creek kommen sollte."

„Es gibt eine Menge Gründe", bemerkt sie spitz. „Jede Menge Gründe."

„Welche denn zum Beispiel?"

Sie senkt ihr Handy und wippt genervt mit ihrem Bein. „Fährst du jetzt endlich, G? Oder muss ich mir einen neuen Namen für dich ausdenken?"

„Da du so nett gefragt hast."

Sie schüttelt den Kopf. „Spiel jetzt nicht den großen Bruder. Ich habe Ivy gesagt, dass ich nach Hause komme."

„Weil ein Hollywood-Filmteam *just in diesem Moment* in die Stadt kommt?"

„Natürlich nicht in diesem Moment, aber wir haben einiges zu besprechen, bevor das Team ankommt."

„Wie was zum Beispiel?"

„Du steckst den Schlüssel da rein und drehst ihn, um das Auto zu starten", sagt sie und deutet auf die Lenksäule.

„Was würde ich nur ohne dich tun?"

„Bitte?" Sie verzieht ihre vollen Lippen zu dem Lächeln, dem ich nie widerstehen kann.

Wir wissen beide, dass ich tun werde, was sie möchte.

Ich atme resigniert aus, drehe den Schlüssel und der Motor meines Trucks beginnt zu brummen. Vorsichtig fahre ich über den unebenen Boden und dann auf die asphaltierte Straße.

„Das wird so episch."

Ich werfe einen Blick auf ihr vor Aufregung leuchtendes Gesicht. „Lass uns das Ganze mal logisch betrachten. Warum sollte Hollywood nach Hunter's Creek kommen wollen?"

„Weil es hier wunderschön ist, vor allem im Sommer."

„Im Sommer ist es an vielen Orten schön."

„Wegen all der Bäume. Ich meine, schau sie dir doch mal an. Es gibt hier buchstäblich Millionen davon." Sie deutet aus dem Fenster.

„An anderen Orten gibt es auch Bäume."

„Keine Ahnung. Vielleicht, weil wir mal ein bisschen Aufregung verdient haben?"

„Das wird es sicher sein. Ein Hollywood-Boss saß an seinem Schreibtisch, schaute auf eine Landkarte und dachte: Welcher kleine Ort mitten im Nirgendwo braucht mal ein bisschen Aufregung? Oh, ich weiß: Hunter's Creek, Washington."

„So jung und schon so zynisch." Sie stupst meinen Arm an.

Ich blicke zu ihr und wir teilen ein Lächeln.

Ein paar Minuten später biege ich in ihre Einfahrt. Noch bevor ich mich ganz zu ihr rumgedreht habe, drückt sie mir schon einen schnellen Kuss auf die Wange, stößt mit ihren Füßen die Tür auf und hüpft aus dem Truck in die Einfahrt.

„Danke für heute Abend, G. Bis morgen?"

Es ist eine Frage, aber sie wartet nicht auf meine Antwort. Mit einem kurzen Lächeln und einem Winken tanzt sie die Stufen hinauf und in ihr Haus hinein, die Tür knallt hinter ihr ins Schloss.

„Bis morgen", murmle ich, während sie aus meinem Blickfeld verschwindet.

Ich lege den Gang ein und fahre mit brummendem Motor davon, während ich immer noch über die Sache mit dem Hollywood-Film nachdenke – und was das für unsere Stadt bedeuten könnte.

Kapitel 1

Ryn

Ein Monat später

In Hunter's Creek, dieser klitzekleinen, winzigen Klein-stadt, die ich seit genau dreiundzwanzig Jahren und sieben Monaten mein Zuhause nenne, passiert einfach nie etwas.

Nichts.

Passiert.

Jemals.

Zumindest bis heute.

Ich kann meine Aufregung kaum zügeln, denn heute ändert sich alles. Und ich meine wirklich *alles*.

Was nun los ist? Nur das aufregendste, aus heiterem Himmel, absolut unerwartete Ereignis, das Hunter's Creek je erlebt hat. Und das, seit der erste Baum für die Säge-mühle gefällt wurde, für die diese Stadt gegründet wurde — und mal ehrlich, das war nicht wirklich aufregend.

Heute ist der Tag, an dem Cambri-oh Entertainment — ja, genau *das* Cambri-oh Entertainment, das Kassen-schlager wie „Stirb für Morgen", „Gold für die Seele" und das herzergreifende Drama „Samuel" produziert hat — in unsere Stadt kommt, um drei ganze Monate lang eine romantische Komödie zu drehen.

Drei.

Ganze.

Monate.

Das bedeutet drei Monate voller Filmstars, der Film-crew und allem, was dazugehört, direkt hier in dieser Stadt, in der sonst nie etwas passiert.

Ich könnte mich kneifen.

Ivy hatte wirklich recht. Sie hatte über das Hunter's Creek-Klatsch-Netzwerk erfahren, dass Herr Cantor, der ehemalige Besitzer der Mühle und eine lokale Größe der Stadt, einen Deal mit Cambri-oh Entertainment abge-schlossen hatte, um einen Film auf seinem Grundbesitz zu drehen.

Ich kenne den Mann kaum, aber ich glaube, ich liebe ihn.

Ich habe versucht, ruhig zu bleiben. Wirklich. Ich habe versucht, mich darauf zu konzentrieren, Kaffee zu machen, Muffins zu arrangieren und Kuchen sowie Donuts zu servieren — all die Dinge, die die Leute in dieser Stadt gerne an einem Dienstagmorgen genießen. Es war schwierig. Es war *verdammt* schwierig. Alles, woran ich

denken kann, ist, dass irgendwann heute vierzig Menschen
— wahrscheinlich mehr, wenn man Entouragen, Masken-
bildner, Stunt-Doubles und die Leute, die diese flauschigen
Mikrofone über die Schauspieler halten, mit einbezieht —
in Hunter's Creek eintreffen und damit buchstäblich das
Erscheinungsbild dieses Ortes verändern werden. Zum
Besseren. Zum *viel* Besseren.

Trotz meiner immensen Bemühungen, mich auf meine
Arbeit zu konzentrieren, starre ich voller Erwartung aus
dem Fenster des Second Chance Cafés.

Bisher noch nichts.

„Tisch 7 sagt, sie hätten vor etwa einer halben Stunde
Pfannkuchen bestellt", sagt meine Tante, die Inhaberin des
Cafés und meine Chefin.

Ich reiße meinen Blick von der leeren Straße vor dem
Fenster los. „Entschuldigung, was hast du gesagt?"

Tante Sheila wirft mir einen strengen Blick zu. „Pfannkuchen, Ryn. Tisch 7."

„Was ist damit? Oh, wollen sie Pfannkuchen? Ich kann
sofort ihre Bestellung aufnehmen, wenn du möchtest."

Ich werfe einen Blick auf die Leute an Tisch 7. Es sind
die Mitglieder dessen, was ich das Damen-Komitee von
Hunter's Creek nenne — eine Gruppe von Frauen, die zu
viel Zeit haben und es lieben, sich zu treffen, über jeden in
dieser Stadt zu tratschen und die Singles unter uns zu
verkuppeln.

Gabe und ich sind regelmäßig ihre Opfer.

Alle am Tisch wenden sich in meine Richtung und
werfen mir ungeduldige Blicke zu.

Was geht hier vor?

Tante Sheila stemmt die Hände in die Hüften, die von
ihrer Schürze bedeckt sind. „Was ist heute los mit dir, Ryn?
Du hast dem armen Samuel McNaught ein Portion Rührei
in den Schoß gekippt, deiner Schwester einen leeren Teller

serviert, obwohl sie ein Stück Kuchen bestellt hatte, und was mit Abstand am schlimmsten ist, du hast entkoffei-nierte Bohnen in die Kaffeemaschine getan, und alle haben sich beschwert."

Ich verziehe das Gesicht. „Entkoffeiniert?"

„Entkoffeiniert. Kein einziger Mensch in dieser Stadt wurde heute Morgen mit Koffein versorgt -dank dir."

Ich schlucke. „Das ist nicht gut."

Ein entkoffeiniertes Hunter's Creek ist ein mürrisches Hunter's Creek.

„Nein, Ryn, das ist nicht gut", wiederholt sie mit verhärteten Gesichtszügen aufgrund des ernsten Problems, vor dem die Stadt nun steht.

Ich bin überrascht, dass sie noch keinen Notstand ausgerufen haben.

„Streng dich mehr an, Kathryn. Streng dich mehr an."

Ihr Gebrauch meines vollen Namens lässt sich mir den Magen zusammenziehen. Ich bin bestimmt nicht die beste Kellnerin westlich von Idaho, aber normalerweise bin ich nicht so furchtbar.

Aber es passiert auch nicht jeden Tag, dass Hollywood in die Stadt kommt. Warum sind sie also noch nicht hier?

„Entschuldigung, Tante Sheila. Ich werde mich bessern. Versprochen."

Meine Augen wandern wieder zum Fenster, sie sind zu hundert Prozent außerhalb meiner Kontrolle.

Im Ernst, ich kann einfach nicht anders.

Tante Sheila stemmt die Hände in die Hüften. „Ah, ich verstehe. Du starrst also lieber aus dem Fenster, als deine Arbeit zu machen?"

Erwischt.

„Es ist wegen —", fange ich an, aber ich weiß, dass ich keinen guten Grund habe. „Entschuldigung."

Ihr Gesicht wird weicher. „Schätzchen, wir sind alle

erpicht darauf die Filmleute zu sehen, aber wir haben auch ein Geschäft zu führen, Kunden zu bedienen und mit *Koffein* zu versorgen."

Ich beiße mir auf die Lippe und nicke. „Die richtigen Bohnen in die Maschine füllen und Pfannkuchen für Tisch 7. Ich mache mich an die Arbeit." Ich schnappe mir meinen Block und meinen Stift, doch bevor ich die Chance habe, zu Tisch 7 zu gehen, legt meine Tante schon ihre Hand auf meinen Arm.

„Sie haben ihre Pfannkuchen bereits bestellt und möchten sie jetzt essen. Bring diese Muffins zu Christopher und Alfred Whitlow an Tisch 4." Sie drückt mir zwei Teller in die Hand. „Und dann geh zu Lisa in die Küche."

„Alles klar, Tante Sheila." Ich bringe die Muffins zu Christopher, dem Freund meiner Schwester Harper, und Herrn Whitlow. Wie üblich sind die beiden Anwälte tief in ein Gespräch versunken. Christopher hat die Kanzlei von Herrn Whitlow übernommen, als er dauerhaft nach Hunter's Creek gezogen ist und die beiden Männer sind gute Freunde geworden.

„Bitte entschuldigt die Verzögerung", sage ich, während ich die Muffins auf den Tisch stelle.

„Keine Verzögerung, Ryn. In der Tat haben wir sie gerade erst bestellt", antwortet Christopher mit einem Lächeln.

Er ist immer freundlich zu mir.

„Du bist die Effizienz in Person", ergänzt Herr Whitlow.

Ein seltener Kellner-Erfolg für den Tag.

Ich schenke ihnen ein Lächeln, drehe mich um und mache mich durch die Schwingtüren auf den Weg in die Küche. Ich finde Lisa, wie sie Speck brät und dabei eine Melodie summt. Ihr ergrauendes Haar ist zu einem ordentlichen, tiefen Dutt zusammengebunden und sie trägt die gleiche zitronengelbe Schürze wie ich, mit den Worten *„Bekomm eine Zweite Chance im Second Chance Café"* quer über der Brust.

Kitsch pur?

Ich habe diesen Slogan nie gemocht, und am wenigsten mag ich, dass ich jeden Tag eine Schürze mit genau diesen Worten und Rüschen tragen muss.

So überhaupt nicht mein Stil.

Ich habe mich oft gefragt, warum Tante Sheila diesen Ort „Second Chance" genannt hat. Ich meine, es ist ja nicht so, als ob sie nicht seit einer Ewigkeit mit Onkel Johnny verheiratet wäre. High-School-Sweethearts, die mit neunzehn geheiratet haben und seither glücklich zusammen sind. Es gab keine zweiten Chancen in Sachen Liebe, soweit ich sehen kann.

Das ist hier in Hunter's Creek ziemlich typisch. Entweder verlässt man die Stadt direkt nach der High-School, um aufs College zu gehen und nie zurückzukehren, oder man bleibt hier, findet einen Job in der Sägemühle, sucht sich aus dem sehr begrenzten Pool einen Lebenspartner, heiratet ihn und verbringt den Rest seines Lebens damit, über die anderen in der Stadt zu tratschen und sie zu verkuppeln.

Irgendwie habe ich es geschafft, beiden ausgetretenen Pfaden zu entkommen. Kein Ausflug zur Universität und darüber hinaus, und ich bin definitiv auch keine Kinderbraut direkt nach der High-School geworden.

Wir Singles, die nie weg waren — wie Ivy, Gabe und ich— sind hier so dermaßen selten, dass ich überrascht bin, dass uns nicht eine Gruppe von Psychiatern in weißen Kitteln mit einer Reihe bunter Stifte in den Taschen in ein Labor gesteckt hat, um uns zu studieren.

Das könnte durchaus passieren.

Und weißt du, was sie herausfinden würden, wenn sie

mich beobachten? Eine Person, die mit ihrem Leben zufrieden ist, auch wenn es manchmal vielleicht ein bisschen langweilig ist. Sie würden jemanden finden, die sich freut, wenn andere in die Welt ziehen und dort große Dinge leisten. Sie würden jemanden finden, die mit ihrem Leben zufrieden ist, eine Person, die weiß, dass sie nie etwas besonders Außergewöhnliches erreichen wird. Und damit bin ich zufrieden, denn weißt du was? Ich überlasse das Übertreffen gerne anderen.

Mein Problem ist, dass ich zwei ältere Schwestern habe, die beide Teilnehmerinnen des „Miss Perfect USA"-Wettbewerbs sind, und Eltern, die sich fragen, warum ich nicht wie sie bin. Ich habe ihnen allen erzählt, dass ich daran arbeite, eine Social-Media-Influencerin zu werden, damit sie denken, ich würde etwas mit meinem Leben anfangen, obwohl das eigentlich das Letzte ist, was ich tun möchte. Aber wenigstens hat das meine Eltern davon abgehalten, mich wegen meiner nicht vorhandenen Karriere zu nerven, hauptsächlich weil sie keine Ahnung haben, was ein Influencer überhaupt macht.

Habe ich schon erwähnt, dass es superlustig ist, ich zu sein?

Übrigens weiß ich, dass ich nie mit meinen Schwestern mithalten könnte, also warum sollte ich es überhaupt versuchen? Meine Schwestern waren schon immer supereng miteinander, haben ihre Lebensgeheimnisse geteilt — und mich immer ausgeschlossen. Für sie bin ich die kleine Schwester, die Chaotin der Familie, die niemals ihr Perfektionslevel erreichen könnte.

Ich weiß, ich kann es schon hören. Du denkst, ich leide unter dem Jüngste-Geschwister-Komplex. In der Tat wurde das in der Vergangenheit bereits von einigen Leuten angedeutet. Aber ich *weiß*, dass meine Schwestern immer auf mich herabgesehen haben. Ich bin das Nesthäkchen der Familie, die kleine Schwester, die genau das für sie ist: ein Kind.

Weißt du was? Das Nesthäkchen der Familie Cole zu sein, ist absolut in Ordnung für mich. Es hat seine Vorteile. Ich muss keine große Karriere haben. Ich muss keine perfekte Beziehung haben. Ich muss mir nicht den Hintern für einen schwierigen Chef in der großen Stadt aufreißen oder die beste Lehrerin an der Grundschule in Hunter's Creek sein.

Ich kann einfach ich sein.

Sorglos, glücklich, entspannt, gut gelaunt.

„Hey, Tante Lisa", sage ich, denn natürlich sind wir verwandt. Das hier ist schließlich Hunter's Creek. Begrenzter Genpool, wie Christopher gerne betont.

Sie hebt den Blick vom brutzelnden Speck. „Hi, Liebling. Irgendwelche Anzeichen?"

Sie muss die Worte „von der Hollywood Filmcrew und Besetzung" nicht hinzufügen. Wir wissen beide, was sie meint.

„Noch nicht", antworte ich seufzend. „Ich bin hier wegen der Pfannkuchen für Tisch 7."

„Meinst du die dort drüben?" Sie deutet auf drei Teller mit Stapeln von Pfannkuchen, Sahne, Erdbeeren und einem See aus Ahornsirup. „Sie sind wahrscheinlich mittlerweile weniger Pfannkuchen als eher *Schnee-Kuchen*, Schätzchen."

„Ich habe sie eventuell vergessen", murmele ich. „Denkst du, du könntest mir einen Gefallen tun und sie aufwärmen?"

Sie legt den Kopf schief und presst ihre Lippen zusammen.

Der Speck zischt und spritzt.

„Bitte, Tante Lisa?", frage ich mit meiner besten Jüngstes-Mitglied-der-Familie-Stimme.

Ich bemerke, wie die Züge meiner Tante wieder weicher werden. „Na klar, Schätzchen. Du schabst die Sahne und Erdbeeren ab, und ich wärme sie sofort auf."

„Vielen, *vielen* Dank", antworte ich ihr lächelnd, bevor ich tue, was sie sagt.

Manchmal funktioniert es hervorragend, meinen Status als Nesthäkchen der Familie zu nutzen.

Ich bringe die drei Teller mit den frisch erwärmten Pfannkuchen zu den missbilligenden Damen an Tisch 7, während ich mich überschwänglich entschuldige und ihnen kostenlosen Kaffee als Entschädigung anbiete.

„Ich nehme diesmal sogar koffeinhaltige Bohnen", sage ich mit einem hoffentlich einnehmenden Lächeln.

„Das musst du nicht, Liebes", sagt Frau Ashbridge.

„Da liegst du falsch, Suzie. Wir brauchen Koffein", erklärt ihre Freundin Frau Jacobson, während sie ihre leere Tasse in die Luft hält.

„Definitiv", stimmt das dritte Mitglied der Runde, meine ehemalige Grundschullehrerin Frau Sommerfeld, zu.

„Weißt du was, Ryn?", sagt Frau Ashbridge in verschwörerischem Ton, ich lege meine Hände auf die Knie und beuge mich vor. „Wir sollten gerade alle diese Keto-Diät machen. Du weißt schon, die, bei der man keine Kohlenhydrate essen darf?"

„Klar."

„Diese Pfannkuchen sind nicht gerade Teil des Plans. Versprich mir bitte, dass du niemandem davon erzählst."

„Euer Geheimnis ist bei mir sicher", verspreche ich und richte mich wieder auf.

„Wir essen nur Kohlenhydrate, weil heute ein so besonderer Tag ist", erklärt Frau Jacobson.

„Zur Feier der zu erwartenden Ankömmlinge, verstehst du?", fügt Frau Sommerfeld hinzu.

Ich persönlich brauche keine Ausrede, um Kohlenhydrate zu essen, aber ich bin eben auch kein Mitglied des Hunter's Creek Damen-Komitees, bestehend aus diesen dreien und Tante Sheila.

„Ich frage mich, wann sie hier eintreffen werden?", fragt Frau Ashbridge, und wir alle drehen uns um, um aus dem Fenster auf die Hauptstraße zu schauen.

Als wäre es perfekt geplant für diesen genauen Moment gewesen, fährt eine Kolonne glänzender schwarzer Autos vorbei.

Ist das...?

Könnte es endlich sein...?

Alle vier von uns tauschen einen kurzen Blick aus, bevor die Frauen zeitgleich ihre Stühle nach hinten schieben und wir zusammen zum Fenster laufen, um einen besseren Blick zu erhaschen.

Wir sind nicht die Einzigen. Das halbe Café nebst Tante Sheila drängen sich um uns, während Auto um Auto vorbeizieht, wie ein Strom übergroßer, glänzender Ameisen. Nach den schwarzen Autos folgen Vans und LKWs, in allen Formen und Größen, alle in eine Richtung unterwegs: zum Filmset, an dem sie bereits seit zwei Wochen arbeiten, auf Herrn Cantors Grundbesitz direkt außerhalb der Stadt.

„Glaubt ihr, sie halten für einen Kaffee an?", fragt jemand.

„Oh, das sollten sie wirklich. Sheilas Kaffee ist der beste der Stadt", antwortet jemand anderes.

„Nur wenn er koffeinhaltig ist."

Ein Murren der Unzufriedenheit geht durch die Menge.

„Wir alle wissen, dass Sheilas Kaffee der beste der Stadt ist, aber *sie* wissen es nicht."

„Jemand sollte ihnen wirklich von dem Kaffee hier erzählen."

Vergessen wir mal, dass es nur zwei Cafés in Hunter's Creek gibt. Der Kaffee-Wettbewerb ist nicht gerade hart umkämpft in der Stadt.

Oder irgendein Wettbewerb.

„Jeder trinkt Kaffee, wisst ihr. Sogar Hollywoodstars. Sie werden immer in den Magazinen abgebildet, wie sie Starbucks verlassen, ihren schicken Kaffee in der Hand."

„Stephanies macht auch ganz guten Kaffee, wisst ihr."

„Psst! Das darfst du hier nicht sagen."

„Warum nicht? Es ist die reine Wahrheit."

Ich drehe mich um und sehe Stephanie selbst inmitten der Gruppe neugieriger Zuschauer stehen. Ich ziehe die Augenbrauen fragend hoch.

Sie zuckt mit den Schultern. „Dieses Café hier ist an der Hauptstraße. Bessere Sicht auf die Neuzugänge", sagt sie zur Erklärung.

Und dann passiert das Unglaubliche.

Eine glänzende schwarze Limousine wird langsamer, während ihr Blinker geht. Sie parkt direkt auf einem Parkplatz vor dem Fenster, hinter dem wir alle versammelt sind.

Als ob das Glas plötzlich zu einem elektrischen Zaun mutiert wäre, eilen alle zurück an ihre Tische, rempeln aneinander an, während wir unbeholfen hin und her laufen. „*Autsch*" und „*Oh*" und „*Das ist mein Platz*" hallen durch den Raum und ich eile zur Theke, in der Hoffnung, dass, wenn die Insassen dieses Fahrzeugs wirklich ins Café kommen, ich diejenige sein möchte, die sie bedient.

Und ich werde mir auf jeden Fall ihre Bestellung merken.

Die Spannung im Raum ist greifbar.

Die Kaffeehaustür öffnet sich und wir halten kollektiv

den Atem an, während alle Augen auf die Tür gerichtet sind, um zu sehen, wer wohl gleich durch die Tür kommt.

Es ist nur Gabe.

Ein vielstimmiges, enttäuschtes Seufzen ertönt, als alle Blicke von Gabe wieder zurück zum Fenster schweifen.

Kein Vorwurf an meinen besten Freund, aber wenn man auf einen Hollywoodstar hofft und dann einen Einheimischen sieht, den man bereits sein ganzes Leben lang kennt, ist es schwer, nicht enttäuscht zu sein.

Er sieht uns unsicher an. „Was ist denn hier los?"

Tante Sheila stößt mir ihren Ellbogen in die Seite. „Schau, Ryn. Es ist dein zukünftiger Ehemann."

„Zum elftausendmillionsten Mal, Tante Sheila, Gabe und ich sind nur Freunde", protestiere ich, und es fühlt sich auch wirklich an, als würde ich das zum elftausendmillionsten Mal sagen.

Das heißt nicht, dass mein bester Freund nicht heiß ist. Denn das ist er definitiv. Sogar ich kann das sehen. Genug meiner Freunde sind bereits seinem Charme verfallen, um ihn zu einem der begehrtesten Junggesellen in der Gegend zu machen. Er ist gut aussehend auf diese kantige-Kiefer, mit Karohemden und Jeans bekleidete, *„er sollte wirklich Holzfäller werden"*-Art, mit sandfarbenem Haar, graublauen Augen und breiten Schultern. Mit seinen knapp 1,90 m wäre jede Frau glücklich, ihn als Freund zu haben.

Die Erfahrung lehrt mich, dass die Frau, die schließlich mit Gabe zusammenkommen wird, sowohl vom Aussehen als auch vom Charakter her mein absolutes Gegenteil sein wird. Gabe hat immer den großen, schlanken, brünetten Typ Frau gemocht, die Ehrgeiz und Antrieb hat. Ich? Klein, kurvig, definitiv nicht brünett– erdbeerblond, vielen Dank – und was Antrieb betrifft, den hebe ich mir für den Moment auf, wenn ich hinterm Steuer sitze.

Gabe schaut mich fragend an, der Anflug eines

Lächelns breitet sich auf seinem Gesicht aus, während er in meine Richtung über den Boden des Kaffeehauses schreitet.

Tante Sheila, die selbst ernannte Vorsitzende des Hunter's Creek Damen-Komitees, wartet, bis er an der Theke angekommen ist, bevor sie ihren Kommentar des Tages abgibt. „Erklär mir bitte, warum ihr zwei nicht zusammen seid?"

„Weil wir es nicht sind", erwidert Gabe.

„Ja. Stimmt genau!", füge ich hinzu.

„Schaut euch beide doch mal an. Ihr seid beste Freunde. Ihr erzählt euch alles. Und außerdem seht ihr super süß zusammen aus. Warum *seid* ihr dann nicht zusammen?"

„Weil… sie Ryn ist", antwortet Gabe.

„Und er Gabe ist", werfe ich ein und Gabe klatscht mich ab.

Tante Sheila rollt mit den Augen. „Okay, ihr zwei. Wie auch immer."

Die Tür der Limousine, die gerade eingeparkt hat, öffnet sich und eine Stille breitet sich im Raum aus, während alle Blicke gespannt beobachten.

Werden die Leute aus dem Auto hier rein kommen?

Und, viel wichtiger, wer wird es *sein*?

Ein Teil von mir wünscht sich, es wären die Stars des Films, die berühmte und sehr schöne Charlene Kemp oder, viel aufregender noch, der Held des Films, niemand anderes als der Frauenschwarm Leonardo Finch, das Objekt all meiner Teenager-Fantasien.

„Was ist los mit allen? Sie verhalten sich so komisch", beschwert sich Gabe.

„Hast du gesehen, wer in dem Auto draußen sitzt?", frage ich, meine Aufmerksamkeit ganz auf die Tür gerichtet, wie die aller anderen auch.

„Welches Auto?"

Ich sehe ihn irritiert an. „Die schwarze Limousine, natürlich!"

Hier sieht man nicht viele Limousinen, außer zum Abschlussball.

„Nee, ich hab nicht gesehen, wer drin war. Wird wohl irgendein reicher —"

Was auch immer er sonst noch sagt, höre ich nicht, denn in diesem Moment schwingt die Tür des Cafés auf und eine Gruppe gut gekleideter Leute tritt ein. Leute, die nicht wie Einheimische aussehen. Sie sind gepflegt und schick, strahlen Fremdheit aus, während sie auf den Tresen zukommen.

Das Erstaunlichste von allem – und ich könnte mich gerade kneifen – ist, dass Teil der Gruppe der unverschämt gutaussehende und berühmte Leonardo Finch ist.

Leonardo Finch!

Kennst du das, wenn man einen Prominenten im echten Leben sieht und einen Stromschlag spürt, der einem sagt, dass man in der Nähe von jemandem ist, den man schon zu kennen glaubt, aber natürlich kennt man ihn überhaupt nicht? Genau das passiert mir gerade.

Und ja, er ist jemand, von dem ich vielleicht als Teenager Bilder an meiner Zimmerwand hatte – und ganz vielleicht habe ich davon geträumt, dass er kommt und mich zum Abschlussball begleitet, um mir seine Liebe zu gestehen und mich zu fragen, ob ich ihn heiraten möchte.

Du hast wahrscheinlich erraten, dass keines dieser Dinge geschehen ist.

Aber dann, gerade als ich meine Schwärmerei für Leonardo Finch unter Kontrolle bekomme, schlendert jemand anderes in den Raum, der sofort meine gesamte Aufmerksamkeit auf sich zieht.

Und das mit gutem Grund.

Dieser Typ sieht aus wie Anthony, Lord Bridgerton, nur ohne die formelle Kleidung und die lächerlichen Koteletten. Er ist wahrscheinlich ein paar Zentimeter größer als ich, hat dickes kastanienbraunes Haar und durchdringend blaue Augen. Er trägt zerrissene schwarze Jeans und ein graues T-Shirt unter einer schwarzen Lederjacke. Er fährt sich langsam mit den Fingern durch die Haare, nachdem er seinen Motorradhelm abgenommen hat.

Gabe mag mir gerade etwas sagen, Tante Sheila mag mich aufgeregt mit ihrem Ellbogen anstupsen, der Raum mag erfüllt sein von aufgeregtem Gemurmel über Leonardo Finch, aber ich höre nichts.

Nichts außer dem Typen in der Lederjacke.

Kapitel 2

Gabe

Ich nehme eine weitere Schaufel rohen Kalk-Natron-Glases aus der Wanne und werfe sie in den rot glühenden Hochofen. Unmittelbar danach schließe ich die Tür, da mich eine heiße Welle Luft mitten ins Gesicht trifft.

Glasbläserei kann besonders im Sommer eine schweißtreibende Angelegenheit sein, und ich halte inne, um mir mit dem Rand meines T-Shirts den Schweiß von der Stirn zu wischen.

Meine Mutter hätte mich ausgeschimpft, wenn sie das gesehen hätte.

„Was planst du zu machen?", fragt Theo Martin, mein Mentor, während er seinen Rucksack und seine Seattle Mariners Baseballkappe an einen Haken hängt.

Mit seiner stämmigen Statur und einem dichten Schopf dunkler Haare hat der Besitzer von Theo's Glas knapp zehn Jahre vor mir das Schulsystem von Hunter's Creek durchlaufen. Ich lernte ihn kennen, als Ryn und ich vor ein paar Jahren einen Abendkurs in Glasbläserei belegten, und wir beide uns in die Idee verliebten, durch Glas wunderschöne Kunstwerke zu erschaffen.

Ich war der Glückliche, der die Lehrstelle bei Theo's Glas bekam. Ryn und ich hatten uns beide auf die Stelle beworben, aber Ryn hat sich dennoch sehr gefreut, als ich sie bekam.

Ich weiß, das hätte zu einem Problem zwischen uns werden können. Aber das passierte nicht, da Ryn absolut in der Lage dazu ist, sich für mich zu freuen, selbst wenn die Dinge nicht so laufen, wie sie es gerne hätte.

Nachdem meine Mutter erst sechs Monate zuvor gestorben war, war die Lehrstelle für mich wie ein Rettungsanker, den ich in dieser schwierigen Zeit dringend brauchte. Es gab mir etwas Neues, Positives und Herausforderndes, auf das ich mich konzentrieren konnte, anstatt zu Hause zu sitzen, meine Mutter zu vermissen und wütend auf den Autofahrer zu sein, der das Leben meiner einzigen Familie beendet hatte.

Das waren dunkle Tage damals, und hier zu sein, zusammen mit Theo und den anderen Mitarbeitern zu arbeiten und ein neues Handwerk zu erlernen, brachte meinem 19-jährigen Ich einen Funken Hoffnung. Ich fand Trost in der Kunst und einen Existenzgrund, sowie ein Zugehörigkeitsgefühl.

„Ich dachte, ich mache eine weitere Vase und arbeite an den Farbakzenten, die du mir beigebracht hast. Ich möchte eine für eine Freundin machen."

Theo zieht die Augenbrauen hoch. „Eine Freundin, ja?"

„Okay, Ryn", gebe ich zu.

Er lächelt. Er weiß, dass Ryn und ich uns nahestehen. „Brauchst du Hilfe?"

„Klar. Rowena hat mir ihre Hilfe angeboten", antworte ich und nenne eine der Vollzeit-Glasbläserinnen im Studio. „Aber sie scheint verschwunden zu sein."

„Wie gut, dass ich hier bin. Übrigens, ich dachte, du könntest heute nicht kommen", sagt Theo.

„Ich schiebe noch etwas Zeit hier ein, bevor meine Schicht in der Bar beginnt."

„Arbeitest du dort jede Nacht?", fragt er, während er die Ofentür öffnet und die Hitze uns entgegenschlägt.

„Jede Nacht außer sonntags. Sie sind unterbesetzt, und wegen des Films sind momentan viele Leute in der Stadt. Ich denke mir, Geld ist Geld."

„Wahre Worte, mein Freund. Aber du arbeitest ganz schön viel."

„Ich tue, was ich tun muss. Ich habe Rechnungen zu bezahlen."

„Wir haben alle Rechnungen zu bezahlen, aber du musst auch leben. Du weißt schon, dass nur Arbeit und kein Vergnügen Gabe zu einem langweiligen Lehrling-Slash-Barkeeper macht, oder?"

Ich lache überrascht auf. „Vielen Dank auch, Chef. Ich habe ausreichend Vergnügen."

Mein Tonfall ist vielleicht etwas defensiv.

Ehrlich gesagt, steht „Vergnügen", seit meine Mutter gestorben ist, nicht sehr weit oben auf meiner Prioritäten-liste. Zwischen meinem Job im ‚Schwarzbär', meiner unbezahlten Lehrstelle hier im Studio und den Abendkursen in Cotown, blieb mir kaum Zeit für andere Dinge.

Es ist in Ordnung für mich. Nachtschichten und ein paar Mittagsschichten in der Bar zu arbeiten, erlauben es mir, Zeit hier im Studio zu verbringen, um das zu tun, was ich wirklich machen möchte: wunderschöne Glasarbeiten zu erschaffen, von denen ich hoffe, dass sie eines Tages so gut sein werden, dass ich damit meinen Lebensunterhalt verdienen kann. Dann kann ich den Bar-Job aufgeben und mich ganz auf meine Leidenschaft konzentrieren.

Das ist jedenfalls mein Traum. Meine eigenen Glasarbeiten herzustellen und sie im ganzen Bundesstaat, vielleicht sogar im ganzen Land zu verkaufen. Deshalb mache ich den Kurs in Cotown, um zu lernen, wie ich eines Tages mein eigenes Glasbläser-Geschäft führe.

Theo inspiziert die Menge an der Silikat-Glas-Schmelze im Ofen und schließt die Tür. „Bist du bereit anzufangen?"

„Klar." Ich nehme eine weitere Schaufel voll, bereit, sie in den Ofen zu werfen, doch er hält mich auf.

„Wir haben genug für den Moment. Leg die Farben, die du verwenden willst, auf dem Tablett dort drüben aus", sagt er und zeigt auf die lange hölzerne Werkbank an der Wand.

Er nimmt eines der langen Metallblasrohre aus dem Stapel und nimmt etwas von dem geschmolzenen Glas aus dem Hochofen damit auf. Er dreht es, um die richtige Menge Glas aufzunehmen, um mit der Vase zu beginnen, und ich beobachte sein Vorgehen.

Sobald sich das Gewicht richtig anfühlt, zieht er den Stab mit der Glasschmelze heraus, und wir beginnen den Prozess des Rollens und Blasens des Glases. Er bläst in das Rohr, und ich forme und gestalte. Langsam beginnt der leuchtend orangefarbene Klumpen am Ende des Rohres, der mich immer an Lava erinnert, Form anzunehmen, und wir bearbeiten ihn, bis er bereit ist, in den Ofen zurückzukehren, um etwas von den von mir ausgelegten Farben hinzuzufügen. Danach schiebt Theo das Glas erneut in den Ofen, um die Farbklumpen weich zu machen, damit sie verarbeitet werden können.

„Du sagst, du vergnügst dich, Gabe, aber sag mir, wann warst du das letzte Mal auf einem Date?" Bevor ich die Gelegenheit habe, mit einer lahmen Ausrede zu antworten, fügt er hinzu: „Und nur damit eins klar ist: Auf deinem Truck zu liegen und mit Ryn in den Nachthimmel zu starren, zählt nicht."

„Ich weiß, dass das nicht zählt. Das ist mit Freunden abhängen", antworte ich.

Er wirft mir einen Blick zu, den ich entschieden ignoriere. Es ist ein vertrauter Blick, immer wenn Ryns Name fällt, derselbe Blick, den ihre Tante mir erst heute Morgen im Café zugeworfen hat, als alle auf die Neuankömmlinge in der Stadt konzentriert waren. Es ist der „Jeder-weiß-dass-ihr-zusammen-enden-werdet-also-macht-doch-einfach-Blick". Als könnten sie nicht verstehen, wie zwei Menschen unterschiedlichen Geschlechts so gut befreundet sein können, ohne romantische Gefühle zu hegen.

„Ich bin zu beschäftigt, um zu daten", sage ich ihm.

„Zu beschäftigt, ja? Du kannst das Leben nicht an dir vorbeiziehen lassen, das weißt du, oder?"

„Das Leben zieht nicht an mir vorbei. Ich schaffe es gerade so, über die Runden zu kommen, während ich mein Handwerk lerne."

Er betrachtet mich über das Blasrohr hinweg. „Solange dir das reicht."

„Es ist genug."

Wir fügen die von mir ausgelegten Farben hinzu, und Theo führt mich durch das Vorgehen, stellt sicher, dass ich die richtige Menge Luft und das richtige Maß an farbigem Glas verwende.

Ich bin dankbar, als er das Thema wechselt.

„Mir gefällt das Zusammenspiel zwischen den warmen und kühlen Tönen, die du hier hast. Es ist ansprechend", sagt er.

Theo ist ein fairer, aber strenger Mentor, der mich fordert und zu dem besten Künstler formt, der ich sein kann – Wortspiel beabsichtigt. Seine Komplimente sind selten, und wenn man eines bekommt, fühlt man, dass man etwas richtig macht.

Als wir zufrieden sind, stelle ich die Vase in das sogenannte Glory Hole, einen weiteren extrem heißen Hochofen, der zum erneuten Erhitzen des Glases verwendet wird. Ich drehe das Blasrohr und kehre dann zum Arbeitsplatz zurück, wo ich der Vase unter Theos wachsamen Augen ihre endgültige Form gebe, indem ich sie auf der Stahlwerkbank, die als Marver bekannt ist, rolle.

Als wir fertig sind, machen wir eine Pause, um uns zu hydrieren. Ich schnappe mir meine Wasserflasche und nehme einen großzügigen Schluck, während ich mir den Schweiß von der Stirn wische, und meine Augen anfangen zu brennen.

An die Wand gelehnt, eine Cola-Flasche in der Hand, spricht Theo das einzige Thema an, über das seit ihrer Ankunft in Hunter's Creek jeder zu reden scheint.

„Ich war heute Morgen in der Hauptstraße unterwegs, um ein paar Besorgungen zu machen. Die gesamte Stadt ist in Aufruhr. Ich habe noch nie so viele Leute hier gesehen, und das schließt die ganzen Feste ein, die unsere Stadt in jeder Jahreszeit so gerne veranstaltet."

Ich trinke noch einen Schluck Wasser. „Wir feiern wirklich gerne Feste." Hunter's Creek hat vier Feste im Jahr, eines für jede Jahreszeit. Bald steht das Sommerfest an. Es ist beliebt bei Menschen von nah und fern und immer ein Spaß, mit Fahrgeschäften, Spielen und Jung- Tieren vom Bauernhof, die die Kinder streicheln und füttern können.

„Die großen Stars des Films sind auch hier. Louisa hat Ryn im Second Chance gesehen", fährt er fort und meint damit seine Frau. „Anscheinend hat Leonardo Finch persönlich mit Ryn geflirtet, als er vorbeikam, um einen Kaffee zu holen. Kannst du das glauben?"

Ich reibe mir das Kinn und erinnere mich daran, wie der Hollywood-Star Ryn ein Grinsen zuwarf und eine kitschige Bemerkung machte, dass er nicht erwartet habe, in einer kleinen Stadt wie Hunter's Creek ein so hübsches Mädchen zu finden. Es ließ sie knallrot anlaufen.

Da ich mir ihr gegenüber genauso sichtbar wie Casper das freundliche Gespenst vorkam, hatte ich mich umge- dreht und war gegangen. Ich bin mir sicher, dass sie es nicht einmal bemerkt hat, als ich gegangen bin.

„Hast du mich gehört, Gabe? Leonardo Finch hat mit Ryn geflirtet."

Ich knalle meine Wasserflasche auf die Werkbank. „Ich war dort."

„Warst du?"

„Ich habe auf dem Weg hierher für einen Kaffee ange- halten." Nicht, dass ich eine Tasse Kaffee bekommen hätte.

„Und es hat dich nicht gestört?"

„Warum sollte es mich stören?", entgegne ich spöttisch.

Theo wirft mir einen prüfenden Blick zu. „Du bist ihr bester Freund, der Typ, der immer für sie da ist, und dann kommt ein Filmstar daher, der einfach so loslegt und mit ihr flirtet. Ganz schön dreist. Wenn er mit meiner Louisa geflirtet hätte —"

„Theo, Ryn ist eine erwachsene Frau. Sie kann tun, was sie möchte."

Er verlagert sein Gewicht wie ein ungeduldiges Kleinkind. „Aber verstehst du, das ist der springende Punkt. Ihr denkt, ihr täuscht uns. Ihr denkt, ihr kommt damit durch. Aber das tut ihr nicht."

Ich richte meinen Blick auf ihn. „Wovon zum Teufel redest du?"

„Ryn und du."

„Ryn und ich was?", frage ich seufzend, schon wieder diese Verkupplungssache?

„Du und Ryn in einer romantischen Beziehung. Weißt du, *verliebt.*" Er macht Anführungszeichen in die Luft, als ob es peinlich wäre, über Liebe zu sprechen. Ich schätze, für ein paar der Hunter's-Creek-Kerle, die meistens Jeans, Arbeitsstiefel und Flanellhemden tragen, ist es das wahrscheinlich auch.

Ich lache, was soll ich auch sonst tun?

„Warum lachst du?", fragt Theo, sein Gesicht zu einem Grinsen verzogen.

„Glaub mir. Das Letzte, was ich möchte, ist, in Ryn Cole verliebt zu sein."

„Natürlich nicht." Theo wirft mir einen Blick zu, der mir sagt, dass er mir sowieso kein Wort glaubt.

Was mich nur umso entschlossener macht, meinen Standpunkt zu beweisen.

„Nicht, dass ich dir das erklären müsste, aber ich werde es trotzdem versuchen."

Er verschränkt die Arme und grinst mich amüsiert an. „Das dürfte interessant werden."

„Wir sind Freunde. Beste Freunde. Du weißt das, ich weiß das, verdammt, die ganze Stadt weiß das. Das ist alles, was wir sind." Ich wische mir den Schweiß von der Stirn und sehe Theo direkt in die Augen.

„Gute Freunde können zu mehr werden, weißt du. Das passiert die ganze Zeit, viel öfter, als du denkst."

Ich schüttle den Kopf. „Nur weil Louisa dich dazu nötigt all diese Hallmark-Filme anzusehen, heißt das nicht, dass so etwas im wirklichen Leben passiert", antworte ich. Theos Frau ist bekannt für ihre unerschütterliche Liebe zu Filmen mit deren unrealistischen Happy Ends, die niemand wirklich bekommt.

Ich habe damit Erfahrung aus erster Hand.

„Leugne es, so viel du willst. Du und Ryn werdet vielleicht doch noch zusammenkommen, und ich werde derjenige sein, der sagt: ‚Ich habe es dir ja gesagt.'"

Ich fahre mir mit den Fingern durch die Haare und bemühe mich, meinen Kiefer nicht zu verkrampfen. „Schau du nur weiter deine superrealistischen Filme, Kumpel."

Kapitel 3

Ryn

„Erzähl mir alles." Ivys Augen leuchten, während wir es uns auf der Bank auf der Veranda des Hauses, das wir uns teilen, gemütlich machen.

Wir wohnen hier erst etwas mehr als fünf Wochen, nachdem ich endlich — *endlich* — aus dem Haus meiner Eltern ausgezogen bin.

Warum ich nicht schon viel früher ausgezogen bin?

Ach ja, das liebe Geld. Jetzt, da ich einen Vollzeitjob im

Second Chance habe, brauche ich mir darüber keine Sorgen mehr zu machen.

Der Abend ist mild, die Sonne steht tief am Himmel, während die Vögel und Grillen ihr abendliches Konzert geben.

„Es gibt nicht besonders viel zu erzählen", antworte ich ausweichend, beinahe platzend vor Überschwang. Ich meine, es kommt nicht jeden Tag vor, dass man seinen Jugendschwarm trifft — oder einen süßen Neuankömmling, der einem definitiv flirty Blicke zuwirft, während man besagten Jugendschwarm bedient. Der heiße Fremde, dessen Blick meinem begegnete, bevor seine Lippen sich zu einem sexy Grinsen verzogen.

Schmetterlinge flattern in meinem Bauch bei dem Gedanken an ihn.

„Oh, ich weiß, dass es viel zu erzählen gibt, Girl, und ich will jedes einzelne Wort hören, bis ins kleinste Detail", verlangt sie.

„Er ist definitiv charmant."

„Da wette ich drauf", seufzt sie. „Was hat er gesagt?"

„Er sagte, er habe nicht erwartet, ein so hübsches Mädchen in Hunter's Creek zu treffen, aber er sei froh, dass er mich getroffen hat."

Sie legt eine Hand auf ihr Herz, als hätte ich die romantischsten Worte aller Zeiten gesagt, dabei kam es mir eher wie ein ziemlich kitschiger Spruch vor. „Das ist so verdammt süß! Und? Was hat er dann gesagt?"

„Er hat einen Kaffee bestellt, ich habe ihm gesagt, wie viel er kostet, und dann hat er bezahlt. Na ja, er wollte bezahlen. Tante Sheila meinte, es gehe aufs Haus."

„Das war alles?"

„Jepp."

„Moment mal. Das war sein gesamter Flirtversuch?

Laut dem, was ich gehört habe, wart ihr am Ende des Gesprächs praktisch schon verheiratet."

„Hat wer behauptet?"

„Louisa Martin hat es Janey Chesterfield erzählt, die es Andrea Bowman weitergegeben hat, und die hat es allen in der Buchhaltung erzählt."

„Also der ganzen Stadt?"

„Girl, das sind große Neuigkeiten! Obwohl ich gedacht hatte, es wäre mehr als nur ein Spruch gewesen. Wie trinkt er seinen Kaffee?"

Ich werfe meiner Freundin einen Seitenblick zu. „Wer?"

Sie rollt mit ihren Augen. „Der Papst. Wer wohl? Leonardo Finch natürlich."

„Warum willst du das wissen?"

„Weil das zeigt, was für ein Typ er ist."

„Davon habe ich noch nie gehört."

„Oh, doch. Jeder weiß das", erklärt sie mit Nachdruck. „Ich zeig's dir." Sie nimmt ihr Handy vom Tisch und beginnt, auf den Bildschirm zu tippen. „Okay, hier ist es. Es steht in *Hey, Girl*", sagt sie und nennt das Magazin, das praktisch ihre Bibel ist. „Schwarzer Kaffee macht ihn altmodisch und traditionell, in etwa wie dein Vater. Ein Espresso macht ihn kultiviert und weltgewandt —"

„Oder in Eile."

Sie ignoriert mich. „— und ein Cappuccino macht ihn komfortsuchend und abenteuerlustig."

„Komfortsuchend *und* abenteuerlustig? Sind das nicht Gegensätze?"

„Die können total kompatibel sein. So wie… Glamping."

Ich ziehe eine Augenbraue hoch. „Glamping?"

„Glamping ist die perfekte Kombination aus draußen in der Natur sein, was dich abenteuerlustig macht, während du zeitgleich deinen Stil wahrst, was dich komfortsuchend macht."

„Meinst du, Leonardo Finch geht glampen?" Ich kann mir den Filmstar beim besten Willen nicht dabei vorstellen, wie er ein Zelt aufstellt, auch nicht ein glamouröses. Ein Zelt ist ein Zelt, wenn du mich fragst, und ich habe in meiner Kindheit viel zu viele davon gesehen, dank der unglamourösen Camping-Version meiner Familie. Ehrlich, man sollte meinen, in einem winzigen Ort mitten im Wald zu leben, wäre genug Wildnis für meine Eltern. Anscheinend nicht.

„Hat er einen Cappuccino bestellt?", fragt Ivy.

„Eiskaffee."

Ihr Gesicht leuchtet auf. „Oooh, Eiskaffee." Sie scrollt auf ihrem Handy. „Das macht ihn zu jemandem, der ohne Grenzen lebt, eine freie Seele, die offen für aufregende Möglichkeiten ist, jemand, den man nicht einsperren kann."

Ich blinzele sie amüsiert ungläubig an. „Ich dachte, es lag daran, dass es ein warmer Tag war."

Sie zuckt mit den Schultern und schwenkt ihr Handy durch die Luft. „Ich gebe nur wieder, was die Experten sagen. Das ist grundlegende Wissenschaft."

Ich pruste los. „Wissenschaft? Das ist das *Hey, Girl*-Magazin."

„Die holen sich Expertenmeinungen", beharrt sie.

„Okay, was sagen die Experten zu der Tatsache, dass er Hafermilch wollte, wir aber nur Sojamilch hatten, und er sie dann trotzdem genommen hat?"

Sie hebt die Schultern. „Vielleicht ist er gegen Kühe?"

Ich kichere. „Was auch immer er ist, er wird wochenlang hier sein. Wir werden ihn höchstwahrscheinlich wiedersehen."

„Lass mich dich korrigieren: *Du* wirst ihn wiedersehen. Er wird wohl kaum zum Sägewerk kommen, um seinen Eiskaffee mit seltsamer Milch zu holen, geschweige denn uns in der Buchhaltung besuchen", schnaubt sie.

„Wer weiß? Vielleicht wird es ihm hier so gut gefallen, dass er bleibt und beschließt Arbeiter im Sägewerk zu werden?"

Ivy lacht scharf auf. „Weil das so viele Hollywoodstars machen."

„Vielleicht ist er der Erste? Danach zieht vielleicht Liam Hemsworth hierher. Oder Channing Tatum. Der ist schön stämmig."

Channing Tatum war Ivys Promi-Schwarm in ihrer Jugend.

„Gib mir Channing im Flanellhemd und Arbeitsschuhen." Sie bekommt einen verträumten Ausdruck in den Augen, und wir sitzen da, beide verloren in der völlig unwahrscheinlichen Vorstellung, dass irgendein großer Hollywoodstar jemals nach Hunter's Creek ziehen würde. Sicher, der *Serious-Bite*-Star Dex Ryder ist hier aufgewachsen, aber das ist etwas anderes. Außerdem lebt er heutzutage in L.A.. Und nachdem er meiner Schwester das Herz gebrochen hat, kann er mir auch gestohlen bleiben.

Ich spiele mit dem Saum meiner Jeansjacke. „Leonardo Finch war nicht der einzige heiße Typ, der heute in die Stadt kam."

Ivys Gesicht hellt sich auf. „Erzähl mir alles."

„Ein anderer Typ kam kurz nach ihm herein. Er war so heiß, dass ich beinahe dahin geschmolzen bin."

„Sein Doppelgänger?"

Ich muss nicht einmal nachdenken. „Anthony Bridgerton."

Sie setzt sich aufrechter hin. „Erzähl mir mehr."

„Auf einem Motorrad."

„Oh mein Gott. Total dein Typ."

„Ja, nicht wahr?"

„Wenn du mir sagst, dass er auch mit dir geflirtet hat, kündige ich meinen Job und fange *heute* noch im Second Chance an."

Ich grinse, während mein Bauch seltsame Dinge macht, als ich daran denke, wie es war, diesem neuen Typen in die Augen zu sehen. „Er hat nichts zu mir gesagt. Musste er auch nicht."

Ivy quietscht auf. „Kennst du seinen Namen? Seine Nummer? Irgendwas?"

„Nein. Aber ich habe das Gefühl, er wird wieder kommen."

„Girl, das hoffe ich. Für dich. Was hielt Gabe von ihm?"

„Gabe?"

„Du weißt schon, großer Kerl, Schultern von der Spannweite einer Brücke, gebaut wie ein Footballspieler, wohnt ein paar Straßen weiter."

„Du meinst deinen Ex?", necke ich sie und erinnere sie daran, dass sie Gabe ganze dreieinhalb Monate lang in der High-School gedatet hat. Damals war das eine bedeutsame Zeitspanne.

„Girl, das ist ewig her. Hashtag: drüber hinweg." Sie macht eine wegwerfende Handbewegung.

„Ich habe keine Ahnung, was Gabe denkt", gebe ich ehrlich zu, denn irgendwo zwischen dem flirtigen Blickkontakt mit dem heißen Fremden und Leonardo Finchs Kaffee-Bestellung, die angeblich zeigt, dass er eine freie Seele ist, die für aufregende Möglichkeiten offen ist — ich meine, ernsthaft? — war Gabe nirgendwo zu sehen.

„Du brauchst seine Zustimmung, bevor du mit

gewissen heißen Fremden auf Motorrädern ausgehst, die mit dir flirten", sagt Ivy.

„Gabes *Zustimmung*?" Ich schnaube. „Er ist nicht mein Boss."

„Du weißt, wie er ist. Er war schon immer beschützend dir gegenüber. Extrem Ober-Hennen-beschützend."

„Nein, ist er nicht. Nur normal Freunde-beschützend. Das ist alles."

„Wie heißt dieser alte Film mit Whitney Houston noch? In dem sie das berühmte Lied singt, das Leute in Talentshows immer vergeigen."

„Oh, ich weiß welchen Film du meinst. *The Bodyguard*."

„Genau der. Gabe ist wie Kevin wie-hieß-er-noch-gleich."

„Kevin *Costner* war ein echter Bodyguard in diesem Film. Es war sein Job, Whitney Houston zu beschützen."

Ivy zuckt mit den Schultern. „Alles dasselbe."

Ich schüttle den Kopf. „Überhaupt nicht. Und übrigens ist Gabe nur beschützend, weil wir beste Freunde sind."

„Ach ja? Erinnerst du dich, wie es war, als du vor einer Weile mit Joshua Payne zusammen warst? Er war die ganze Zeit so: 'Der ist nicht gut genug für dich' und 'Du kannst es besser haben.' Er hat nicht aufgehört damit. Es wurde echt schnell alt."

Erinnerungen flackern durch meinen Kopf. Ich war vor ein paar Jahren mit Joshua Payne zusammen. Wie die meisten Leute dieser Stadt arbeitete Josh im Sägewerk. Im Gegensatz zu den meisten Leuten dieser Stadt hatte er aber nicht mit achtzehn geheiratet oder die Stadt verlassen, um größere, bessere Dinge zu erleben. Er gehörte zu dem begrenzten Pool möglicher Dates, und ja, er hatte diese coole Motorrad-Sache am Laufen, die mich jedes Mal schwach macht. Als er mich also gefragt hat, ob ich mit ihm ausgehen möchte, habe ich die Chance sofort ergriffen.

Es hielt nicht lange. Er hat mich nach ein paar Monaten für ein anderes Mädchen aus unserer Klasse sitzen lassen, und ich wusste genau, dass Gabe sich auf die Zunge beißen musste, um nicht zu sagen, dass er es mir doch gesagt hatte.

Ich wette, es hat ihm gefallen, recht zu behalten.

„Gabe ist wie ein älterer Bruder für mich", protestiere ich. „Ein nerviger, älterer Bruder."

„Wie schon gesagt, zu mir ist er nicht so."

„Das liegt daran, dass du ihm in der High-School das Herz gebrochen hast. Ich erinnere mich. Ich war da, um die Stücke aufzusammeln, während du schon zum nächsten Typen weitergezogen bist und dann zum übernächsten."

Sie schlägt mir auf den Arm. „Das lässt mich schrecklich klingen."

„Du warst beliebt, das ist alles." Ich werfe ihr einen Blick zu. Sie ist ein paar Zentimeter größer als ich, mit langen Gliedmaßen und einer schmalen Taille, hat volles, dickes, braunes Haar und ein unglaublich hübsches Gesicht. Genau Gabes Typ. Ein Typ, von dem er all die Jahre nicht abgewichen ist.

„Beliebtheit in der High-School bedeutet nichts, wenn man mit dreiundzwanzig noch single ist", jammert sie.

„Dreiundzwanzig ist nicht gerade alt."

Sie rollt mit den Augen. „Hier schon."

Sie hat nicht ganz unrecht. Der Pool verfügbarer Männer in dieser Stadt hat sich exponentiell vergrößert, jetzt wo das Filmteam hier ist. Meine Schwester Harper hat sich vor ein paar Monaten den einzigen Neuzugang der Stadt geschnappt, deswegen sind wir wieder in

„Schmale Auswahl", USA. Bevölkerung: Ivy, ich und Gabe (der nicht mal wirklich zählt, weil er ein Kerl ist). Oh, und Tanya Jacobson, die Bibliothekarin von Hunter's Creek, die 64 Jahre alt ist.

Aber selbst bei dieser begrenzten Auswahl werde ich keine Kompromisse eingehen. Ich will meine große Liebe. Ich will nichts weniger als jemanden, der in meinem Herz Feuerwerk entzündet und mich fühlen lässt, als wäre ich die einzige Frau im ganzen verdammten Universum.

Bisher hat die Suche ein großes, fettes Nichts ergeben.

Aber vielleicht könnte dieser neue Typ ja…?

Mein Herz flattert bei dem Gedanken.

Wir sitzen in angenehmem Schweigen zusammen, während die Sonne aus unserem Blickfeld verschwindet und wir mit einem glühenden Himmel und dem entfernten Quaken der Frösche am Teich bei der Sägemühle zurückbleiben.

„Zumindest passiert hier endlich mal etwas Spannendes", sagt Ivy.

„Der Verkauf der Mühle war nicht aufregend für dich?", frage ich mit einem schiefen Lächeln.

Wir wissen beide, dass der Verkauf der Mühle ungefähr so aufregend war wie das Lösen von schriftlichen Divisionsaufgaben.

„Dass Christopher im letzten Moment aufgetaucht ist, war… unterhaltsam, würde ich sagen", gibt Ivy zu.

„Und romantisch. Er hat Harper im Sturm erobert. Genau das will ich: jemanden, der mich so sehr liebt, dass er etwas super Großes tut, um seine Liebe zu beweisen."

„Ich bin mir nicht sicher, ob die Mühle schon wieder zum Verkauf steht", neckt sie.

„Du weißt, was ich meine. Ich will jemanden, der Himmel und Erde in Bewegung setzt, um bei mir zu sein, so wie Christopher es für Harper getan hat."

Ich denke an meine ältere Schwester und den Mann, den sie liebt. Die Sache ist die: Harper ist der Typ Mensch, der genau solche Männer anzieht, die große Gesten machen. Ich weiß, das ist nicht wirklich eine Kategorie wie der „Outdoor-Typ" oder der „City-Typ", aber glaub mir, wenn es jemanden gibt, für den „große Gesten" eine Kategorie ist, dann ist es Harper.

Eine der Gewinnerinnen beim Miss Perfect USA-Wettbewerb, erinnerst du dich?

Gabes Truck rollt in unsere Einfahrt, die Scheinwerfer blenden uns kurzzeitig.

Ivy steht auf.

„Wohin gehst du?", frage ich.

„Ich bin mit Kochen dran, erinnerst du dich?"

„Schon wieder eine Pizza-Bestellung?"

Ivy, so sehr ich sie auch liebe, ist mir in einer Sache sehr ähnlich: kulinarisch nicht gerade begabt zu sein.

Sie schenkt mir ein breites Grinsen. „Diese Pizzen liefern sich nicht von selbst, weißt du."

Gabe schließt die Tür seines Trucks und kommt zu uns auf die Veranda. „Die Damen", sagt er mit einem Lächeln.

„Kevin", antwortet Ivy, während sie an ihm vorbei ins Haus geht.

Gabe zieht die Augenbrauen hoch und schaut mich an. „Kevin?"

„Frag nicht. Ich dachte, du arbeitest heute Abend", sage ich.

Er lässt sich auf den Platz fallen, von dem Ivy gerade erst aufgestanden ist. „Heute Abend ist das Seltsamste überhaupt in der Bar passiert. Es war ziemlich voll für einen Wochentag, hauptsächlich, weil viele Leute von außerhalb da waren."

„Jemand Berühmtes, von dem du mir sofort erzählen musst?"

Er wirft mir einen Seitenblick zu. „Du meinst, ob Leonardo Finch da war?"

Ein Lächeln spielt um meine Lippen. „Komm schon. Du musst zugeben, dass es ziemlich aufregend ist, dass er hier ist."

„Ich bin nicht derjenige, der Poster von ihm an den Wänden hatte, als er ein Teenie war. Ich wette, du hast seinem Bild jeden Abend einen Gute-Nacht-Kuss gegeben."

Ich rutsche unbehaglich auf meinem Sitz hin und her. Woher zum Teufel weiß Gabe das? „Nein, weil das komisch wäre", schnaube ich.

„Bist du dir da sicher?"

„Ich würde es ganz sicher nicht zugeben, falls ich es getan hätte, oder?"

Er mustert mein Gesicht, und seine Lippen formen ein Lächeln. „Du hast es getan, nicht wahr?"

„Keine weitere Aussage."

Sein Lachen ist leise. „Leonardo Finch, dessen Bild du nicht einmal Gute-Nacht-geküsst hast, war nicht da. Es waren nur Crew-Mitglieder, soweit ich sehen konnte. Niemand Berühmtes."

„Also, was ist dann Seltsames passiert?"

„Jemand hat gesehen, wie eine Ratte an Barney hochgeklettert ist."

Meine Augen weiten sich. „Eine Ratte ist den Bären hochgeklettert?"

„Und dann ist sie in seinem Maul verschwunden."

Mir klappt die Kinnlade runter.

Wie alle anderen Bars mit dem Wort „Bär" im Namen in Hunter's Creek hat auch die, in der Gabe arbeitet, einen riesigen ausgestopften Bären im Eingangsbereich stehen, der die Gäste begrüßt. Es ist total gruselig und ich bin mir sicher auch nicht im Geringsten politisch korrekt, und hat bestimmt mehr als nur einen Besucher der Stadt verstört, aber diese Bären sind genauso Teil von Hunter's Creek wie die Mühle. Jeder hat seinen eigenen Namen, den die Leute in der Stadt ihnen gegeben haben. Der Bär im ‚Schwarzbär' heißt Barney, der im ‚Grizzlybär' Bernice und der im ‚Zum Bären' Brian Smith. Warum letzterer einen Nachnamen hat, weiß ich nicht, aber so wurde er schon immer genannt.

„Armer Barney!", rufe ich aus.

„Du weißt ja, wie es so schön heißt: wo eine Ratte ist, da sind auch zwölf. Es war jemand von der Filmcrew, der sie entdeckt hat und der hat so ein Drama veranstaltet, dass wir schließen mussten – was wir sowieso getan hätten. Niemand will sein Abendessen neben einem Haufen Ratten genießen."

Ich nehme diese neue Information in mir auf. „Oh mein Gott. Dein Chef wird nicht gerade begeistert sein."

„Er muss eine Schädlingsbekämpfungsfirma beauftragen, bevor es eine Inspektion gibt. Er hat uns allen gesagt, wir sollen nach Hause gehen und er melde sich, sobald es weiter gehen kann. Aber du darfst es niemandem erzählen, versprochen?"

Ich hebe die Hand zum Pfadfinderehrenwort. „Du hast mein Wort."

„Du warst nie Pfadfinder."

„Trotzdem hast du mein Wort. Also, ich nehme an, du hast jetzt frei?"

„Sieht so aus."

„Dann sag lieber Ivy Bescheid. Sie ‚kocht' gerade." Ich mache Anführungszeichen mit meinen Fingern.

„Pizza?"

„Wie hast du das bloß erraten?", antworte ich lachend.

Wir schweigen und hören den Fröschen zu, die in der Ferne quaken.

„Bevor ich es vergesse: Mama hat uns morgen zum Abendessen eingeladen. Ich dachte, du könntest nicht kommen, aber wenn du nicht arbeitest...?"

„Ich bin auf jeden Fall dabei."

„Ich wette, sie macht Makkaroni mit Käse zu deinen Ehren."

„Lecker. Mein Lieblingsgericht."

Ich verdrehe die Augen. „Du bist wirklich der Sohn, den sie nie hatte. Im Ernst, ich glaube, wenn sie die Wahl hätten, würden sie mich ohne zu zögern gegen dich eintauschen."

„Kannst du es ihnen verdenken?", fragt er und verdient sich damit einen Schlag auf den Arm von mir.

„Autsch!"

„Ernsthaft?"

„Nein, aber es hätte wehtun können. Du hast einen ganz schönen Schlag für so ein kleines Geschöpf."

Ich betrachte seine muskulösen Arme. „Sicher."

„Hey, wie lief es eigentlich mit Leonardo Finch?", fragt er.

„Es war in Ordnung."

„In Ordnung? Das ist alles, was du dazu zu sagen hast?"

„Ich war nicht hin und weg, falls du das denkst."

„Ich habe gehört, er hat mit dir geflirtet", sagt er, und ich ziehe die Augenbrauen hoch. „Von Theos Frau."

„War ja klar."

„So ein Typ ist wahrscheinlich sowieso nicht ehrlich."

„Gabriel Hartmann, ich bin entsetzt", sage ich in gespielter Empörung. „Ich bin genauso süß wie andere Mädchen, auch wenn *du* das nicht siehst."

Er wirft mir einen Seitenblick zu und mustert meine Gesichtszüge, die ich absichtlich angespannt lasse. „Ich wollte nicht sagen, dass du nicht süß bist, Ryn-Ryn. Ich beurteile ihn, nicht dich. Du bist süß genug."

Ivys Schritte hallen über die hölzerne Veranda. „Genau das, was jede Frau hören will: ,Du bist süß genug'. Ich bin mir sicher, Kevin hätte das besser ausgedrückt."

Ich versuche, ein Lachen zu unterdrücken. Scheitere aber kläglich und schnaube stattdessen merkwürdig.

Gabes Aufmerksamkeit wandert von mir zu Ivy und wieder zurück. Der besorgte Ausdruck, den er noch vor wenigen Sekunden hatte, wird durch ein selbstironisches Grinsen ersetzt. „Ihr macht euch über mich lustig."

Ich bekomme mein Lachen wieder unter Kontrolle. „Das war witzig."

„Du bist ein leichtes Ziel, Kevin", stellt Ivy fest.

„Was soll das mit dieser ,Kevin'-Sache?", fragt Gabe. „Sehe ich plötzlich wie ein Kevin aus?" Er blickt an sich herunter. Er trägt das Übliche: eine abgenutzte Jeans, praktische Arbeitsschuhe, die gut gegen verschüttete Getränke, wie auch zum Arbeiten mit Glas geeignet sind und ein rotschwarz kariertes Flanellhemd, offen über einem weißen T-Shirt. Es ist ein Look, den viele Typen in der Stadt tragen, aber Gabe sieht gut darin aus.

Und ich sage das als seine rein platonische beste Freundin.

Ivys Augen funkeln. „Frag deine kleine Schwester-Slash-Freundin, Kevin."

„Meine kleine Schwester-Slash-Freundin", wiederholt er. „Erstens, Ivy, ist das illegal im Bundesstaat Washington, und zweitens bin ich ein Einzelkind, also hör auf mit den komischen Spitznamen."

Ivy hebt die Hände zum Zeichen der Kapitulation. „Ganz ruhig, Kev."

Gabe schüttelt den Kopf über sie, aber ich kann sehen, dass er es trotz seiner Verwirrung mit Humor nimmt.

Auf keinen Fall werde ich ihm verraten, woher der Spitzname kommt. Obwohl es nur ein Scherz ist und obwohl wir alle wissen, dass Gabe seltsam beschützerisch mir gegenüber ist, sagt mir eine kleine Stimme in meinem Hinterkopf, dass es ihm unangenehm wäre, es zu hören.

Manche Dinge sollten besser ungesagt bleiben.

Kapitel 4

Gabe

„Alyssa, das müssen deine besten Makkaroni mit Käse überhaupt sein", sage ich, während ich meinen letzten Bissen aufesse. Mein Bauch signalisiert mir, dass drei Portionen von Alyssa Coles berühmten Makkaroni mit Käse mehr als genug für eine Mahlzeit sind.

„Hast du dein Gemüse gegessen, Gabe?", fragt Alyssa.

Ich deute auf meinen leeren Teller. „Natürlich."

Alyssa zieht die Augenbrauen hoch und wendet sich an ihre Tochter. „Und du, Ryn?"

„Ich mag keinen Brokkoli. Das weißt du doch", beklagt sie sich, ihr Teller leer bis auf den Löffel gedünsteten Brokkoli, den ihre Mutter ihr serviert hat. „Wer serviert überhaupt Gemüse zu Makkaroni mit Käse?"

„Komm schon, Ryn. Iss dein Grünzeug. Davon kriegst du Haare auf der Brust", necke ich.

„Ich bin ziemlich zufrieden mit meiner Brust, so wie sie ist, danke, G", schießt sie zurück.

Ich werde garantiert nicht über die Brust meiner besten Freundin nachdenken, besonders nicht am Küchentisch ihrer Eltern.

„Unsere Jüngste mochte ihr Grünzeug noch nie", stellt Ed fest.

„Und du hast es ihr durchgehen lassen, es die meiste Zeit ihres Lebens nicht zu essen", erwidert Alyssa spitz.

Ed zwinkert seiner Tochter zu. „Sie ist doch ganz gut geraten, oder findest du nicht?"

Alyssas Gesichtsausdruck wird etwas weicher. „Das ist sie. Unser kleines Mädchen, nur nicht mehr ganz so klein."

Ed lächelt seine Tochter an. „Von zu Hause ausgezogen, hat einen Job, lebt zusammen mit einer Mitbewohnerin. Eine richtige junge Dame."

Ryn verdreht die Augen. „Eltern, ich bin dreiundzwanzig. Ich bin schon eine Weile erwachsen. Es wurde Zeit, dass ich ausziehe und mir eine eigene Bleibe suche."

„Aber du kannst jederzeit hierher zurückkommen, wann immer du willst. Du weißt schon, falls es nicht so läuft, wie du es dir erhofft hast, Sweetpea", sagt Ed zu ihr.

„Dein Vater hat recht, Schatz. Du bist jederzeit zu Hause willkommen", bestätigt Alyssa.

Ryn schnaubt empört und lehnt sich nach vorne. „Warum sollte es nicht klappen? Ich habe einen Job und kann die Rechnungen genauso gut bezahlen wie Harper oder Marlowe, wisst ihr."

„Das wissen wir, Sweetpea", antwortet Ed.

„Wir haben vollstes Vertrauen in dich, Schatz", fügt Alyssa hastig hinzu.

Ryn hatte schon immer die Vorstellung, dass ihre Eltern ihre älteren Schwestern als die Erwachsenen, Erfolgreichen betrachten und sie nur als das Nesthäkchen der Familie sehen, das niemals erwachsen wurde - und es auch nicht will.

Ryn brummt missbilligend und verschränkt die Arme vor der Brust.

Manchmal hilft sie nicht gerade, dieses Vorurteil zu widerlegen.

„Das ist auch so eine Sache. Mich nennst du immer „Sweetpea", Papa, aber Harper und Marlowe nennst du „Kürbis"."

„Und?", fragt Ed.

„Kürbisse sind größer als Erbsen", erwidert sie schwach, als würde das ihren Standpunkt beweisen.

Jetzt ist nicht der Moment, sie daran zu erinnern, dass wir uns geschworen haben, niemals erwachsen zu werden.

Wahrscheinlich nicht hilfreich.

Ich werfe ihr einen Blick zu. „Ernsthaft?", forme ich stumm mit den Lippen.

Sie ignoriert mich, wahrscheinlich weil sie weiß, dass sie gerade etwas empfindlich ist.

„Ich nenne dich „Sweetpea", weil du mein kleines Mädchen bist", antwortet Ed, ohne seine Position auch nur im Geringsten zu stärken. „Wenn du willst, kann ich stattdessen anfangen dich „Kürbis" zu nennen."

„Das wäre gut", schnieft Ryn.

„Wo ist Harper heute Abend?", frage ich, um das Thema zu wechseln. Harper ist bei ihrer Rückkehr nach Hunter's Creek vor einiger Zeit wieder nach Hause gezogen und normalerweise ein fester Bestandteil dieser Familienessen, zusammen mit ihrem Freund Christopher.

„Harper und Christopher sind heute ausgegangen, zum Abendessen und ins Kino", erklärt Alyssa, während sie sich zum Kühlschrank begibt. „Gabe, du wirst dich freuen zu hören, dass du nicht mit leeren Händen nach Hause zurückkehren wirst." Sie öffnet die Tür und holt eine zweite Schüssel mit Makkaroni und Käse hervor, die mit Folie abgedeckt ist.

„Für mich? Vielen Dank", sage ich.

„Natürlich für dich, Gabe. Wir können nicht zulassen, dass du verrückte Schichten schiebst und dadurch Mahlzeiten auslässt, bei all der Zeit, die du im ‚Schwarzbär' und mit deiner Ausbildung verbringst. Du musst bei Kräften bleiben. Wir wollen nicht, dass du vor unseren Augen verkümmerst."

Vom anderen Ende des Tisches wirft mir Ryn ein ironisches Lächeln zu. „Schwindest du dahin, Champ?"

Ich lege meine Hände auf meinen Bauch. „Kein Dahinschwinden hier. Danke, Alyssa. Du bist zu gut zu mir."

„Du weißt, wie wichtig du uns bist, Schätzchen", erwidert Alyssa, und die Abwesenheit meiner Mutter liegt förmlich in der Luft. „Vergiss das niemals."

„Werde ich nicht", murmele ich.

Ryn bringt ihren Teller zur Spüle. „Hast du auch eine für mich gemacht, Mama? Oder ist das nur etwas Besonderes für den Sohn, den du nie hattest?"

„Ich habe für dich und Ivy eine Lasagne gemacht", antwortet sie, holt eine zweite mit Folie abgedeckte Schale aus dem Kühlschrank und stellt sie auf die Arbeitsplatte.

„Danke, Mama. Du bist die Beste", sagt sie, während sie ihre Mutter in eine einarmige Umarmung zieht, während sie den anderen Arm benutzt, um ihren leeren

Teller auszubalancieren — leer bis auf den Brokkoli natürlich.

„Wie findest du bloß die Zeit, noch all diese extra Mahlzeiten zu kochen?", frage ich, während ich die übrigen Teller vom Tisch räume. Als regelmäßiger Gast im Hause Cole ist das Mindeste, was ich tun kann, mithelfen.

„Ich liebe es zu kochen, und es macht mir keine Mühe. Wirklich."

„Sie nimmt sich Zeit für ihre Kinder, so wie es jede gute Mutter tut", fügt Ed mit leuchtenden Augen hinzu, während er Alyssa anlächelt. „Und meine Frau ist die beste Mutter in Hunter's Creek."

„Oh, ich weiß nicht", erwidert sie mit einer wegwerfenden Handbewegung und einem kleinen Lächeln. „Ich tue was ich kann für meine Familie, das ist alles. So wie jeder andere auch."

Niemand erwähnt, dass ich nicht zur Familie gehöre. Zumindest nicht offiziell. Das ist eines der wunderbaren Dinge an Ed und Alyssa Cole. Sie haben nicht nur meine beste Freundin hervorgebracht, sondern mich wie einen der ihren behandelt, seit meine eigene Mutter damals an diesem schrecklichen Tag starb, als ich neunzehn war— und das ohne Fragen zu stellen. Sie sind meine Ersatzfamilie, und ich liebe sie. So einfach ist das.

„Wie läuft die Ausbildung, Gabe?", fragt Ed mich, während ich mich wieder an den Tisch setze.

„Es läuft großartig. Theo hat mir schon so viel beigebracht, und ich habe eine Menge neuer Fertigkeiten gelernt."

„Ich sehe, dass du viel daraus mitnimmst", antwortet er. „Ich sage immer, ein Mann braucht ein kreatives Ventil. Für mich sind es meine Basteleien an Autos und das Restaurieren von alten Möbeln." Er zeigt auf einen Holzschrank in der Nähe der Hintertür. „Den habe ich in einem Secondhand-Laden in Cotown für nur 45 Dollar gefunden, kannst du das glauben? Ich habe ihn abgeschliffen, gestrichen, neue Griffe angebracht, und jetzt beherbergt er die Tellersammlung meiner Frau."

„Großartige Arbeit", bemerke ich.

„Mein Punkt ist, es ist gut, ein Projekt zu haben. Etwas, in dem man sich verlieren kann. Wie deine Glasbläserei."

Ich lächle ihn an. Obwohl es im Moment nur ein Projekt ist, hoffe ich, eines Tages mit Glasbläserei meinen Lebensunterhalt zu verdienen, aber ich weiß, dass das noch in weiter Ferne liegt.

Eines Tages.

„Zeigst du mir irgendwann einige deiner Arbeiten? Ich würde sie gern sehen", sagt Ed.

„Klar. Komm einfach in Theos Studio vorbei, und ich führe dich herum. Ich habe schon einige Vasen gemacht und plane bald, wenn Theo meint, dass ich soweit bin, zu mehr künstlerischen Kreationen überzugehen."

Sein Lächeln breitet sich von einem Ohr zum anderen aus. „Das werde ich, Sohn."

Sohn. Obwohl ich weiß, dass er den Begriff nicht im wörtlichen Sinne meint, fühlt es sich trotzdem großartig an, von einem Mann so genannt zu werden, den ich sowohl liebe als auch respektiere — zwei Dinge, die ich über den Mann, der meine Mutter und mich im Stich gelassen hat, niemals sagen könnte.

„Wisst ihr was? Ich habe Nachtisch mitgebracht", sagt Ryn, während sie in einer Einkaufstasche auf der Arbeitsplatte wühlt und einen Kuchen daraus hervorzieht.

„Einen von Sheilas Apfelkuchen?", fragt Ed.

Ryn grinst und nickt.

„Danke, Sweet… ich meine, danke, Kürbis", antwortet Ed unbeholfen.

Um nicht erneut in die relativen Größen von Eds

Gemüse-Kosenamen abzudriften, sage ich schnell: „Ich hole das Eis."

Als wir alle einen Teller mit Kuchen und Eis vor uns haben, wendet sich das Gespräch unvermeidlich der Hollywood-Invasion unserer Stadt zu.

„Ich habe heute eine Menge Fremder in der Hauptstraße gesehen. Es waren ganz schön viele. Ich sage euch, sie haben die Bevölkerung von Hunter's Creek nahezu verdoppelt", erklärt Alyssa.

„Es waren Neuntausend zusätzliche Menschen auf der Hauptstraße unterwegs? Ich glaube, du übertreibst ein wenig, Mama", sagt Ryn zwischen zwei Bissen.

„Okay, nicht ganz so viele, aber ihr versteht, was ich meine. Ich habe noch nie so viele Menschen auf der Straße gesehen, außer bei einem der Stadtfeste. Dass sie hier sind, ist die größte Sensation in der Stadt, abgesehen davon, dass der ‚Schwarzbär' für ein paar Tage geschlossen wurde. Warum ist das so, Gabe, Schätzchen?"

„Darüber darf ich nicht sprechen", antworte ich. Mein Chef wollte verständlicherweise nicht, dass bekannt wird, dass eine Ratte in Barney eingezogen ist und außerdem wird bis zur Wiedereröffnung alles geregelt sein.

„Darfst du nicht?", fragt sie.

„Glaub mir, Mama, du willst es auch nicht wissen", erwidert Ryn. „Hast du jemand Berühmtes in der Stadt gesehen?"

„Niemand, den ich erkannt habe, aber ich habe gehört, dass du den großen Star des Films getroffen hast. Leonardo Finch, richtig?"

„Ja", antwortet Ryn mit vollem Mund.

„Wie habt ihr euch getroffen?", fragt Ed.

„Er kam ins Second Chance, um einen Kaffee zu holen. Eiskaffee, wenn du es genau wissen willst, was laut Ivy bedeutet, dass er ein Typ ist, der sich keine Grenzen auferlegen lässt. Oder so etwas." Sie zuckt mit den Schultern. „Keine Ahnung."

Alyssas Augen leuchten. „Und? Wie war er?"

„Er war okay", antwortet Ryn.

„Okay? Hattest du nicht Poster von ihm an deinen Wänden, als du ein Teenager warst?", fragt Ed.

„Sie hat jeden Abend seine Papierlippen geküsst, bevor sie schlafen ging", sage ich und kassiere einen Klecks Eis ins Gesicht, abgefeuert von Ryns Nachtischlöffel.

„Hey!", beschwere ich mich, lache überrascht auf und wische es mit meiner Serviette ab.

„Kathryn Fenella Cole, was glaubst du, was du da tust? Wir werfen anderen Leuten kein Essen ins Gesicht", schimpft Alyssa, obwohl ich sehe, dass sie hart daran arbeitet ein Lächeln zu unterdrücken.

„Er hat es verdient", sagt Ryn. „Und nur zur Info, ich habe seine Papierlippen nicht geküsst. Oder die von irgendjemand anderem."

„Aber du wolltest", necke ich leise, und sie zielt mit ihrem Löffel erneut in meine Richtung.

„Ich nehme meine Aussage zurück, euer Ehren", sage ich mit erhobenen Händen.

„Gut für dich, dass du dein Teenager-Idol getroffen hast, Ryn. Ich wünschte, ich hätte meines getroffen", sagt Ed.

„Wer war sie, Papa?"

Er bekommt einen verträumten Blick in den Augen. „Molly Ringwald."

„Archies Mutter?", fragt Ryn.

Ed zieht die Brauen zusammen. „Wer ist Archie?"

"Aus *Riverdale*." Als Ed seine Tochter ratlos ansieht, fügt sie hinzu: "Die Fernsehsendung?"

Ed zuckt mit den Schultern und schüttelt den Kopf.

"Papa, komm mal im aktuellen Jahrhundert an."

"Muss ich, Sweetpea? Ich meine, Kürbis?"

Ich frage Alyssa: "Wer war dein Teenieschw…?"

"Rob Lowe", sagt sie, noch bevor ich die Frage ausgesprochen habe. "Er war so gut aussehend und auch ein guter Schauspieler, obwohl ich den Charakter, den er in *St.Elmo's Fire* gespielt hat, nicht mochte. Zu locker und respektlos gegenüber seiner armen Frau und seinem Kind, selbst noch als sie mit einem anderen Mann in der Bar auftauchte, wo er Saxofon spielte."

Ryn und ich blinzeln sie an, ohne zu verstehen, worüber sie redet.

"Wer ist St.Elmo?", fragt Ryn.

"Das ist ein Film, Schatz", antwortet Alyssa.

"Rob Lowe war großartig in *Parks and Rec*", werfe ich ein.

"Rob Lowe ist in allem großartig", erwidert Alyssa.

"Da hast du wohl Konkurrenz, Ed", bemerke ich.

"Oh, mein Mann weiß, für wen mein Herz schlägt", sagt Alyssa.

Ich lehne mich in meinem Stuhl zurück und beobachte, wie die beiden sich gegenseitig anlächeln. Ryn beginnt, ihren Eltern die Handlung von *Riverdale* zu erklären, und ich nutze den Moment, um die Normalität des Augenblicks zu genießen. Meine Mutter mag nicht mehr da sein, und ich vermisse sie jeden Tag, aber Teil dieser Familie zu sein ist einer der wichtigsten Aspekte meines Lebens.

Den ich unter keinen Umständen verlieren möchte.

Kapitel 5

Ryn

Ich beobachte von meiner Position hinter dem Tresen aus, wie Harper und ihr Freund Christopher durch die Tür des Second Chance Cafés treten. Händchen haltend, lächeln sie, als hätten sie gerade im Lotto gewonnen – was sie in Sachen Liebe wohl auch irgendwie haben, aber es fällt mir schwer, so etwas zu denken, ohne dabei zu erschauern. Ihre lächelnden Gesichter werden nur noch strahlender, als ihre Blicke sich treffen.

Ich schwöre, ich sehe Christopher erröten und für einen steifen Anzugträger ist das wirklich bemerkenswert.

"Ihr zwei seid so süß!", erklärt Tante Sheila und klatscht dabei in die Hände, was mich stark an eine Robbe erinnert.

"Süß oder total widerlich", murmele ich.

"Du wirst dich auch bald verlieben, und dann wirst du nicht mehr so zynisch sein, Ryn", sagt Tante Sheila mit diesem wissenden Blick, den sie bekommt, wenn sie und ihr Damen-Komitee mal wieder eine neue Verkupplungs-aktion für mich ausgeheckt haben −mit Sicherheit wieder mit Gabe.

Ich lächle sie an, während ich innerlich die Augen verdrehe, als wären sie Murmeln in einem Hamsterrad.

"Wir bleiben bei süß, statt widerlich, Tante Sheila ", erwidert Harper und wirft mir einen finsteren Blick zu.

"Ich liebe junge Liebe", schwärmt unsere Tante.

"Wir auch", sagt Christopher und blickt meine Schwester an, als wäre sie die verdammte Mona Lisa persönlich.

"Und wie steht es mit alter Liebe? Bewunderst du die auch? Oder ist deine Bewunderung nur den jüngeren Mitgliedern der Gemeinschaft vorbehalten?", frage ich.

Christopher springt ein: "Ich bin sicher, eure Tante meint neue Liebe. Nicht wahr, Frau Cole?"

"Ich liebe die Liebe. Punkt. Und du weißt, dass du mich Sheila nennen sollst, Christopher. Du bist praktisch Teil der Familie."

Christophers Lächeln wird breiter. "Es wäre mir eine Freude, *Sheila*."

Tante Sheila wendet sich widerwillig von dem glückli-chen Paar ab. Sie dreht sich zu mir um und sagt: "Kathryn, frag unsere Kunden, was sie bestellen möchten. Ich muss eine Weile weg."

Schon wieder Kathryn, hm? Ich habe offenbar einen wunden Punkt getroffen.

"Klar, mache ich", antworte ich fröhlich. Tante Sheila mag zwar ein vollwertiges Mitglied des Damen-Komitees von Hunter's Creek sein, auch bekannt als der "Wir mischen uns ins Leben anderer Leute ein"-Klub, aber sie ist immer noch meine Chefin.

Sie nimmt ihre Schürze ab, schenkt Harper und Christopher ein Lächeln und schreitet davon in Richtung Küche.

"Du wurdest gerade „ge-Kathryn-ed"", stellt Harper mit offensichtlicher Genugtuung fest.

Ich zucke mit den Schultern. "Das ist mein Name."

"Aber du hasst ihn."

"Ich finde, Kathryn ist ein schöner Name", fügt Christopher hinzu. "Aber für mich bist du definitiv eine 'Ryn'."

"Danke, Christopher", sage ich betont. "Was kann ich euch Turteltauben heute bringen?"

Sie teilen einen weiteren ihrer verliebten Blicke, und ich überlege kurz, ob ich ihnen ein Glas Wasser über den Kopf schütten sollte, um sie etwas abzukühlen. Ich entscheide mich dagegen. Ich wurde heute schon „ge-Kathryn-ed". Ich will nicht auch noch gefeuert werden, weil ich unfreundlich zu den Kunden war.

"Ich nehme einen Blaubeermuffin und einen Kaffee mit Sahne, danke. Was möchtest du, Topher?", sagt Harper.

"Lass mich raten: einen Proteinshake mit einer Beilage aus Grünkohl?", schlage ich vor.

Christopher − Topher, wie Harper ihn nennt − liebt seine kohlenhydratarme, zuckerarme und spaßarme Diät. Berühmt wurde er hier, als er bei seinem ersten Besuch in der Stadt ein Schinken-Käse-Omelette ohne Schinken und Käse bestellte. Tante Sheila war damals kurz davor, wie der Mount St. Helens auszubrechen. Aber genau wie der Rest von Hunter's Creek hat sie es ihm verziehen, als er die Sägemühle – und damit die ganze Stadt – bei einer dramatischen Stadtversammlung gerettet hat. Seitdem kann er hier praktisch über Wasser gehen, so sehr lieben ihn die Leute.

"Tatsächlich nehme ich auch einen Blaubeermuffin, aber für mich einen schwarzen Kaffee dazu", antwortet er.

"Kohlenhydrate?", frage ich.

"Kohlenhydrate", bestätigt er. "Ich hatte einen von denen mit Alfred und er war wirklich gut."

"Kohlenhydrate also." Ich nehme die Zange unter der Theke hervor und lege jeden der Muffins auf einen Teller. "Möchtet ihr die warm gemacht haben?"

"Gerne", erwidert Christopher.

"Schön zu sehen, dass du inzwischen Hilfsutensilien benutzt", bemerkt Harper. Als selbst ernannte Kaffeehaus-Expertin liebt sie es, mich darauf hinzuweisen, wenn ich meinen Job nicht korrekt mache. Das letzte Mal, als sie einen Muffin bestellt hat, habe ich die Zange nicht benutzt, was sie sehr aufgeregt hat.

Schwestern. Hab ich recht?

"Oh, ich habe meine Fähigkeiten im Zangenklub geschult", sage ich ihr. Meine Hand fliegt zu meinem Mund. "Ups! Ich habe ganz vergessen: Die erste Regel des Zangenklubs lautet, nicht über den Zangenklub zu sprechen, und hier stehe ich und spreche schon wieder über den Zangenklub." Ich schwenke die Zange vor ihrem Gesicht. "Vergiss, dass ich etwas gesagt habe. Verstanden?"

Harper wirft mir einen Blick zu, der sagt: "Ich kann mich gerade so beherrschen, meiner kleinen Schwester nicht eine über den Kopf zu ziehen", bevor sie bezahlen und sich an einen Tisch ganz hinten setzen, wo sie sicher Händchen halten und sich verliebt anblicken werden.

Okay, ich *weiß*, dass sie das tun werden, aber ich muss nicht darüber nachdenken.

Ich beschäftige mich damit, die Muffins zu erwärmen, Kaffee einzuschenken und ihre Bestellung an ihren Tisch zu bringen. Ich bin heute wirklich viel kompetenter, als ich es letztens war, als die Filmleute in die Stadt kamen. Und obwohl ich weiß, dass ich niemals die beste Kellnerin und Barista im gesamten Pazifischen Nordwesten sein werde, möchte ich zumindest versuchen, meinen Job gut zu machen. Ich brauche diesen Job, besonders jetzt, wo ich das Erwachsensein ausprobiere, ein Haus mit Ivy teile und echte Rechnungen zu bezahlen habe.

Das heißt aber nicht, dass ich mir allzu große Sorgen mache. Ich hatte nie große Pläne für mein Leben. Ich will einfach nur glücklich sein. Ich will die Zeit haben, Spaß zu haben und mein Leben zu genießen.

Meine Familie sagt, das liegt daran, dass ich das Nesthäkchen bin – schon wieder dieses Wort. Laut meiner Amateur-Psychologen-Schwester Marlowe haben die Jüngsten nicht so einen starken Antrieb, etwas zu erreichen, und das Bedürfnis nach einer Karriere um jeden Preis sei bei ihnen nicht so ausgeprägt. Das Nesthäkchen, so Dr. Marlowe Cole, sei einfach glücklich damit, zu „sein".

Was auch immer das bedeuten soll.

Wie durch Zauberei, nur weil ich an sie gedacht habe, betritt meine Hobbypsychologen-Schwester das Kaffeehaus, begleitet von Gabe.

"Marlowe, was machst du hier?", frage ich.

"Ist das eine Art, seine Schwester zu begrüßen?", erwidert sie lachend.

"Ich habe sie draußen gefunden, wie sie am Telefonieren war", sagt Gabe.

"Ich meine, solltest du nicht in Seattle sein, bei deinem schicken Job?"

"Ich darf mir ab und zu eine Pause gönnen, weißt du."

"Marlowe Cole!", ruft Tante Sheila überrascht, als sie durch die Küchentür tritt. Sie zieht meine Schwester in eine Umarmung und Gabe stützt seinen Ellbogen auf den Tresen.

Während meine Tante Marlowe ausfragt, frage ich Gabe: "Bist du für einen Kaffee hier?"

"Ja, und ich nehme auch ein Stück Apfelkuchen."

Ich bereite seinen Kaffee zu und lege ein extra großes Stück Apfelkuchen in eine Schachtel.

"Du bist zu gut zu mir, weißt du das eigentlich?", sagt er.

Ich grinse. "Dafür sind beste Freunde doch da, oder?"

"Ryn, kannst du Marlowe einen Kaffee mit Sahne machen? Ich gehe Lisa holen, damit sie mit dem Kochen anfangen kann."

"Danke, Tante Sheila", erwidert Marlowe, während unsere Tante wieder in die Küche verschwindet.

Ich reiche Gabe seinen Kaffee und er sagt: "Du bist die Beste, Ryn-Ryn."

"Das weiß ich", antworte ich grinsend.

Marlowe beobachtet uns beide mit diesem älteste Schwester Analyse-Blick in ihrem Gesicht.

"Kaffee mit Sahne kommt sofort." Ich mache mich daran, ihren Kaffee zuzubereiten.

"Gabe, bist du momentan mit jemandem zusammen?", fragt sie und tut ganz unschuldig, obwohl ich genau weiß, dass das keine unschuldige Frage ist.

"Nein", erwidert er kurz und knapp, bevor er einen Schluck von seinem Kaffee nimmt.

"Und du, Ryn? Bist du gerade mit jemandem zusammen?"

Ich reiche ihr die Tasse Kaffee. "Du weißt, dass ich es nicht bin."

"Hmm, interessant", antwortet sie mit einem Schmunzeln und tippt sich ans Kinn, als wäre sie tief in Gedanken versunken.

Ich rolle mit den Augen. "Du hast mit Tante Sheila über uns gesprochen, nicht wahr."

"Sie hat da vielleicht etwas erwähnt", erwidert sie.

"Du weißt, wie sie ist. Sie und ihre Freundinnen lieben es Leute zu verkuppeln und Gabe und ich sind ihr Lieblingsprojekt. Stimmt's, G?"

"Ich glaube, das ist mein Stichwort zu gehen", antwortet er, während er sich langsam von uns entfernt.

"Lauf weg", sage ich zu ihm und er verschwindet rasch aus dem Café.

"Also? Tante Sheila liegt völlig falsch?", fragt Marlowe. "Ich meine, Gabe ist ein gut aussehender Kerl. Ist jemals etwas zwischen euch passiert?"

"Weil zwei Menschen unterschiedlichen Geschlechts nicht einfach nur Freunde sein können?"

Marlowe wirft die Hände in die Luft. "Du hast recht. Absolut recht. Ich werde ab jetzt aufhören, ihr zuzuhören." Sie nimmt ihre Tasse. "Danke für den Kaffee. Ich werde jetzt Harper und Christophers kleine Liebes-Sause stören."

Ich kichere. "Tu das."

Ich mache mich wieder an die Arbeit, aber meine Gedanken schweifen immer wieder zu Marlowes Frage.

Ist jemals etwas zwischen euch passiert?

Die Sache ist, es ist tatsächlich etwas zwischen Gabe und mir passiert, aber ich habe es vor langer Zeit aus meinem Gedächtnis verdrängt.

Wir waren siebzehn und er war nur wenige Tage zuvor von Ivy verlassen worden. Ich wusste, dass er deswegen am Boden zerstört war, also sagte ich natürlich ja, als er mich fragte, ob ich mit ihm in den Film gehen würde, den er eigentlich mit ihr hatte ansehen wollen. Er ist mein bester Freund, und das ist eines der Dinge, die man füreinander tut.

Danach aßen wir Eis, fanden einen Fotoautomaten und machten eine Menge alberner Fotos zusammen. Ich hatte wirklich das Gefühl, dass ich dazu beigetragen hatte, seine Stimmung etwas aufzulockern. Er wirkte leichter, sogar glücklicher, mehr wie der Gabe, den ich kannte.

Dann, als wir zu seinem Haus zurückkamen, saßen wir auf der Verandaschaukel seiner Mutter und redeten. Als das Gespräch sich meinem Liebesleben zuwendete, fragte er mich, ob ich momentan Gefühle für jemanden hätte. Ich konnte ihm nicht sagen, dass dies der Fall war, denn das hätte zu viel verraten. Die Sache ist, ich hatte Gefühle für ihn, Gabe, meinen besten Freund – und den erst kürzlich verlassenen Ex-Freund meiner Freundin Ivy.

Ich weiß, ich weiß. Ein komplettes verdammtes Chaos.

Ich erinnere mich daran, wie ich einen Kloß in meinem Hals hinunterschluckte und meinen Blick zu ihm hob, ohne seine Frage beantworten zu wollen, ihm aber auch nicht sagen konnte, warum. Ich bemerkte, dass er mich mit einem Blick ansah, den ich noch nie zuvor bei ihm gesehen hatte.

Ich bin nicht stolz auf das, was als Nächstes passierte.

Ich weiß nicht, wer angefangen hat, aber das nächste, woran ich mich erinnere, war, dass wir ineinander verschlungen waren, Arme, Beine und auch unsere Lippen, in dem atemberaubendsten Kuss meines Lebens miteinander verbunden.

Ich war so gefangen von dem unerwarteten Nervenkitzel, den Mann zu küssen, auf den ich insgeheim schon so lange stand, dass es viel zu lange dauerte, bis ich mich von ihm löste.

Viel zu lange.

Aber ich wusste, dass ich es tun musste.

Er war der Ex meiner Freundin, absolut tabu.

Mehr noch, er war mein bester Freund, und jeder weiß, dass man mit seinem besten Freund nichts anfängt – zumindest nicht, wenn man ihn behalten will.

Natürlich wusste ich, dass Ivy ihn abserviert hatte, also war er rein theoretisch zu haben. Aber Ivy war – und ist immer noch – meine Freundin, und obwohl ich aus erster Hand wusste, dass sie ihn nicht mehr wollte, wusste ich auch aus erster Hand, dass sie nicht wollte, dass jemand anderes ihn bekam.

Aber mehr als all das wusste ich, dass ich für Gabe nur ein Trostpflaster sein konnte. Ich wollte nicht *dieses Mädchen* sein.

Ich wusste tief in mir drin, dass dieser Kuss für ihn nicht mehr bedeutete als die Wahl, welche Limonade er zu seinem Burger nehmen sollte. Ich wollte nicht einfach nur eine Sorte Limonade sein. Ich wollte sein Alles sein, und ich wusste, dass ein Trostpflaster-Kuss niemals sein Alles sein könnte.

Alle Hoffnungen, die ich hatte, mehr als ein Trostpflaster für Gabe zu sein, starben damals, und seitdem bin ich zufrieden, seine beste Freundin zu sein.

Ein älterer Mann, ungefähr im Alter meines Vaters, tritt an den Tresen. Er sieht vertraut aus, aber ich kann nicht einordnen, woher ich ihn kenne. Er ist groß und breit gebaut, mit dunklen Haaren, die an den Schläfen ergrauen, und er sieht jemandem sehr ähnlich, den ich kenne, aber ich kann nicht genau sagen, wem.

Wenn er aus Hunter's Creek wäre, würde ich ihn auf jeden Fall kennen. Kleinstadt, erinnerst du dich?

Ich lächle den Mann an. "Wie kann ich Ihnen heute helfen, Sir?"

"Oh, ich nehme einen... Kaffee?"

"Ist das eine Frage oder eine Bestellung?"

"Eine Bestellung", antwortet er mit mehr Selbstbewusstsein. "Ich nehme einen Kaffee mit Sahne und Zucker, danke."

"Zum Mitnehmen?"

Er blickt sich unsicher im Kaffeehaus um, als ob er herausfinden möchte, ob er bleiben oder gehen will. "Ich glaube, ich trinke ihn hier."

"Möchten Sie noch etwas dazu?"

"Nur den Kaffee."

Ich sage ihm, wie viel er kostet, und er zahlt. "Kommt sofort. Ich bringe ihn Ihnen."

"Danke." Er zögert, ohne sich zu bewegen.

"Wollten Sie noch etwas bestellen?"

Er schüttelt den Kopf, bevor er sich umdreht und an einen leeren Tisch geht.

Das war seltsam.

Ich mache seinen Kaffee fertig und bringe ihn zu ihm. Er bedankt sich mit einem angespannten Lächeln, so steif, dass er jeden Moment auseinanderfallen könnte. Ich bin mir ziemlich sicher, dass eine Koffein-Injektion da nicht helfen wird.

"Genießen Sie Ihren Kaffee", sage ich, während ich mich umdrehe, um zu gehen.

"Sind Sie Ryn?", fragt er.

"Das bin ich", antworte ich fröhlich, nicht sicher, woher dieser Fremde meinen Namen kennt, aber das ist Hunter's Creek, und jeder ist zu jedem freundlich. "Sind Sie von der Filmcrew?"

"Filmcrew?"

Das ist dann wohl ein Nein.

"Haben Sie einen Moment Zeit?", fragt er.

Ich blicke mich im Kaffeehaus um. Es ist keine Stoß-
zeit und Tante Sheila ist zurück hinterm Tresen.

"Sicher."

Er deutet auf einen der freien Stühle am Tisch und ich
setze mich, unsicher, worüber dieser vage vertraut aussehende Mann, der meinen Namen kennt, mit mir sprechen
möchte.

"Sie fragen sich wahrscheinlich, wer ich bin",
beginnt er.

Bingo.

"Ich bin Patrick Hartmann."

Hartmann ist Gabes Nachname.

"Sind Sie mit Gabe verwandt?", frage ich.

"Ich bin... Gabriels Vater."

Meine Augen ähneln wahrscheinlich gerade denen
einer Cartoon-Figur, die auf langen, dünnen Stielen über-
groß balancieren. "Sie sind Gabes *Vater*?", quieke ich, weil es
nicht jeden Tag vorkommt, dass der lang verschollene Vater
deines besten Freundes plötzlich aus dem Nichts auftaucht.

Ich mustere ihn. Jetzt, da ich weiß, wer er ist, sieht er
meinem Freund tatsächlich ähnlich. Von seinem dichten
Haar bis zur Form seiner Nase und der Breite seiner
Schultern sieht er wie eine ältere, gezeichnetere und
schlankere Version von Gabe aus.

Eine ältere, gezeichnetere und schlankere Version, die
nicht nur seine junge Frau und sein Kleinkind verlassen
hat, sondern auch noch ein Doppelleben mit einer anderen
Familie geführt hat.

Das ist wirklich ein starkes Stück, das steht fest.

"Ich habe mich nach Gabriel erkundigt. Der Metzger
die Straße runter sagte mir, dass Sie seine beste Freundin
sind und hier arbeiten, also bin ich hergekommen, um zu
sehen, ob wir reden können."

Ich verschränke die Arme. "Bernie hat Ihnen das gesagt?"

"Er sagte, ihr seid eng miteinander. Sehr eng. Wie beste Freunde."

Ich habe einige ziemlich dunkle Gedanken gegenüber Bernie, diesem netten, gutmütigen Mann.

"Ich verstehe nicht. Warum haben Sie mich aufgesucht und nicht Ihren Sohn?"

Er runzelt die Stirn. "Es ist... kompliziert."

"Das will ich wohl meinen", spotte ich.

Das ist der Mann, der Gabe und seiner Mutter etwas Unverzeihliches angetan hat, meinen besten Freund verletzt hat, seine Mutter verbittert und wütend zurückge-lassen hat, kämpfend, um über die Runden zu kommen. Er hat Gabe so tief verletzt, dass dieser nicht nur jeglichen Kontakt zu seinem Vater verweigert, sondern auch nur einer kleinen, ausgewählten Gruppe von Menschen in seinem Leben vertraut.

Ich werde diesem Mann gegenüber sicherlich nicht voller Regenbogen und Einhörner sein.

Ich stehe auf Gabes Seite, zu tausend Prozent. Keine Frage.

Er legt die Hände mit den Handflächen nach unten auf den Tisch. "Hören Sie, Ryn. Ich weiß, dass er wahr-scheinlich nicht viel von mir hält, und ich verstehe das."

Ich presse die Lippen zusammen. "Wahrscheinlich? Versuchen Sie es mit *definitiv*."

Er atmet schwer aus, seine Schultern sinken. "Ich verstehe es."

"Was haben Sie erwartet? Sie haben damals getan, was Sie getan haben. Sie müssen wissen, dass so etwas Menschen verletzt, und das verschwindet nicht einfach, wenn man es möchte."

Seine Stirn legt sich in Falten. "Er hat Ihnen davon

erzählt?" Er schüttelt den Kopf. "Was rede ich da? Natürlich hat er das. Sie sind seine beste Freundin."

Ich funkele ihn an. "Das haben Sie richtig erkannt."

Ich bin wütend auf diesen Mann, den ich noch nie getroffen habe, für das, was er Gabe angetan hat. Er kann nicht erwarten, dass ich anders reagiere.

Ich verenge die Augen. "Warum wollen Sie Gabe jetzt finden? Brauchen Sie eine Niere oder so etwas?"

Er sieht beschämt aus.

Ich ziehe die Augenbrauen zusammen und starre ihn ungläubig an. "Sie *brauchen* eine Niere!"

Er fährt sich mit der Hand über den Kiefer, eine so vertraute Geste, dass es fast so ist, als hätte ich eine mittelalte Version von Gabe vor mir sitzen. "Ich brauche keine Niere."

Mein Gehirn arbeitet auf Hochtouren. "Keine Niere, hm? Welche anderen Organe kann man spenden und trotzdem leben? Man hat nur ein Herz und eine Leber. Oh, ich weiß. Sie brauchen eine Lunge. Davon hat man zwei."

"Ich möchte keines seiner Organe."

Ich schnaube. "Das soll ich Ihnen abkaufen? Ich kenne Sie kein Stück, Sie sind einfach hier aufgetaucht, um mit mir zu sprechen, weil ich die beste Freundin Ihres Sohnes bin, und Sie erwarten, dass ich glaube, dass Sie keine Hintergedanken haben? So naiv bin ich nicht, verstehen Sie."

Er atmet schwer aus. "Sie haben recht. Ich weiß, dass Sie recht haben. Ich kann nicht erwarten, dass Sie mir vertrauen. Ich bin ein Fremder für Sie. Zum Teufel, ich war noch nie in Hunter's Creek. Für Sie bin ich irgendein Typ, der an Ihrem Arbeitsplatz aufgetaucht ist und Ihnen eine Bombe vor die Füße geworfen hat."

"Korrekt", ist meine knappe, einsilbige Antwort.

Er macht eine Pause, die Augen niedergeschlagen, und ich kann sehen, wie sich seine Brust bei jedem Atemzug hebt. Er blickt wieder zu mir auf, sein Gesicht gequält, seine Augen glasig. "Ich will meinen Sohn sehen. Ich weiß, es ist vermutlich zu spät, und ich habe es mir richtig mit ihm vermasselt, aber ich muss ihn sehen."

"Und Sie werden mir nicht sagen, warum?"

"Bei allem gebührenden Respekt, das ist eine Sache zwischen ihm und mir. Ich hoffe, Sie können das verstehen, Ryn."

Ein Wirrwarr von Gefühlen strömt durch mich hindurch. Ich muss Gabe beschützen und das Richtige für ihn tun. Er hat absolute Priorität. Keine Frage. Hatte er immer, wird er immer haben. Aber hier sitzt dieser Mann vor mir, der gebrochen wirkt, und bittet um meine Hilfe, diese tiefe Wunde zu heilen. Seine Fehler wieder gut zu machen.

Ich trommle mit den Fingern auf den Tisch, während ich meine Optionen abwäge. Was soll ich tun? Das fühlt sich sehr wie eine Erwachsenen-Situation an, und als selbst ernannte Petra Pan ist das weit außerhalb meiner Komfortzone.

Er will Gabe sehen.

Er wird mir nicht sagen, warum.

Er will nichts von ihm.

Vielleicht... stirbt er?

Der Gedanke lässt meine Brust sich zusammenziehen.

"Ryn, ich hoffe, Sie werden mir helfen. Ich würde mir wirklich eine Chance mit meinem Sohn wünschen."

Und da ist es. Er musste dieses Wort benutzen: *Sohn*. Es ruft Bilder von Männern hervor, die ihre Babys wiegen, mit ihnen im Park Ball spielen, sie beraten, stolz dasitzen, wenn sie ihren Schulabschluss machen. All die Dinge, die mein Vater für mich getan hat.

Aber dieser Mann hat nichts von all dem für Gabe getan. Nichts. Er ist gegangen. Er war die reale Verkörperung einer abwesenden Vaterfigur, ohne eine Spur verschwunden.

Ich öffne den Mund, um zu antworten, und schließe ihn wieder.

Er spürt mein Zögern und sagt: "Ich würde alles für eine zweite Chance mit ihm tun. Bitte sagen Sie, dass Sie mir helfen werden."

Die Ironie, dass wir uns gerade im "Second Chance" Café befinden, bleibt mir nicht verborgen.

Ich kaue auf meiner Lippe. "Können Sie mir etwas Zeit geben? Ich sage nicht, dass ich Ihnen helfen werde, aber ich möchte darüber nachdenken."

Sein Gesicht erhellt sich zu einem Lächeln, das ihn so sehr wie Gabe aussehen lässt, dass ich so erschrocken bin wie ein Soldat, der das durchdringende Geräusch von Schüssen in einem friedlichen Dorf hört.

Dieser Mann ist Gabes *Vater*. Gabe ist der *Sohn* dieses Mannes.

Was für eine seltsame und verwirrende Erkenntnis.

Plötzlich wird mir alles zu viel. Ich springe auf, mein Stuhl macht ein kratzendes Geräusch auf dem Holzfußboden, und ich erkläre: "Ich kann jetzt nicht. Ich... ich muss zurück an die Arbeit."

Er steht ebenfalls auf. Er ist groß, fast so groß wie Gabe. "Ich werde wiederkommen. Vielleicht könnten Sie darüber nachdenken?"

Ich nicke ihm knapp zu. "Sicher."

"Ryn, ich hoffe wirklich, dass Sie mir helfen werden, wieder mit meinem Sohn in Kontakt zu kommen."

Sohn. Noch einmal drückt er auf die Tränendrüse.

Ich antworte nicht. Stattdessen sehe ich zu, wie er mit großen Schritten auf den Ausgang zugeht. Sogar sein

Gang ähnelt dem von Gabe. Ich bleibe mit meinen Gedanken über Loyalität, Familie und Freundschaft zurück – und der Frage, welche die richtige Entscheidung ist, um meinem Freund zu helfen.

Kapitel 6

Ryn

Tief in Gedanken versunken gehe ich zur Theke zurück und bediene einen weiteren Kunden, als der süße Typ hereinkommt, der letztens da war, als Leonardo Finch das Kaffeehaus besuchte. Der Typ, der es geschafft hat, meine Aufmerksamkeit von meinem Teenie-Idol auf *ihn* zu lenken – etwas, das ich für unmöglich gehalten hätte.

Erst Gabes Vater und jetzt dieser Typ – heute ist wirklich was los im Café.

Sein durchdringender Blick bleibt an mir hängen, während er lässig auf mich zu schlendert.

Hallo, Anthony Bridgerton.

Oder eher: *Hallo, Anthony Bridgerton in deinen heißen schwarzen Lederklamotten*, gefolgt von einem innerlichen „Oh, Mama".

Ich habe schon immer ein Faible für den stereotypen Bad Boy gehabt. Du weißt schon, den coolen, rebellischen Typ mit dem permanent grimmigen Blick und Dreitagebart. Meine Schwestern beschreiben diese Kerle als diejenigen, die mein Leben ruinieren könnten, und ich gebe zu, einige von ihnen haben es versucht.

Aber ich kann einfach nicht anders. Sobald jemand Lederhosen und eine Lederjacke trägt, zerfließe ich innerlich zu Honig.

Bad Boy Lord Bridgerton nähert sich der Theke, sein Gesicht erhellt sich zu einem sanften Lächeln, das den Honig in mir kribbeln lässt.

Ich wette, er hat richtig heiße Tattoos, die die Hälfte seiner Arme und vielleicht seinen Rücken bedecken, bis hinunter zu...

„Hey", sagt er.

Denk an etwas anderes als an Anthony Bridgertons vermeintliche Tattoos.

Ich suche nach Worten und bringe heraus: „He-hey. Kaffeehaus."

He-hey. Kaffeehaus?

Erschieß mich, erschieß mich jetzt.

Er wirft mir ein fragendes Lächeln zu. „Danke. Netter Laden."

Hat er mich gerade nett genannt? Nein, er meinte das Café.

„Danke", sprudelt es aus mir heraus, als hätte er es wirklich getan.

Wieder dieser Blick.

Bleib cool, Ryn. Locker und cool.

Ich beobachte ihn, während er die Auslage mit den Backwaren begutachtet. Nach einer Weile frage ich: „Was darf's sein?"

Zumindest ein ganzer Satz, auch wenn es nicht gerade Shakespeare ist.

„Warte einen Moment." Er hebt den Blick zur Menü-Tafel über meinem Kopf, und ich nutze die Gelegenheit, um sein Gesicht zu begutachten. Er hat kaffeebraune Augen, eingerahmt von dunklen Brauen, mit kastanien-braunem Haar, das ihm bis über die Ohren fällt, und gerade genug Bartschatten, um seine markanten Gesichts-züge hervorzuheben.

So sehr Anthony Bridgerton.

„Bist du bei der Produktion dabei?", platze ich heraus, obwohl ich seine Antwort schon kenne.

Er richtet seine Augen wieder auf mich. „Ja, bin ich, und ich bin auf einer Mission, um Kaffee und Snacks für Leo zu holen."

„Leo?", frage ich.

„Leonardo Finch. Er ist einer der Schauspieler in dem Film, den wir hier drehen."

Als ob ich nicht wüsste, wer Leonardo Finch ist oder dass er in der Stadt ist. Man müsste schon unter einem großen Stapel Baumstämme leben, um das nicht mitbe-kommen zu haben.

„Du arbeitest mit... äh, Leo?", frage ich und teste diesen neuen Namen.

Dieser Tag ist gerade viel interessanter geworden.

Anthony Bridgertons Lippen verziehen sich zu einem frischen Lächeln, während er mir die Hand reicht. „Ich bin unhöflich. Mein Name ist Joe Turner. Ich bin Leos Assis-tent. Ich habe dich gesehen, als wir neulich hier waren."

Ich nehme seine Hand und genieße das Gefühl, wie sie meine umschließt. „Ja, das hast du". Ich verrate mich total.

So viel zu locker und cool.

Ich räuspere mich. „Du bist Leos Assistent? Das ist cool."

„Ja, es ist cool, genau wie du sagst." Sein Lächeln hat sich in ein belustigtes verwandelt, aber ich nehme an, dass er das oft hört, wenn er Leuten erzählt, was er macht. Schließlich trifft man nicht jeden Tag den Assistenten eines Filmstars, schon gar nicht einen, der aussieht, als sollte er gerade durch Regency-England reiten, um in einem Duell die Ehre seiner Schwester zu verteidigen.

„Darf ich dich etwas fragen?", fragt Joe, seine Augen bohren Löcher in meine Seele.

„Alles", murmele ich, denn ehrlich gesagt, Joe Turner könnte mich gerade alles fragen, und die Antwort wäre: *Zum Teufel, ja.*

„Denkst du, ich könnte meine Hand zurückhaben?"

Ich fokussiere mich auf unsere Hände und ziehe meine sofort weg, während mich Scham überflutet. Ich räuspere mich und schenke ihm ein schüchternes Lächeln, in der Hoffnung, es als niedlich und liebenswert zu verkaufen – aber wahrscheinlich denkt er nur, ich bin ein komischer Leonardo-Finch-Stalker.

„Also, was kann ich dir anbieten, Joe?", frage ich, um meine Würde zurückzugewinnen.

„Ich nehme drei von diesen glasierten Donuts, ein paar Stücke Apfelkuchen, und welche Geschmacksrichtungen haben eure Muffins?"

Ich greife die Zange und deute auf die Auslage. „Wir haben Blaubeer-, Schokoladenchip- und diese hier sind wirklich gut. Es sind Pfirsich-Weiße-Schokolade-Muffins. Superlecker und natürlich gesund, wegen des Obstes."

Er lässt ein leichtes, tiefes Lachen ertönen. Es lässt

mich kribbeln. „Da ich auf ganzer Linie für gesundes Essen bin, nehme ich auch zwei von den Pfirsich-Weiße-Schokolade-Muffins."

„Gute Wahl."

Ich beschäftige mich damit, seine Bestellung in eine Schachtel zu packen, in der Hoffnung, dass ich sie mir richtig gemerkt habe.

Ich beiße mir auf die Lippe. Ich bin mir sicher, dass er Donuts wollte, aber waren es glasierte oder welche mit Streuseln? Oder gefüllte?

Er muss mein Zögern bemerken, denn er sagt: „Es waren drei glasierte."

„Kommen sofort." Ich lege drei glasierte Donuts in die Schachtel. „Möchtest du Kaffee dazu?"

„Unbedingt. Der Kaffee am Set ist okay, aber Leo hat erwähnt, dass euer Eiskaffee hier ziemlich gut ist. Er hat sogar das Wort „hervorragend" benutzt."

Ich strahle. „Der beste Kaffee diesseits von Seattle." Ich zitiere Tante Sheilas zweitliebsten Ausspruch nach „*Eine zweite Chance im Second Chance Café*". Ein Satz, von dem ich nie gedacht hätte, dass ich ihn jemals verwenden würde. Er ist superkitschig und zweifellos falsch.

Er hebt seine dunklen Augenbrauen. „In diesem Fall sollte ich wohl auch einen nehmen." Er hält meinen Blick einen Moment länger, als ich erwartet habe, und mein Bauch macht einen kleinen Hüpfer.

War das ein flirtender Blick? Es fühlte sich an wie ein flirtender Blick.

„Meine Tante, der dieser Laden hier gehört, wird sich freuen zu hören, dass Leo ihren Kaffee bevorzugt."

Tante Sheila war total enttäuscht, als ein Catering-Unternehmen aus Cotown, der wesentlich größeren Stadt in diesem Teil von Washington, den Zuschlag bekam, das Filmset zu beliefern. Natürlich war ein Kaffeehaus von der

Größe des Second Chance nie ernst zu nehmende Konkurrenz, aber diese Mitteilung von Joe Turner, Anthony Bridgertons Doppelgänger, wird ihr sicherlich ein Lächeln ins Gesicht zaubern.

Ich mache die Eiskaffees und stelle sie in einen Pappgetränkehalter. Er bezahlt und schenkt mir sein unfassbar attraktives Lächeln, bevor er sich umdreht, um zu gehen.

„Danke, dass du vorbeigekommen bist, Joe", rufe ich ihm hinterher.

Er bleibt stehen und dreht sich zu mir um. „Willst du mal vorbeikommen? Sehen, wie Filme gemacht werden?"

Meine Augen leuchten auf. „Ernsthaft? Das wäre *fantastisch.*"

Die letzte Hoffnung, die ich hatte, locker zu sein, hat ihre Flügel ausgebreitet und ist davongeflogen.

„Gib mir deine Nummer, dann können wir etwas ausmachen." Er zieht das neueste iPhone aus seiner Gesäßtasche, und ich gebe ihm meine Nummer. Ich höre mein Handy unter der Theke piepen und spüre ein aufgeregtes Kribbeln.

„Ich habe deinen Namen nicht mitbekommen."

„Ich heiße Ryn, kurz für Kathryn mit „y", aber niemand nennt mich so, es sei denn, sie sind genervt von mir oder ich war unartig. Du weißt schon, damals als Kind."

Und vor ungefähr fünf Minuten.

„Bist du oft unartig, Kathryn mit „y"?", fragt er mit einem sexy Lächeln.

Da er nun mal ein Bad Boy ist, wird er mich wohl kaum nach meinem Lieblingskinderlied fragen.

Niemand – außer meiner Familie – hat es jemals geschafft, mich Kathryn zu nennen und ist damit ungestraft davon gekommen. Aber so wie Joe Turner es sagt?

Könnte ich zu einer Pfütze auf dem Boden des Kaffeehauses dahinschmelzen.

„Nicht so oft, wie ich es gern wäre", antworte ich mit einem koketten und völlig gespielten selbstbewussten Lächeln, als würde ich jeden Tag mit heißen Männern wie ihm flirten.

„Das sollten wir vielleicht ändern." Erneut lässt er ein tiefes Lachen hören, und meine Wangen werden heiß.

Dieses Gespräch hat definitiv eine flirtende Wendung genommen, und ich kann nicht sagen, dass ich es nicht genieße.

Ich will nicht, dass Joe geht, also platze ich heraus: „Leo scheint großen Hunger zu haben."

„Ich verrate dir ein Geheimnis. Es ist nicht alles für Leo. Tatsächlich ist nur der Eiskaffee für ihn. Der Rest ist für mich und ein paar Leute aus der Crew. Aber erzähl das nicht meinem Chef."

„Du meinst meinen guten Freund Leo?"

„Genau den."

„Versprochen."

Wir teilen ein Lächeln. Ich versuche, mich unter Kontrolle zu halten, während ich in Wirklichkeit vor Freude auf und ab springen möchte.

„Ich melde mich, um was auszumachen."

„Das wäre gut."

Ich versuche, weniger begeistert zu wirken, als ich mich fühle.

Er zwinkert mir zu – zwinkert mir zu! – und ich schwöre, meine Knie werden weich. „Bis später."

Und damit schlendert er aus dem Café und verschwindet die Straße hinunter. Anders als bei Leonardo Finch, beobachtet ihn niemand beim Davongehen, außer mir. Aber es wurde auch niemand außer mir von Joe

Turner, alias Anthony Bridgerton, alias hundert Prozent mein Typ Mann, angeflirtet und zum Set eingeladen.

Kapitel 7

Gabe

Es ist immer heiß im Studio, was daran liegt, dass der Hochofen bei 2.150 Grad läuft – was verrückt heiß ist, egal wie man es betrachtet. Ich trage nur noch ein T-Shirt und meine Lieblings-Jeans, der Schweiß tropft mir von der Stirn. Da ich keine Ärmel habe, um mir das Gesicht abzuwischen, ziehe ich mein T-Shirt aus der Jeans und benutze den Saum, um den Schweiß wegzuwischen, bevor er mir in die Augen läuft.

Da der ‚Schwarzbär' noch ein oder zwei Tage

geschlossen bleibt, habe ich mehr Zeit, mich meinem Handwerk zu widmen, und plane, den größten Teil des Tages hier zu verbringen.

„Wenn es Kalender von Glasbläsern geben würde wie von Feuerwehrmännern, wärst du der Coverboy."

Mit dem T-Shirt in der Hand schaue ich auf und sehe Ryn, die einen Halter mit Getränken in der Hand hält und grinst. „Was machst du hier?"

Sie ignoriert meine Frage. „Duuuude. Wer hätte gedacht, dass du solche Bauchmuskeln hast? So fest und glänzend und … *da*."

Sie deutet auf meinen Oberkörper, und ich lasse verlegen den Saum meines T-Shirts fallen.

„Danke?", sage ich mit einem unsicheren Lachen, denn es ist immer seltsam, wenn deine beste Freundin – ich betone Freund*in* – deinen Körper komplimentiert. Nicht, dass Ryn oft ein Urteil über mein Aussehen fällen würde – es sei denn, ich zeige der Welt meine angeblich kalenderwürdigen Bauch-muskeln, wie es scheint. Wir sind vielleicht beste Freunde, aber wir laufen nicht gerade nackt voreinander rum.

Ich deute auf den Halter. „Ist einer davon für mich?"

„Ich dachte, du könntest eine Abkühlung gebrauchen. Eiskaffee. Ich habe auch einen für Rowena mitgebracht." Sie winkt Rowena mit einem Eiskaffee zu, bevor sie ihn auf die Werkbank stellt.

Ryn reicht mir einen der Eiskaffees, ich nehme einen Schluck und die kalte Flüssigkeit gleitet meine Kehle hinunter und kühlt mich sofort etwas ab.

„Eiskaffee? Du bist die Beste", sage ich.

Rowena unterbricht was sie tut und kommt zu uns herüber.

„Aus dem Second Chance?", fragt sie, während sie sich einen Becher aus dem Halter nimmt.

86

„Woher sonst?", erwidert Ryn mit einem Achselzucken und einem Lächeln. „Sie sind die besten der Stadt, und außerdem bekomme ich einen ordentlichen Rabatt."

„Also umsonst?", frage ich lachend. Wir wissen beide, dass Ryn ihren Kaffee gratis von ihrer Tante bekommt. Das ist ein weiterer Vorteil, sie als beste Freundin zu haben.

„So in der Art, G", antwortet sie ausweichend mit einem Hauch von einem Lächeln.

Rowena nimmt einen Schluck und hebt den Becher. „Vielen Dank. Das habe ich gebraucht. Sag Bescheid, wenn du mich brauchst, Gabe", sagt sie, bevor sie zu ihrem Arbeitsplatz zurückkehrt.

„Ich kann ihm helfen", bietet Ryn an.

Rowenas Augen wandern zu meinen. Sie hat ihre Ausbildung beendet und arbeitet ein paar Tage die Woche hier gegen Bezahlung. Sie ist gut in ihrem Handwerk. Von ihr und Theo habe ich viel gelernt. „Bist du sicher?", fragt sie.

„Oh, ich bin sicher. Ich schaffe das", antwortet Ryn.

„Okay. Ich bin hier, wenn ihr mich braucht", erwidert Rowena.

„Weißt du, Eiskaffee ist *Leos* Lieblingsgetränk."

„Wessen?"

„Leonardo Finch."

„Du bist jetzt auf Spitznamen-Basis mit dem Typ?"

„Nein. Sein Assistent nennt ihn so, also dachte ich, mache ich es auch."

„Hast du sie getroffen?"

Sie lehnt sich gegen die Werkbank. „Sei nicht sexistisch", tadelt sie.

„Wieso ist es sexistisch, wenn ich frage, ob du *Leos* Assistentin getroffen hast?"

„Weil du angenommen hast, dass sein Assistent eine Frau ist, obwohl es in Wirklichkeit ein Mann ist."

„Ein Mann?"

War ich vielleicht wirklich sexistisch? Es war nicht absichtlich. Alle Assistenten in der Sägemühle sind Frauen, also kann man mir kaum einen Vorwurf machen. Aber das hier sind nicht die 1950er – auch wenn sich Hunter's Creek die meiste Zeit so anfühlt.

Ich hebe meine Hände zum Zeichen der Kapitulation. „Ja, okay. Ich war sexistisch. Mein Fehler."

„Joe – so heißt sein Assistent, Joe Turner – ist heiß mit einem großen H", schwärmt sie, wie ein Teenager über ihren Schwarm. „Und weißt du was? Er hat mich eingeladen, ihn *am Set* zu besuchen. Ist das nicht unglaublich?"

Ich arrangiere die Glasbrocken auf der Werkbank, die ich für mein neuestes Design verwenden will. „Du Glückspilz."

„Ja, nicht wahr? Joe ist so süß. Und heiß. Habe ich das schon erwähnt?"

„Ja, hast du."

„Er ist so heiß wie Anthony Bridgerton, aber auch supercool."

Ich frage, obwohl ich mir sicher bin, dass ich es nicht wissen will. „Anthony Bridgerton?"

„Du weißt schon, aus *Bridgerton*, der Fernsehserie, die Ivy und ich lieben? All diese Regency-Kleider, wogende Dekolletés und diese unglaublich sexy Rakes."

„Rakes? Ist das nicht Englisch für „Rechen"? Ist das eine bizarre Late-Night-Gärtner-Serie?"

Sie kichert. „Nein! ‚Rakes', beziehungsweise Lebemänner, im Sinne von ‚Bad Boys'."

Ryn hatte schon immer eine Schwäche für Männer, die sie als ‚Bad Boys' bezeichnet – Typen, die viel von sich halten, die cool und unnahbar wirken, während sie wahrscheinlich innerlich hoffen und beten, dass sie bei einer Frau wie ihr landen können.

Ich trinke noch einen Schluck Kaffee. „Klingt wie etwas, das du dir gerne anschaust."

„Es ist nur die beste Serie überhaupt auf Netflix. Superromantisch und voller total heißer Leute, Anthony ist einer davon."

„Ich dachte, sein Name war Joe?"

Sie gibt ein empörtes Lachen von sich. „Bleib mal am Ball, ja, G?"

„Zwischen Anthony und Joe und 'Leo' ", beginne ich und mache Anführungszeichen mit den Fingern, „weiß ich nicht, ob ich die Zeit habe, am Ball zu bleiben, Ryn-Ryn. Oder das Interesse daran."

Sie grinst mich an, wie eine Katze, die einen erfolgreichen Kanarienvogel-Raub in die Wege geleitet hat. „Willst du, dass ich dir mehr über ihn erzähle?"

Nein.

„Lass mich raten. Er ist ein Bad Boy Möchtegern-Biker mit Attitüde-Problemen."

Ich habe gesehen, wie Ryn sich viel zu oft in diese Art von Typen verliebt hat. Ich weiß, wie das läuft: Sie verliebt sich in ihn und er behandelt sie wie Dreck. Es ist, als wäre sie eine Motte, die von der falschen Art von Flamme angezogen wird, und nichts, was irgendjemand sagt, kann das ändern.

Als ihr Freund kann ich nur derjenige sein, der da ist, wenn sie mich braucht, bereit, sie zu trösten.

Ich Glücklicher.

Ryn schlägt mir auf den Arm. „Joe ist nicht so."

„Wirklich?", frage ich mit gespielter Überraschung. „Er ist kein Bad Boy Möchtegern-Biker mit Attitüde-Problemen?"

„Joe ist ein wirklich toller Kerl."

„Der zufällig auch ein Bad Boy Möchtegern-Biker mit Attitüde-Problemen ist?" Ich füge schnell hinzu: „Schlag mich nicht schon wieder."

„Du lässt es klingen, als hätte ich ein Gewaltproblem."

Ich schenke ihr ein Grinsen. „Wenn der Schuh passt..."

„Es gibt keinen Schuh in dieser Geschichte."

Ich bin mehr als froh, das Gespräch in eine andere Richtung zu lenken. „Du hast gesagt, du kannst helfen, also willst du mir helfen, etwas herzustellen?"

„Sicher." Sie zieht ihre Jeansjacke aus, die sie mit ihrem üblichen Ensemble aus Jeans, Tennisschuhen und einem einfachen T-Shirt kombiniert hat. Sie hat einen schlichten Stil, der ihr aber wirklich steht. Sie braucht das ganze Make-up und die auffälligen Klamotten, die andere Frauen bevorzugen, nicht. Sie ist hundert Prozent Ryn.

„Woran arbeitest du?", fragt sie, während sie einen Schluck von ihrem eigenen Kaffee trinkt.

„Theo möchte, dass ich verschiedene Sachen ausprobiere, also habe ich mir gestern Abend ein Video von einem Typen angesehen, der einen Fisch gemacht hat, und dachte, ich probiere es heute aus. Ich wollte Rowena um Hilfe bitten, aber da du hier bist und anpacken möchtest..."

„Wie heißt es so schön, es braucht ein Dorf um ein Kind großzuziehen und einen Glasfisch herzustellen?"

Ich lache. „So in etwa."

„Wie kann ich helfen?"

„Hol mir eines der Blasrohre und los geht's."

Wir arbeiten zusammen, drehen und wenden die Stange, um genug Glasschmelze aus dem Ofen aufzunehmen. Als sich das Gewicht richtig anfühlt, ziehe ich es heraus, und Ryn beginnt, vorsichtig Luft in das Rohr zu blasen, wodurch das heiße Glas sich ausdehnt, während ich es mit den verschiedenen Werkzeugen forme und bearbeite.

Nach mehreren Durchgängen, in denen wir mehr Glas hinzufügen, es erhitzen, bearbeiten, wieder erhitzen und wieder bearbeiten, nimmt es langsam Form an, und wir fügen verschiedene Farben hinzu, drehen und formen den Fisch weiter. Rowena gibt uns ein paar Tipps, und als wir fertig sind, haben wir unseren allerersten geblasenen Glasfisch erschaffen.

Ich nehme einen großen Schluck meines Eiskaffees, der jetzt weniger eisig und mehr auf Raumtemperatur ist, aber er kühlt trotzdem. „Das habe ich gebraucht."

Auch Ryn schlürft laut an ihrem Strohhalm und holt die letzten Tropfen ihres Kaffees hoch, während sie unser Meisterwerk betrachtet. „Es erinnert mich an etwas."

„Etwas Gutes oder etwas Schlechtes? Bevor du antwortest: Solange es keine Glas-Clown-Sammelfigur ist, ist es in Ordnung."

Ryn und ich haben immer gescherzt, dass ich, wenn ich jemals professioneller Glasbläser wäre, eine Reihe bunter, komischer Glas-Clowns entwerfen würde. Ernsthaft, google das mal. Sie sind genauso hässlich und kitschig, wie man es erwarten würde.

Sie verkündet: „Der Affe von ‚Dora der Entdeckerin'."

Ich lasse ein überraschtes Lachen hören. „Der Fisch, den wir gemacht haben, erinnert dich an einen Affen?"

„Ja, du weißt schon, den nervigen Affen mit seinem rosa Gesicht, den großen Augen und seinem blauen und gelben Körper."

„Meinst du Boots?", schlage ich vor. Nicht, dass ich ein großer ‚Dora die Entdeckerin'-Fan wäre oder so. Ich bin dreiundzwanzig, nicht drei.

Wir betrachten beide unser Kunstwerk. Es hat wirklich ein rosa Gesicht mit einem blassblauen Körper. Verpass ihm ein Paar rote Stiefel an seine Flossen und es könnte ein sehr seltsam geformter Affe sein. Du weißt schon, wenn Affen Flossen hätten.

Ryn schnalzt mit der Zunge. „All die Zeit und Mühe, und du hast eine Cartoon-Figur erschaffen, G."

„Vielleicht bleibe ich bei Vasen. Darin werde ich langsam echt gut." Ich deute auf die Regale im hinteren Teil des Studios, wo ich ein Sortiment an Vasen aufgereiht habe. Ich kann nicht anders, als stolz zu sein. Es gibt lange, dünne, runde, bunte und welche mit Wellen- und Streifenmustern. Jede hat Stunden gebraucht, um sie zu kreieren und zu perfektionieren, und ich habe jede Minute davon geliebt.

Ryn schlendert zu den Regalen und ich werde plötzlich unruhig, da sie meinen Arbeiten so viel Aufmerksamkeit schenkt. Wenn du etwas erschaffst, ist es fast so, als wäre es ein Teil von dir, den du anderen zeigst. Es ist zutiefst persönlich und Ryns Meinung bedeutet mir die Welt – beim Glasblasen und in allen anderen Dingen. Schließlich hat Ryn das Talent, an meiner Stelle sein zu können, aber es hat sich anders für sie entwickelt.

„G, die sind so wunder-, wunderschön", sagt sie, ihre Stimme atemlos.

Es bringt mich zum Lächeln.

„Diese hier ist besonders atemberaubend." Sie deutet auf eine breite Vase im Mid-Century-Stil in blau und lila.

„Oh, nein!", rufe ich aus, während ich zu ihr hinüber gehe. Ich hatte vergessen, dass ich diese Vase dort zur sicheren Verwahrung hingestellt hatte und jetzt hat sie sie gefunden.

„Was?"

„Ich wollte sie dir schenken."

Ihr Gesicht erhellt sich. „Wirklich?"

„Jetzt, wo du sie gesehen hast, muss ich dir eine andere geben."

Sie nimmt die besagte Vase vorsichtig vom Regal, drückt sie an ihre Brust und dreht sich zu mir um. „Du *musst* mir diese geben, G. Ich liebe sie."

„Darüber muss ich erst nachdenken", necke ich.

Ich sehe zu, wie sie die Vase in ihren Händen hin und her dreht und dabei liebevoll betrachtet.

„Wag es ja nicht, Gabriel Hartmann", schimpft sie. „Sie ist wunderschön." Sie stellt die Vase vorsichtig zurück ins Regal. „Du bist ganz schön gut in dieser Glasblas-Sache, nicht wahr?"

„Ich gebe mein Bestes."

Zu wissen, dass ich die Ausbildung bekommen habe und nicht sie, lässt mich ihr meine Hoffnungen und Träume verschweigen. Denn das Letzte, was ich will, ist, sie zu verletzen oder ihr das Gefühl zu geben, dass sie nicht gut genug ist. Denn Ryn Cole ist *mehr* als gut genug, aber die Erfahrung lehrt mich, dass dieser neue Typ, von dem sie gerade so begeistert ist, das nicht einmal bemerken wird.

Kapitel 8

Ryn

Ich kann kaum glauben, dass ich wirklich hier bin.

Es hat meine ganze Überredungskunst gebraucht, um Tante Sheila dazu zu bringen, mir ein paar Stunden freizugeben, an diesem sonnigen Morgen. Selbst als ich ihr erklärt habe, dass ich eingeladen wurde, das Filmset zu besuchen – den sagenumwobenen Ort am Stadtrand, den jeder in Hunter's Creek sehen möchte.

Vorhersehbarerweise hat sie mich ihr versprechen lassen, dass ich sie beim nächsten Mal unbedingt mitnehmen würde. Ich habe keine Ahnung, ob Joe damit einverstanden sein wird, aber ich habe mich darauf gestürzt wie ein Bär auf seine Beute, und nun stehe ich hier, halte eine Schachtel mit Leckereien und einen Halter mit Eiskaffees in den Händen, während ich an dem provisorischen Zaun warte, der das Set umgibt – nervös und aufgeregt zugleich.

Ein Mann mit kahlem Kopf und einem Kiefer, der so kantig ist, dass er damit Bananen schneiden könnte, nähert sich mir. Sein finsterer Blick verrät mir, dass er nur ein Sicherheitsmann sein kann. Er sieht aus, als würde er im Fitnessstudio wohnen, den ganzen Tag lang Proteinshakes schlürfen, grunzen und sich auf der Brust trommeln.

„Wer sind Sie?", fragt er mit rauer, humorloser Stimme.

„Ich bin Ryn Cole. Ich bin hier, um Joe Turner zu treffen. Er erwartet mich", antworte ich fröhlich.

Er mustert die Schachtel und die Eiskaffees, die ich in den Händen halte. „Was haben Sie in der Schachtel?"

„Ein paar leckere Sachen aus dem Second Chance Café in der Hauptstraße." Ich hebe den Deckel an, und er wirft einen Blick hinein.

„Das Set ist heute geschlossen", schnauft er.

„Warum? Drehen sie eine Liebesszene?"

Mein Gedanke springt sofort zu der Möglichkeit, einen verlockenden Blick auf Leonardo Finchs nackten, muskulösen Oberkörper zu erhaschen.

Verurteil mich nicht. Er war mein Teenieschwarm, der Star in all meinen Verlieben-heiraten-und-Babys-bekommen-Fantasien.

„Geschlossen heißt geschlossen. Niemand kommt rein", schnauzt Mr. Freundlich.

Rat mal, wer nicht den Preis für den nettesten Mann des Monats in Hunter's Creek gewinnen wird? Nicht, dass es einen solchen Preis wirklich gibt, aber in dieser Stadt würde es mich nicht überraschen, wenn sie beschließen würden, einen zu vergeben.

„Hören Sie, ich bin kein Fan, der hier ist, um Leonardo Finch im Adamskostüm zu begaffen", lüge ich, denn, seien wir ehrlich, ich würde Leonardo Finch auf jeden Fall im Adamskostüm begaffen. „Ich habe einen Termin, um Joe Turner zu treffen, Herrn Finchs Assistenten." Um meinen Standpunkt zu verdeutlichen, halte ich mein Handy hoch und zeige ihm die Nachrichten zwischen Joe und mir. Nachrichten, die mehr als nur ein bisschen flirty waren. „Sehen Sie? Es heißt, und ich zitiere: „Bis um 11 am Set" und es ist von dem Joe Turner."

Mr. Freundlich wirft einen flüchtigen Blick auf mein Handy. Sein übergroßer, kantiger Kiefer spannt sich an und zusammen mit seinem kahlen Kopf erinnert er mich an den Typen aus den Superheldenfilmen, der aus Stein gemacht ist. Wie hieß er noch? Ach ja: Das Ding.

Gabe würde das urkomisch finden, mich beim Diskutieren mit dem ,Ding' zu sehen.

Der Gedanke an Gabe erinnert mich an die Bitte seines Vaters, ihm zu helfen, wieder eine Beziehung zu seinem Sohn aufzubauen. Ich weiß immer noch nicht, was ich tun soll, aber jetzt ist nicht der Moment, darüber nachzudenken. Jetzt ist der Moment, um auf dieses Filmset zu kommen, um Joe zu sehen – UNVERZÜGLICH.

„Ich lasse Sie nicht rein, Lady", sagt Das Ding zu mir.

So funktioniert es offensichtlich nicht. Ich entscheide mich für Schmeichelei.

„Man sieht, dass Sie Ihren Job wirklich gut machen. Ich meine, Sie sehen wirklich wie der perfekte Sicherheitsmann aus – groß und einschüchternd und so – und ich wette, Sie gewinnen immer, wenn Ihre Chefs Prämien für die meisten abgewehrten verrückten Superfans am Tag vergeben. Aber ich bin keiner davon. Wirklich. Ich bin eine Einheimische aus Hunter's Creek. Mein Name ist Ryn Cole. Ich arbeite im Kaffeehaus, woher diese Leckereien stammen."

Ich halte die Schachtel erneut als Beweis hoch.

Er bleibt von meiner Rede unberührt. „Zeit zu gehen, Fräulein."

Wenn dieser Typ glaubt, dass ich mich einfach umdrehe und gehe, hat er meine Entschlossenheit, auf das Set zu kommen, gewaltig unterschätzt.

„Mögen Sie Muffins? Oder Kuchen? Meiner Tante gehört das Café in der Hauptstraße, das ich vorhin erwähnt habe und sie macht die besten Apfelkuchen im Bundesstaat, wahrscheinlich sogar im ganzen Nordwesten der USA. Sie bereitet sich gerade auf das Hunter's Creek Sommerfest vor, das bald stattfindet und jedes Jahr in der Stadt gefeiert wird. Wenn Sie wollen, könnte ich Ihnen einen Kuchen besorgen? Oder zwei?"

Ich lächle ihn an, in der Hoffnung … in der Hoffnung …

„Tut Ihre Tante Rosinen in Ihre Apfelkuchen?"

Mag Das Ding Rosinen in Apfelkuchen? Sein unbewegliches, passenderweise steinernes Gesicht ist unmöglich zu lesen.

„Sie hat eine sehr klare Meinung zu Rosinen in Apfelkuchen", antworte ich vorsichtig und bin stolz auf mich für die mehrdeutige Formulierung.

„Es ist nichts weniger als eine Abscheulichkeit, Rosinen in einen perfekten Apfelkuchen zu tun", stellt Das Ding ernst fest, als würde er seine Superhelden-Rede halten, warum die Bösen aufgehalten werden müssen, bevor sie unseren Planeten zerstören.

Er ist gegen Rosinen. Verstanden.

Ich lehne mich etwas näher zu ihm. „Ich sage Ihnen,

meine Tante würde ihr Kaffeehaus für immer schließen, bevor sie auch nur eine einzige Rosine in ihre Apfelkuchen tun würde."

Er lehnt sich auf seine Fersen zurück, und ich schwöre, er lächelt fast. Fast.

Ich halte den Atem an. Habe ich ihn überzeugt? Wird er mich jetzt auf das Set lassen?

Diese Frage wird für immer unbeantwortet bleiben, denn in diesem Moment taucht Joe auf, und alle Gedanken an Rosinen oder Superhelden sind vergessen, ersetzt durch Gedanken daran, wie unglaublich gut aussehend Joe ist.

In seinem schwarz-weiß gemusterten Hemd, das bis oben zugeknöpft ist, seinen hochgekrempelten schwarzen Jeans und den Schnür-Stiefeln, leuchten seine Augen auf, als sie meine treffen, und mein Bauch macht alle möglichen verrückten Sprünge bei seinem Anblick.

Joe Turner könnte jederzeit die Rosine in meinem Apfelkuchen sein.

„Hey, Carl. Ich sehe, du hast Ryn getroffen", sagt Joe, während er dem Sicherheitsmann freundschaftlich auf den Rücken klopft.

Das Ding alias Mr. Freundlich alias Carl wirft ihm einen Blick zu, der ihm unmissverständlich klar macht, seine Hand sofort wieder wegzunehmen.

Hm. Er scheint bei allen so superunfreundlich zu sein.

Unbeeindruckt fährt Joe fort: „Ryn ist mein Gast. Sie wollte sich das Filmset anschauen."

„Heute ist das Set geschlossen", wiederholt Carl.

Ich muss ihm lassen, dass er konsequent bei seiner Aussage bleibt.

„Ryn möchte sich umsehen, aber wir gehen wahrscheinlich nicht einmal zu den Dreharbeiten. Die sind sowieso unten beim Teich und ich habe meine neuen Stiefel an."

Er ist so gar nicht wie die Leute in Hunter's Creek. Niemand der hier bei Verstand ist, würde sich Gedanken über ein bisschen Schlamm auf einem Paar Stiefel machen.

Ich mag es, dass Joe darauf achtet, wie er aussieht.

„Leo weiß Bescheid, und er hat nichts dagegen", fügt Joe hinzu.

Die Erwähnung von Leonardo Finchs Namen zeigt die gewünschte Wirkung auf Carl, der endlich zurücktritt und mir den Zugang zum Set gewährt.

„Kommen Sie ins Second Chance, und ich sorge dafür, dass Sie einen von den Apfelkuchen meiner Tante bekommen", sage ich zu ihm, und ich glaube, Carl lächelt fast. Fast, aber nicht ganz.

„Du bist genau rechtzeitig aufgetaucht. Er wollte mich nicht rein lassen", sage ich.

„Oh, Carl ist ein Schmusekater. Man muss nur wissen, wie man ihn handhabt."

Wir machen uns auf den Weg zu den Wohnwagen, die die Produktionsfirma auf Herrn Cantors Feld aufgestellt hat. Aber das sind keine Wohnwagen, wie ich sie kenne. Sie sind alle glänzend weiß und sehen nagelneu aus, jeder etwa so groß wie die Hälfte des Hauses meiner Eltern. Nicht gerade die bunt bemalten, heruntergekommenen Wohnwagen, in denen ein paar Familien am Stadtrand leben. Das hier sind die Dolce und Gabbana unter den Wohnwagen. Die Manolo Blahniks.

„Es ist toll, hier zu sein, Joe. Vielen Dank, dass du mich eingeladen hast", sage ich begeistert.

„Es ist mir ein Vergnügen." Er schenkt mir eines dieser Lächeln, die mich in die Knie zwingen, das mich an den sexy Lord Bridgerton erinnert, der Kate mit seinen tiefen, grübelnden Blicken und seiner ungehemmten Leidenschaft für sich gewinnt.

Ich räuspere mich. Ich darf nicht mitten auf dem Set wie Honig dahin schmelzen.

„Du willst Carl einen Apfelkuchen geben?", fragt er.

„Das war mein Bestechungsversuch."

„Also gibt es keinen Apfelkuchen?"

„Oh doch, es gibt Apfelkuchen", erkläre ich mit einem Lächeln. „Meine Tante nimmt jedes Jahr am Backwettbewerb des Hunter's Creek Sommerfests teil und gewinnt meistens auch. Tatsächlich kann ich mich nicht erinnern, wann sie das letzte Mal verloren hat.

„Ihr habt ein Sommerfest?"

„Es ist wirklich nichts Besonderes, nur das übliche Kleinstadtfest mit Essen, Fahrgeschäften und vielen Tieren."

„Bauernhoftiere?"

„Jepp."

„Wie idyllisch."

Falls er herablassend ist, gehe ich nicht darauf ein. „Superidyllisch", stimme ich zu. „Sie verpesten ein bisschen die Luft, aber es gibt Ziegen, Schweine und Kühe, die die Leute zu mögen scheinen."

„Weißt du, bis gestern habe ich noch nie eine Kuh aus der Nähe gesehen, außer in Form eines Steaks auf meinem Teller."

„Stadtkind, hm?"

„In San Francisco geboren und aufgewachsen. Dort gibt es nicht viele Kühe."

Ich hebe die Hände. „Ich will das gar nicht verurteilen. Ich bin sicher, San Francisco hat viel aufregendere Dinge als Kühe zu bieten."

Er lässt dieses Lachen hören, das meinen Bauch kitzelt. „Ich denke, das kommt wohl darauf an, wie sehr man Kühe mag."

„Aber du lebst jetzt in Los Angeles, richtig?"

„Jepp."

„Weil du für einen Filmstar arbeiten wolltest?"

„Nicht ganz. Ich bin mehr oder weniger zufällig an diesen Job geraten. Er bezahlt die Rechnungen, und ich kann zu Orten wie Hunter's Creek reisen und die süßen Einheimischen kennenlernen."

Ich schenke ihm ein schüchternes Lächeln. „Was willst du wirklich machen?"

Wir erreichen einen der Wohnwagen und bleiben vor der Tür stehen.

„Warum rätst du nicht mal."

„Nun mal sehen, normalerweise wollen Leute, die nach LA ziehen, Schauspieler werden. Diese ganze Hollywood-Sache und so. Habe ich Recht?"

Joe ist definitiv gut aussehend genug, um auf der Leinwand zu sein.

„Du hast mich erwischt", antwortet er mit einem Lächeln. „Ich und jeder andere Typ, der in die Stadt kommt mit einem Kopf voller Pläne und nicht viel mehr, wollen das."

„Wie der Ex meiner Schwester. Ich meine, er hat es tatsächlich geschafft. Er ist in einer Serie namens *Serious Bite*, was lustig ist, weil wir alle dachten, Vampire wären längst überholt. Aber anscheinend ist noch Leben in ihnen, wenn du das Wortspiel entschuldigst."

Er sieht mich verwirrt an.

„Vampire sind per Definition tot", erkläre ich.

„Richtig. Ja", antwortet er mit einem Lachen.

„Jedenfalls ist die ganze Stadt verrückt nach der Serie. Die Stadtbewohner versammeln sich, um sie im Rathaus zusammen anzuschauen. Alle sind da. *Wirklich* alle. Ehrlich, man könnte denken, Dex wäre eine Art Halbgott und nicht der Idiot, der meine Schwester betrogen hat."

„Warte. Du sprichst von Dex *Ryder*?", fragt er, und ich nicke.

„Und er hat deine Schwester gedatet?"

„Nur so etwa eine Million Jahre. Er ist hier aufgewachsen und er und Harper waren High-School-Sweethearts. Sie ist ihm nach LA gefolgt, und dann hat er sie für seinen Co-Star verlassen. Ist das nicht genauso klischeehaft wie ein Mann, der seine Frau für seine Sekretärin verlässt? Ein total bescheuerter Schachzug, wenn du mich fragst."

Er stößt ein leises Pfeifen aus. „Dex Ryder ist in Hunter's Creek aufgewachsen. Wer hätte das gedacht?", fragt er, als hätte ich ihm nicht gerade gesagt, dass die ganze Stadt das weiß.

„Wovon redest du? Du bist Assistent eines großen Filmstars. Das ist viel besser, als mit dem Hauptdarsteller einer kitschigen TV-Serie zur Schule gegangen zu sein."

Ich werde nicht erwähnen, dass *Serious Bite* auch ernsthaft süchtig macht. Da es auf einem der großen Sender läuft, kann niemand die ganze Serie auf einmal ansehen, was echt schade ist, weil die „Werden-sie-oder-werden-sie-nicht"-Spannung zwischen den beiden Hauptfiguren – und die Tatsache, dass wir alle in der letzten Folge erfahren haben, dass Dex' Figur sich auch in einen Dämon verwandeln kann – genug ist um jeden für eine ganze Staffel an den Bildschirm zu fesseln.

„Wann ist die nächste Vorführung?", fragt er.

„Morgen Abend, natürlich." Ein Gedanke kommt mir. „Hey, möchtest du mitkommen?"

Habe ich Joe gerade zu einem Date eingeladen?

Sein Gesicht verzieht sich zu einem Lächeln. „Mit dir? Das würde mir gefallen."

Es sieht ganz so aus, als hätte ich Joe gerade zu einem

Date eingeladen, und es sieht auch so aus, als hätte er Ja gesagt.

Ich muss mich super zusammenreißen, um nicht vor Freude auf der Stelle auf und ab zu springen.

Morgen Abend darf ich mit dem wahnsinnig gut aussehenden Joe Turner am Arm im Rathaus auftauchen. Das wird nicht nur jede tratschende Zunge in der Stadt zum Beben bringen wie eine Schüssel Wackelpudding bei einem Erdbeben, sondern auch zeigen, dass das jüngste Mitglied der Familie Cole vielleicht doch nicht der hoffnungslose Fall ist, wie bisher immer alle dachten.

Und es wird sie alle dazu bringen, über Gabe und mich den Mund zu halten.

„Das würde mir auch gefallen." Ich grinse ihn an und er lächelt zurück.

Das läuft so gut!

„Also, du willst Schauspieler werden, hast aber diesen Job angenommen, um die Rechnungen zu bezahlen, richtig?"

„Richtig. Ich habe noch nicht meinen ganz großen Durchbruch gehabt. Ich dachte, es wäre eine gute Idee, zumindest Teil des Gewerbes zu sein, auch wenn es bedeutet, für den Typen vor der Kamera zu arbeiten, anstatt dieser Typ zu sein."

„Du willst nah am Geschehen sein."

„Du verstehst es, Ryn. Du verstehst *mich*, was erstaunlich ist, weil wir uns gerade erst kennengelernt haben." Er legt seinen Arm um meine Schulter, und ich atme seinen würzigen, moschusartigen Duft ein. Es ist sowohl überraschend als auch wunderbar, und es fällt mir schwer, einen Fuß vor den anderen zu setzen, ohne zu stolpern und auf die Nase zu fallen.

Mein Herz beginnt wild zu schlagen, als sich unsere Blicke treffen. „Ich... gut."

Großartig. Ich bin wieder die nicht-in-der-Lage-vollständige-Sätze-zu-formen Ryn vom ersten Mal, als wir uns begegnet sind.

Sein Gesicht verzieht sich zu einem Grinsen, als könnte er genau erkennen, was er für einen Effekt auf mich hat. Was ich, seien wir mal ehrlich, auch nicht gerade gut verberge.

„Wen willst du treffen?"

„Leonardo und Charlene?", frage ich.

„Tut mir leid, sie drehen gerade unten am Teich, und wie Carl dir bereits gesagt hat, ist es heute ein geschlossenes Set."

Ich versuche mein Glück. „Auch für jemanden, der Leos Assistenten total versteht?"

Er lacht, und da seine eine Körperhälfte an mich gelehnt ist, kann ich es durch meinen Arm hindurch vibrieren fühlen. „Ich dachte eher an die Haar- und Make-up-Abteilung."

Ich würde gerade überall mit diesem Typen hingehen. „Haar und Make-up. Klingt gut."

Wir gehen die wenigen Schritte zum nächsten Wohnwagen, und er nimmt seinen Arm von meinen Schultern, bevor er die Tür öffnet, damit ich eintreten kann.

Ich schwebe auf Wolken, meine Füße berühren nicht einmal den Boden. Als ich heute hierher gekommen bin, hatte ich gehofft, dass Joe vielleicht romantisches Interesse an mir haben könnte, und jetzt scheint es offensichtlich, dass er das hat. Was noch besser ist: Wir haben die Vorführung morgen Abend, auf die wir uns freuen können.

Joes Stimme unterbricht meine Gedanken. „Das sind die Schminktische, wo sie Haare und Make-up für die Schauspieler machen."

Ich sehe mich im Wagen um. Genau wie im Fernsehen gibt es an beiden Wänden des Wohnwagens eine Reihe von Stühlen, die gut beleuchteten Spiegeln gegenüberstehen, genug, um Haare und Make-up aller Schauspieler einer Szene kameratauglich zu machen.

Da ist eine Frau, die nicht viel älter sein kann als ich, gekleidet in ein Paar strahlend weiße Tennisschuhe, schwarze Leggings und ein schlichtes schwarzes T-Shirt, ihr langes Haar zu einem unordentlichen Dutt frisiert. Sie ist über eine Reihe von Schubladen gebeugt, während sie sich auf ihre Aufgabe konzentriert.

„Hayley", ruft Joe, und die Frau schaut überrascht zu uns auf, als hätte sie uns gerade erst bemerkt, so vertieft war sie in ihre Arbeit.

Sie richtet sich auf, ihr Gesicht erhellt sich zu einem Lächeln. „Oh, hey, Joe, und Joes neue Freundin."

„Das ist Ryn. Sie ist eine Einheimische und gekommen, um zu sehen, was wir hier am Set so machen."

„Schön, dich kennenzulernen, Ryn."

Ich bemerke ihr perfektes Make-up, komplett mit langen Wimpern, die genau die richtige Länge haben, um die Balance zwischen natürlich und viel-zu-übertriebene-Kuhwimpern zu wahren.

„Bist du Maskenbildnerin?", frage ich.

„Meine offizielle Bezeichnung ist Make-up-Assistentin, aber ich bevorzuge den Begriff ‚Künstlerin', weil das bin ich, eine Künstlerin für Gesichter."

„Hayley liebt ihren Job", erklärt Joe unnötigerweise.

„Eine Künstlerin für Gesichter. Diese Idee gefällt mir. Darfst du entscheiden, wie jeder im Film aussehen soll, oder sagen dir die Schauspieler, was sie wollen?"

„Oh, die Schauspieler machen, was ihnen gesagt wird, es sei denn, sie sind superberühmt, in diesem Fall müssen wir manchmal auf sie zuhören."

„Jemand wie Leonardo Finch?"

„Er hat nicht viel Mitspracherecht, aber sein Look ist

Held einer Romantischen Komödie, also ist er ziemlich zufrieden mit dem, was wir mit ihm machen. Meine Chefin, die leitende Maskenbildnerin, definiert die Vision für den Film. Ich schätze, ich bin eine der Handlangerinnen, die ihre Anweisungen ausführt."

„Du und ich beide", antwortet Joe lachend.

„Ich find, dein Job klingt fantastisch", sage ich ihr. „Du kannst entweder das Aussehen der Leute verbessern oder sie völlig verändern. Das muss so viel Spaß machen."

„Interessierst du dich für Maskenbildnerei?", fragt Hayley.

„Ich habe nie wirklich darüber nachgedacht", antworte ich ihr ehrlich. Ich habe Make-up immer als etwas angesehen, dem ich im letzten Moment Aufmerksamkeit schenke. Etwas Mascara, ein Hauch von Lipgloss und normalerweise bin ich fertig für den Tag. Aber das, worüber Hayley spricht, ist Make-up als Kunst, nicht nur etwas, das man tut, damit man die Leute in der Öffentlichkeit nicht erschreckt.

„Es gibt viele Dinge, die du damit tun kannst, nicht nur an einem Filmset arbeiten. Ich habe angefangen, das Make-up meiner Freunde zu machen, als ich ein Teenager war, und nachdem ich meine Ausbildung abgeschlossen hatte, habe ich auf Hochzeiten und Abschlussbällen gearbeitet, bis ich ins Filmgeschäft gewechselt bin. Es ist eine superspaßige und lohnende Karriere."

Sie lässt es nach einer wirklich aufregenden Sache klingen, besonders für jemanden wie mich, der nie wirklich gut in der Schule war, geschweige denn aufs College gehen wollte, um einen langweiligen Job zu erlernen.

„Ich schätze, ich habe immer gedacht, Make-up ist etwas für andere Leute."

„Warum setzt du dich nicht hin? Ich könnte sehen, was ich machen kann." Sie klopft auf den Stuhl vor dem hell beleuchteten Spiegel neben ihr. „Wenn das für dich okay ist, Joe?"

„Meinst du das ernst?", frage ich und blicke zwischen Hayley und Joe hin und her. Das ist eine professionelle Maskenbildnerin, die mit Filmstars arbeitet, und sie bietet an, mein Make-up zu machen. *Mir*, Ryn Cole, Kaffeehaus-Kellnerin.

„Nur zu", sagt Joe zu mir. „Ich muss sowieso ein paar Anrufe tätigen. Ich komme in etwa zehn oder fünfzehn Minuten wieder und wir können die Tour machen."

„Fünfzehn Minuten sollten reichen", antwortet Hayley.

Nach etwa zwanzig Minuten und viel Gerede darüber, wie es ist, im Bereich Make-up zu arbeiten, betrachte ich mein Spiegelbild voller Staunen. Hayley hat es geschafft, mich wie mich aussehen zu lassen, aber eine viel poliertere, erwachsenere Version, eine Version, die mich ein wenig wie den Filmstar Amy Adams aussehen lässt, wenn ich ganz ehrlich bin. Und das, Leute, ist keine kleine Leistung.

„Hayley, du hast irgendeinen Zauber in deinen Make-up-Utensilien."

Sie kichert. „Du bist eine wunderschöne Frau. Ich habe nur das verstärkt, was Gott dir gegeben hat."

„Bist du sicher? Ich denke, du hast einige erstaunliche Fähigkeiten."

Joe kommt zurück, wirft einen Blick auf mich und sagt: „Du siehst wunderschön aus, Kathryn mit „y"." Er betrachtet meine Reflexion im Spiegel, eine warme Hand auf jeder meiner Schultern.

„Jeder wird sich fragen, wer diese heiße Frau an meinem Arm ist."

Ich lächle ihn an. So muss es sich anfühlen, wenn man Cinderella auf dem Ball ist, und morgen Abend werde ich mit dem süßesten Typen der Stadt auf ein Date gehen.

Kapitel 9

Gabe

Ich lasse mich auf meinen üblichen Platz in der hintersten Reihe des Klassenzimmers fallen und hole meinen Laptop aus meinem Rucksack. Normalerweise versuche ich, vor Beginn der Vorlesung da zu sein – es gehört sich einfach –, aber da die Bar heute Abend wieder aufgemacht hat, war ich mit Arbeit überhäuft und kann froh sein, es überhaupt hierher geschafft zu haben.

„—Ihre Geschäftspläne, die ich überprüft habe und deren Feedback Sie bereits online gesehen haben sollten", sagt der Professor, ein Mann namens Kenneth McKinley. Er ist bestens für die Position als Dozenten für den Kurs „Wie man ein Kleinunternehmen führt" qualifiziert, da er mehrere erfolgreiche Unternehmen in der Umgebung von Hunter's Creek und Cotown besitzt. Mit seiner üblichen blau-weiß gestreiften Fliege, den akkurat geschnittenen grauen Haaren und seinen bunten Hemden ist er eine echte Erscheinung.

„Du bist spät dran", flüstert eine Stimme neben mir.

Ich blicke in ein Paar braune Augen, in einem hübschen, lächelnden Gesicht. Es ist Natalie Mills, eine Frau, die ein paar Jahre älter ist als ich. Ich habe sie an meinem allerersten Tag in diesem Kurs kennengelernt und musste mir ihre Notizen schon mehr als einmal ausleihen, wenn ich es wegen der Arbeit nicht hierher geschafft habe.

„Du weißt, was man sagt: Besser spät als Bier in einer „Bärenbar" servieren", flüstere ich zurück, um den Unterricht nicht zu stören.

Ihr Lächeln wird breiter, ihre Augen strahlen. „Ich dachte, es heißt: Besser spät als nie. Aber was weiß ich schon? Ich komme nicht aus dem Bundesstaat Washington."

Die Stimme des Professors lenkt meine Aufmerksamkeit auf sich. „—und das ist das heutige Thema: Wie Sie Ihre Leistung im Vergleich zu Ihrem Geschäftsplan mit messbaren Zielen überwachen können. Denn, wie Sie sicher schon gemerkt haben, ist es schön und gut, einen Geschäftsplan zu haben, aber er bleibt nur ein Stück Papier mit Zahlen, wenn Sie den Plan nicht umsetzen und, was noch viel entscheidender ist, sich daran messen."

Ich mache mir Notizen, während ich der Vorlesung für die nächsten vierzig oder mehr Minuten folge. Am Ende des Unterrichts haben sich meine Befürchtungen darüber, wie man ein erfolgreiches Glasbläser-Studio führt, laut und deutlich bestätigt.

Deshalb mache ich diesen Kurs. Da ich nie eine Universität besucht habe und nicht gerade der Typ Schüler in der High-School war, der in Fächern wie Wirtschaft oder Betriebswirtschaft geglänzt hat– geschweige denn, dass ich diese Fächer überhaupt belegt hätte –, weiß ich, dass ich viel zu lernen habe, wenn ich überhaupt eine Chance haben will, damit Erfolg zu haben.

„Nachdem jeder nächste Woche seine Präsentation gehalten hat, gehen wir zum wahnsinnig aufregenden Thema Werbung und Marketing über, danach behandeln wir, wie man die Finanzen eines Unternehmens verwaltet", sagt Herr McKinley abschließend.

Ich atme schwer aus, während die Leute um mich herum ihre Sachen zusammenpacken und den Raum verlassen.

Es gibt so vieles, das ich nicht weiß. Manchmal kann das ein wenig überwältigend sein. Wem versuche ich hier etwas vorzumachen? Es ist absolut überwältigend. Punkt.

Natalie stößt mich mit ihrem Ellbogen an. „Warum warst du diesmal zu spät? Lass mich raten. Es war entweder ein Glasnotfall oder ein Biernotfall." Sie hebt die Hände in die Luft. „Sag nichts: definitiv Glas. Jemand brauchte SOFORT eine Vase."

Ich unterdrücke ein Gähnen.

„Lass dich nicht von mir wachhalten."

„Tut mir leid, Nat. Ich bin fix und fertig, und es war ein Biernotfall, falls es so etwas überhaupt gibt. Die Bar hat wieder aufgemacht, und es schien, als wollte jeder in der Stadt auf einen Drink vorbeikommen, also wurde ich gerufen."

„Die Bar war geschlossen?"

„Frag lieber nicht."

Natalie erhebt sich und nimmt ihre Umhängetasche vom Stuhl. Wie immer trägt sie einen Businessanzug. Heute Abend ist er klassisch dunkelblau mit einem frischen, weißen Hemd. Es ist eine Variation desselben Stils, den sie jede Woche trägt. Sie kommt direkt von ihrer Arbeit, wo sie ein Team von Vertriebsmitarbeitern bei einem Telekommunikationsunternehmen in Cotown leitet. Dieser Kurs ist ein Schritt in Richtung ihres Traums, eines Tages ihr eigenes Unternehmen zu führen. Genau wie ich.

„Willst du etwas trinken gehen?", fragt sie.

„Ich würde gerne, aber ich muss in die Federn."

„Sag Bescheid, wenn du Gesellschaft willst. Ich bin super bei Übernachtungspartys", schnurrt sie mit einem frechen Grinsen.

Das ist die andere Seite von Natalie. Sie flirtet ständig mit mir, aber immer mit Humor, und sie weiß, dass ich nicht interessiert bin. Das habe ich gleich in der ersten Woche klargestellt.

Natürlich, Nat ist wunderschön, klug und ehrgeizig. Ich kann den Reiz absolut nachvollziehen. Aber ich war schon mit Frauen wie ihr zusammen, und obwohl es am Anfang gut läuft, endet es immer damit, dass ich die Notbremse ziehe.

Vielleicht bin ich mit 23 schon desillusioniert, aber ich will das Ganze nicht noch einmal durchmachen: Jemanden kennenlernen, wissen, dass es nicht ganz passt, hoffen, dass die kleine Stimme im Hinterkopf, die sagt, dass sie nicht die Eine ist, falsch liegt. Das nächste Mal, wenn ich mit einer Frau zusammen bin, will ich, dass es eine tiefe, beständige Liebe ist, die Art, die ein Leben lang hält.

Ich? Ein romantischer Trottel? Vielleicht ein bisschen. Aber ich weiß, was ich will, und das, mein Freund, ist ein großartiger Anfang.

Ich halte Natalie die Tür auf, die an mir vorbeischlendert und dabei eine Spur ihres Parfums hinterlässt, ihre Absätze klappern auf dem Linoleum. Blumig, denke ich, mit einem Hauch von etwas anderem. Etwas, das gut riecht.

Ich bin ein Kerl. Ich nehme solche Dinge normalerweise nicht groß wahr.

„Sollen wir uns später in der Woche treffen, Gabe?", fragt sie, als wir uns auf den Weg zum Parkplatz machen. „Wir können unsere Pläne durchgehen und die Folien für die Präsentationen nächste Woche vorbereiten. Ich bin ein Präsentationsrockstar. Ich halte fast jede Woche eine bei der Arbeit."

Natalie mag flirty sein, aber während dieses Kurses habe ich festgestellt, dass sie auch eine großartige Lernpartnerin ist.

„Ja, das klingt super. Ich habe nicht viel Erfahrung mit Präsentationen."

Eigentlich gar keine.

Sie legt ihre Hand leicht auf meinen Bizeps und lächelt mich an. Ich spüre ihre Wärme durch das dünne Material meines T-Shirts hindurch. „Keine Sorge. Ich bin für dich da, Gabe."

„Danke", murmele ich. „Es fiel mir nicht schwer, meinen Geschäftsplan zu schreiben, das ultimative Ziel ist natürlich die Weltherrschaft, aber—"

„Weltherrschaft durch Glasbläserei?", fragt sie mit einem Schmunzeln.

Wir bleiben neben ihrem Auto stehen. Ein modernes deutsches Modell, das meinen alten, heruntergekommenen Truck wie etwas aus dem letzten Jahrhundert aussehen lässt. Was er beinahe auch ist, wenn man es genau betrachtet.

„Es ist einfach, in einem Geschäftsplan *Luftschlösser* zu

bauen, aber viel schwieriger, wenn man messbare Ziele dazu aufstellen soll."

„Lass mich raten, diese Luftschlösser haben sich während der Vorlesung mit einem lauten Knall in Luft aufgelöst?", fragt sie.

„So sieht's aus."

„Oh Mann, aber ich glaube, ich habe ein paar Ideen, die hilfreich für dich sein könnten. Am Wochenende bei mir? Ich mache meine berühmten scharfen Schweinefleisch-Tacos für dich. Vielleicht mit ein oder zwei Margaritas dazu?"

Scharfe Schweinefleisch-Tacos klingen gut.

Margaritas hingegen klingen gefährlich in der Nähe einer Frau wie Natalie.

„Ich hab am Freitag und Samstag geteilte Schichten."

„Was ist mit Sonntagabend?"

„Sonntag ist mein Ryn-Abend."

„Ryn. Richtig. Deine Astronomen-Freundin."

Ich habe Nat ein paar Mal beiläufig von Ryn erzählt. Sie ist ein großer Teil meines Lebens, deswegen erwähne ich sie in Gesprächen. Ich bin mir sicher, dass es nichts bedeutet, aber Natalie ist immer ein bisschen seltsam, wenn ich ihren Namen erwähne.

Obwohl ich buchstäblich von ihnen umgeben bin, bin ich mir nicht sicher, ob ich Frauen jemals ganz verstehen werde. Aber man sagt ja, dass das der Reiz an ihnen sei.

Ich rücke meinen Rucksack auf meiner Schulter zurecht. „Ich bin mir nicht sicher, ob in den Nachthimmel zu starren und ein bisschen zu plaudern sie schon zur Astronomin macht."

„Dann eben eine Träumerin."

Ich lächle in mich hinein. Eine Träumerin ist genau das, was Ryn ist. Das und eine Menge anderer Dinge. Alles gute Dinge.

„Kannst du mich in deinem verrückten Zeitplan aus Bars und Sternen für ein Mittagessen am Sonntag quetschen? Ich kann die Tacos machen und du kannst mir zeigen, was du bis dahin erarbeitet hast."

„Mittagessen wäre großartig. Schreib mir deine Adresse. Kann ich was mitbringen?"

Ihre Augen mustern mich. „Nur deinen heißen Körper und dein freches Grinsen."

Ich schüttle den Kopf. Sie ist unermüdlich, das muss man ihr lassen. „Ich werde sicherstellen, dass ich beides mitbringe."

Sie schließt ihr Auto mit einem Piepsen auf. „Bis Sonntag um zwölf."

„Bis dann, Nat. Und danke."

Sie lächelt strahlend. „Gern geschehen." Zu meiner Überraschung dreht sie sich um, stellt sich auf die Zehenspitzen, legt ihre Hand flach gegen meine Brust und gibt mir einen sanften Kuss auf die Wange. Ich kann nicht anders, als ihren angenehmen Duft einzuatmen, die unerwartete Intimität überrascht mich. „Du trainierst. Das merkt man. Schön fest", murmelt sie, ihre Hand immer noch an meiner Brust.

„Nat." Sanft nehme ich ihre Hand weg.

Ihr Lächeln wird etwas schwächer, bevor sie es gleich wieder intensiviert. „Du weißt, dass ich nicht aufgeben werde, oder? Ich bekomme, was ich will. Immer."

Das Wort hängt zwischen uns.

Ich entscheide mich, es zu ignorieren.

„Bis Sonntag, Nat", sage ich, bevor ich in meinen Truck steige und davonfahre.

Kapitel 10

Ryn

Auf dem Heimweg bin ich noch immer voller Begeiste-rung über das Filmset, das Make-up und vor allem Joe. Er hat mich über das Set geführt, mich Leuten vorgestellt und mir erklärt, wie alles funktioniert. Bevor ich gegangen bin, hat er mich an den Schultern gepackt und mir gesagt, dass er es kaum erwarten kann, mich wiederzusehen. Ich bin geradezu auf Wolken zurückgeschwebt.

Ich brenne darauf, Gabe alles zu erzählen, also biege

ich in seine Straße ein und parke mein Auto vor seinem Haus.

Ich will gerade die Autotür öffnen, als ich sehe, dass das Haus dunkel ist.

Komisch. Ich weiß, dass Gabe heute Abend nicht in der Bar arbeitet. Wo ist er also?

Ich zücke mein Handy und tippe eine Nachricht.

Bist du da?

Es kommt sofort eine Antwort zurück.

Fast zu Hause. Wieso?

Ich warte vor deinem Haus.

Bin gleich da.

Gabe hält Wort: Eine Minute später biegt sein Truck um die Ecke und in die Einfahrt.

Ich steige aus meinem Auto, um ihn zu begrüßen. „Wo warst du?"

„Besorgungen machen", antwortet er ausweichend, während er die Autotür schließt.

„Besorgungen?"

„Du weißt schon, Dinge."

„Sehr aufschlussreich", antworte ich lachend. Aber ich habe gerade keine Zeit, über das zu diskutieren, was auch immer er vor mir geheim halten möchte. Ich platze vor Anspannung. „G, ich muss dir von meinem Tag erzählen."

Er steckt seinen Schlüssel ins Schloss und öffnet die Tür. „Vom Filmset, richtig?"

Ich grinse. „Ganz genau."

„Komm rein. Ich muss mich kurz hinsetzen."

Ich folge ihm ins Haus, wo er uns beiden ein kaltes Getränk aus dem Kühlschrank holt. Ungeduldig warte ich darauf, dass er mein Make-up bemerkt. Ernsthaft, ich glaube nicht, dass ich jemals so gut ausgesehen habe.

Mit den Getränken in der Hand dreht er sich zu mir um und sieht mich zum ersten Mal im Licht.

Er wirft mir einen seltsamen, schwer zu deutenden Blick zu, als wüsste er nicht ganz, was er sagen soll.

Ich kann nicht anders, als ihn anzustrahlen. „Auch auf die Gefahr hin, arrogant zu klingen, aber ich sehe gut aus, oder?"

Er starrt mich einfach an, bevor er seine Getränkedose öffnet und einen Schluck trinkt.

„Also?", dränge ich ihn. Man sollte meinen, sein bester Freund könnte doch wenigstens einen Kommentar abgeben, wenn nicht sogar einem ein echtes Kompliment machen, auch wenn er ein Kerl aus Hunter's Creek ist.

Er räuspert sich. „Was hast du da im Gesicht?"

„Das ist Make-up, Gabe."

„Make-up. Verstehe." Er trinkt noch einen Schluck.

Ich runzle die Stirn. „Ist das alles, was du zu sagen hast?"

„Es ist … du, äh, siehst echt hübsch aus", bringt er schließlich hervor.

Ich lache. „War das so schwer?", necke ich ihn.

„Du siehst anders aus, das ist alles. Ich hab's nicht erwartet."

„Hayley hat mich geschminkt. Sie ist diese echt coole Make-up-Künstlerin, die ich heute am Set getroffen habe. Sie hat mir angeboten, mich zu schminken, und das hier ist das Ergebnis." Ich mache ein paar Schritte und posiere.

„Du weißt, dass du das nicht brauchst, um gut auszusehen, oder?"

„Ich bin also eine Naturschönheit, ja?", frage ich mit einem Augenzwinkern.

„Da brauchst du mich nicht für um dir das zu sagen", antwortet er lachend.

Ich gehe zum Spiegel, der über dem Sideboard im Esszimmer hängt, um mein Spiegelbild zu betrachten. „So sehe ich aber besser aus."

Er reicht mir eine Dose Limonade und ich nehme einen Schluck.

„Hayley hat mich dazu gebracht, über Make-up-Kunst nachzudenken und ob das etwas für mich sein könnte."

„Make-up-Kunst? Wirklich?"

„Hör dich nicht so überrascht an. Vielleicht werde ich euch alle eines Tages schockieren, indem ich tatsächlich etwas aus meinem Leben mache."

„Mich würdest du nicht schockieren. Du kannst alles tun, was du willst. Du bist kreativ und talentiert. Ich wette, du wärst eine großartige Make-up-Künstlerin, wenn du das möchtest."

Das ist eine der absolut großartigen Sachen an Gabe: Er glaubt an mich, egal was passiert.

Bester.

Freund.

Überhaupt.

Ich strecke mich und wuschele ihm durch die Haare. „Deshalb liebe ich dich. Du sagst immer die richtigen Dinge." Ich lasse mich auf sein Sofa fallen, strecke die Beine aus und ziehe die Schuhe aus. „Ich habe gehört, der ‚Schwarzbär' hat wieder aufgemacht."

Er glättet seine zerzausten Haare, während er sich in einen der Sessel sinken lässt. Das Haus sieht aus wie immer schon, dekoriert von seiner Mutter. Es ist gemütlich und einladend, nichts Auffälliges – was perfekt zu meinem besten Freund passt.

„Genau. Sie haben mich heute zum Arbeiten gerufen, also heißt es wieder lange Stunden und auf das Trinkgeld der sparsamen Leute in Hunter's Creek angewiesen sein."

„Willst du mir etwa erzählen, die Leute in Hunter's Creek werfen ihr Geld nicht mit beiden Händen zum Fenster raus? Schockierend", sage ich lachend.

Die Stadtbewohner mögen zwar gute Leute sein, die Klatsch und Tratsch lieben und sich gerne in das Leben anderer einmischen, aber keiner von ihnen ist wirklich reich. Abgesehen von Herrn Cantor natürlich, der bis vor Kurzem Besitzer der Sägemühle war. Er ist bei weitem der wohlhabendste Mensch hier. Der Rest von uns liegt irgendwo zwischen „komfortabel", wie Christopher sich beschreibt, wenn er wirklich hart verhört wird – und wir alle wissen, dass das ein Euphemismus der Reichen für ihre Geldberge ist – und „nicht mal zwei Cent zum aneinander reiben habend".

„Ihr Geld sitzt genau so locker wie der Gürtel von Herrn Whitlow", antwortet er, und ich stelle mir den pensionierten Anwalt mit seinem perfekt geformten, runden Bauch vor. „Die Filmleute dagegen mögen Geld ausgeben. Einer hat eine Flasche unseres ‚besten Champagners' bestellt", sagt er mit einem alten Hollywood-Akzent.

Ich pruste los. „Was hast du ihm gegeben? Eine abgelaufene Flasche Limonade?"

„Das wäre eine gute Idee gewesen, aber nein. Ich habe ihm einfach gesagt, dass wir keinen von diesem schicken französischen Zeug haben und ihm stattdessen empfohlen, eine Runde Bier zu spendieren."

„Und was hat er gesagt?"

„Er war nicht beeindruckt."

„Das war nicht Leonardo Finch, oder?"

„Nein. Einer der anderen Schauspieler. Der, der in diesem Kampfpilotenfilm mitgespielt hat, den wir vor ein paar Monaten gesehen haben. Der so schlecht war."

„Derek Ealey? Ich hatte schon vergessen, dass er in diesem Film mitspielt. Er spielt Leonardos besten Freund, glaube ich. Zumindest sagen das die Zeitschriften."

„Und mit ‚Zeitschriften' meinst du Tante Sheila?"

Ich bemerke sein hinterhältiges Lächeln. Ich erinnere mich, wie Christopher nach Hunter's Creek gezogen ist und meine Tante jedem erzählt hat, er sei hier, um große Veränderungen herbeizuführen, die den Untergang der Stadt bedeuten würden. Bis er anfing, mit meiner Schwester auszugehen, und plötzlich erzählte sie allen, was für ein toller Kerl er sei und wie froh sie für Harper sei, dass sie nach Dex jemanden gefunden habe ... bis er die Stadt verließ und Harper mit gebrochenem Herzen zurückließ. Dann war er nicht mehr gut genug, um die gleiche Luft wie unsere Harper zu atmen ... bis er zurückkam und die Sägemühle rettete.

Ehrlich, da konnte man kaum mithalten.

„So schlimm ist sie nicht", protestiere ich halbherzig, obwohl ich selbst nicht wirklich davon überzeugt bin.

„Doch, ist sie", antwortet er, und wir lachen, weil Tante Sheila es *wirklich* ist. Ohne Klatsch und Tratsch und ihr Damen-Komitee wüsste sie wahrscheinlich gar nicht, was sie mit ihrer Zeit anfangen sollte.

Wieder einmal kehren meine Gedanken zu Gabes Vater zurück. Ich habe ihn seit seinem Besuch im Café nicht mehr gesehen. Ich ringe immer noch mit mir, was ich Gabe sagen soll. Ein Teil von mir möchte diesem traurigen, gebrochenen Mann helfen, eine Beziehung zu seinem Sohn aufzubauen. Der andere Teil möchte ihm sagen, dass er verschwinden, Gabe in Ruhe lassen und sein eigenes Leben leben soll. Ihm sagen, dass Gabe auch ohne ihn gut zurechtkommt und er diesen Berg emotionalen Ballasts, den sein Auftauchen ohne Zweifel mit sich bringen wird, nicht braucht.

Es fühlt sich an, als würde ich mit dem Deckel eines festsitzenden Gurkenglases kämpfen, von dem ich weiß, dass die Antwort auf mein Dilemma darin liegt.

„Ich muss dir was sagen", beginnt er.

Sofort frage ich mich, ob er seinen Vater gesehen hat.

„Was denn?" Ich versuche, gelassen zu wirken. Das könnte der Moment sein, in dem ich das Gurkenglas einfach auf den Boden fallen lassen kann, damit es zerschellt.

Furchtbares emotionales Dilemma gelöst.

„Ich mache einen Kurs über Kleinunternehmen am College drüben in Cotown."

Nun, das habe ich nicht erwartet.

Ich blinzle ihn ein paar Mal überrascht an. „Warum?"

„Weil ich eines Tages mein eigenes Glasbläserstudio führen möchte. Und ich habe es dir nicht gesagt, weil wir dieses ganze Peter-Pan-Ding haben. Ich dachte, es wäre zu erwachsen. Zu verantwortungsvoll. Dumm, ich weiß."

„Ist das dein Ernst? Das ist großartig. Ich bin so stolz auf dich, dass du das machst."

Auf seinem Gesicht breitet sich ein Lächeln aus. „Danke. Ich hätte wissen müssen, dass du nichts dagegen hättest."

„Was dagegen haben? G, ich unterstütze dich zu hundert Prozent. Du bist supertalentiert, und ich wette, du wirst irgendwann ein weltberühmter Glasbläser."

Er lacht. „Ich will einfach nur mein eigenes Studio haben, um eines Tages mich und meine Familie versorgen zu können."

„Darauf trinke ich." Ich beuge mich vor und wir stoßen mit unseren Limonadendosen an.

Er nimmt einen Schluck und fragt: „Was hast du sonst noch am Set gemacht?"

Ich könnte das Grinsen, das sich auf meinem Gesicht ausbreitet, nicht stoppen, selbst wenn mein Leben davon abhängen würde. „Oh, du weißt schon", antworte ich ausweichend, während ich an Joe denke, der mit mir flirtete, seinen Arm um mich legte und zustimmte, mit mir zur nächsten Vorführung von *Serious Bite* auf ein Date zu gehen.

„Mehr bekomme ich nicht als ein ‚du weißt schon‘?"

„Gabe, es war unglaublich. Ich habe eine Führung über das gesamte Gelände bekommen, obwohl ich heute keine Dreharbeiten sehen konnte, weil es ein geschlossenes Set war. Und ich bin sicher, du weißt, was das bedeutet."

Er sieht mich verständnislos an.

„Sie haben eine Liebesszene gedreht, aber wenn ich hätte zuschauen können, hätte ich vielleicht ein paar Dinge gesehen."

Er lacht. „Dir ist schon klar, dass du wie eine Zwölfjährige klingst, die durch ein Loch in der Wand in die Umkleidekabine der Jungs späht?"

„Das habe ich nie gemacht! Außerdem gab es kein Loch in der Wand der Umkleidekabine der Jungs."

„Du hast nachgesehen, was?"

Ich schüttle den Kopf, während ein Lächeln über mein Gesicht huscht. Ich habe das heute oft getan: gelächelt. Ich kann einfach nicht anders. Seit Hollywood in die Stadt gekommen ist, hat mein Leben definitiv eine fantastische Wendung genommen.

Ich stoße einen langen, zufriedenen Seufzer aus. „Joe ist so nett. Heute hat er mich überall herumgeführt, nachdem er mich am großen, gruseligen Sicherheitsmann namens Carl vorbeigeschleust hat, obwohl ich dachte, er sollte besser ‚Das Ding' heißen."

„Hat er ‚Jetzt geht's rund' geschrien?"

Er zitiert den Film-Schlachtruf von ‚Das Ding'.

Ich lache ausgelassen, weil genau so fühle ich mich: ausgelassen.

Gabe wirft mir einen Blick zu. „Mann, Ryn-Ryn. Ich wusste, dass ich lustig bin, aber nicht *so* lustig."

„Ich bin einfach nur gut gelaunt, das ist alles. Ich habe

Joe gefragt, ob er mit mir zur nächsten Vorführung von *Serious Bite* kommt, und er hat ja gesagt."

„Also datest du den Bad Boy. Warum überrascht mich das nicht?"

„Hör auf", warne ich ihn.

Er zuckt mit den Schultern. „Ich will nur nicht, dass du verletzt wirst, das ist alles."

„Ich war noch nicht mal auf einem Date mit ihm, *großer Bruder*."

Er presst die Lippen aufeinander. „Ich passe nur auf dich auf."

Ich fahre etwas sanfter fort. „Ich weiß. Deshalb bist du mein bester Freund. Aber du musst dir keine Sorgen machen. Joe ist ein toller Kerl."

Meine Gedanken springen von Joe zu Gabes Vater. Obwohl ich immer noch mit mir ringe, was ich tun soll, habe ich das Gefühl, dass ich Gabe zumindest behutsam darauf ansprechen sollte.

„Hey, G? Ich habe eine Frage", beginne ich.

„Solange es nichts damit zu tun hat, was du zu deinem Date mit diesem Kerl anziehen sollst. Aber falls doch, empfehle ich ein Kleid von hier", er deutet auf seinen Hals, „bis hierhin", er deutet auf seine Füße, „am besten aus dickem, Bad-Boy-abweisendem Material."

„Sehr witzig", erwidere ich trocken.

„Das ist meine Empfehlung", entgegnet er.

Ich spiele nervös mit der Dose in meiner Hand. „Hast du jemals darüber nachgedacht, wie es wäre, deinen Vater wiederzusehen?"

Er trinkt genau im falschen Moment einen Schluck, verschluckt sich und hustet, während es ihm in den falschen Hals rutscht. „Meinen *Vater*?", bringt er hervor, als er sich wieder einigermaßen gefangen hat. „Wo zum Teufel kommt das denn auf einmal her?"

Ich versuche, mit den Schultern zu zucken, als wäre es nichts Besonderes, obwohl ich weiß, wie empfindlich dieses Thema für ihn ist. „Denkst du jemals an ihn?"

„Manchmal? Keine Ahnung. Es ist kompliziert."

„Du hast keine Zeit mehr mit ihm verbracht seit du vierzehn warst, oder?"

Sein Kiefer zuckt. „Ich würde nicht wirklich sagen, dass bei dem Haus der Familie, die er anstatt meiner Mutter und mir gewählt hat, aufzutauchen und zu verlangen, dass er mein Vater sein soll, ‚Zeit mit ihm verbringen' ist."

Innerlich zucke ich zusammen. Gabe war fest entschlossen, seinen Vater zu finden und ihm Fragen zu stellen. Fragen wie: Warum er ein Doppelleben geführt hat, warum er sich für seine andere Familie und gegen ihn und seine Mutter entschieden hat. Ich nehme es ihm nicht übel. Ich hätte dasselbe getan an seiner Stelle.

Ich erinnere mich noch genau an Gabes Zustand, als er an diesem Tag nach Hunter's Creek zurückkam. Ich war die Einzige, die wusste, dass er hingefahren war. Nicht einmal seiner Mutter hatte er es gesagt. Er meinte, er wolle nicht, dass ihm jemand Fragen stellt, falls es schlecht laufen würde.

Und natürlich tat es das.

Wie hätte es auch anders sein können? Ein Kind, das Antworten von einem Mann fordert, der nie wirklich ein Vater für es war.

An jenem Abend fand ich Gabe, wie er auf dem Boden seines Zimmers saß, die Knie an die Brust gezogen, mit einem gequälten Ausdruck in den Augen.

Mein Herz zog sich bei seinem Anblick zusammen, denn zum ersten Mal sah ich ganz klar, wie jemand anderes litt. Ich war so in mich und meine eigenen Dramen verstrickt gewesen. Wie alle Teenager, nehme ich an. Aber dieser Tag hat etwas in mir verändert. Es war der Tag, an dem ich zum ersten Mal in meinen vierzehn Jahren beschloss, jemand anderen vor mich selbst zu stellen.

Es war der Tag, an dem ich entschied, dass Gabe diese Person sein musste.

Und ich habe nie aufgehört, ihn an erste Stelle zu setzen.

„Du bist jetzt erwachsen", fahre ich fort. „Wer weiß? Vielleicht wäre es jetzt anders zwischen euch beiden."

Gabe stößt einen langen Atemzug aus, seine Augen verengen sich. „Der Kerl ist ein Vollidiot. Er hat getan, was er getan hat, und ich bin darüber hinweg gekommen. Musste ich auch. Von allen Menschen solltest du das wissen. Ich habe kein Interesse daran, ihn jemals wieder-zusehen."

Ich lege meine Hand über seine. „Was, wenn er sich verändert hat? Was, wenn ihm klar geworden ist, dass er Mist gebaut hat und er es wieder gutmachen möchte?"

„Weißt du was? Ich glaube, ich rede lieber über deinen neuesten Bad Boy", sagt er mit einem bitteren Lachen. Er lehnt sich vor. „Ryn, mein Vater ist ein Lügner, und du weißt, wie ich über Menschen denke, die lügen. Ende der Geschichte." Es liegt Wut in seiner Stimme, seine Gesichts-züge sind angespannt.

Ich setze mich anders hin, plötzlich bin ich wütend auf Patrick Hartmann, weil er so aufgetaucht ist, wie er es getan hat – und weil ich ihm in Gabes Leben Raum gegeben habe, den er eindeutig nicht verdient. „Es tut mir leid, G. Es war dumm von mir, das anzusprechen."

Seine Gesichtszüge entspannen sich ein wenig. „Schon gut. Er ist nur keins meiner Lieblingsthemen, das ist alles. Warum wolltest du über ihn sprechen?"

Was Patrick Hartmann angeht, ist meine Entscheidung

gefallen. Ich wusste immer, auf wessen Seite ich stehe, und heute Abend ist mir das erneut klar geworden. Ich bin voll und ganz auf Gabes Seite.

„Kein besonderer Grund", antworte ich. „Ich verspreche, ich werde ihn nicht noch mal erwähnen."

Kapitel 11

Gabe

Ich lehne mich zufrieden in meinem Stuhl in Natalies Küche zurück, mein Bauch voll. Nat hatte recht. Ihre Schweinefleisch-Tacos sind absolut köstlich.

„Gut, oder?", fragt Nat.

„Richtig gut. Ich bin mir nicht sicher, ob ich jemals so gute selbst gemachte Tacos hatte." Ich nehme unsere Teller und bringe sie zur Spüle.

„Lass das Geschirr. Ich mache das später. Wie wäre es, wenn ich uns einen Kaffee mache, während du dich vorbereitest, da du keine Margaritas wolltest. Wie trinkst du ihn? Dunkel, reichhaltig und berauschend – wie deine Frauen?" In ihrer Stimme schwingt ein deutlich flirtender Ton mit, aber sie wäre nicht Nat, wenn es nicht so wäre.

Ich lache. „Mit Sahne und Zucker, danke."

Sie schüttelt lächelnd den Kopf. „Du bist ein harter Brocken, Gabe Hartmann."

„Ich fasse das mal als Kompliment auf. Denke ich."

Sie schenkt mir ihr strahlendes Lächeln, bevor sie sich dem Kaffeekochen widmet.

Ich starte meinen Laptop und öffne die Tabellenvorlage, die wir ausfüllen sollen. „Sollen wir mit deinem Geschäftsplan anfangen? Ich wette, der hat schon eine Menge messbarer Ziele."

„Das wäre großartig."

Sie macht den Kaffee, wir setzen uns und beginnen zu arbeiten.

„Hier ist, was ich bisher habe." Ich zeige ihr meinen Plan mit den leeren Kästchen, die mit „Messbare Ziele" beschriftet sind.

Sie überfliegt ihn. „Nicht viel Fortschritt, hm?"

„Könnte man so sagen."

„Dein erstes messbares Ziel könnte sein, wie viele Neukunden du gewinnen möchtest, während du deine bestehenden Kunden hältst. Das ist völlig quantifizierbar und leicht nach zu verfolgen. Vielleicht könntest du sagen, dass du in den ersten paar Monaten deine Kundenbasis verdoppeln willst, da du ja gerade erst anfängst."

„Mal überlegen, das wären null mal zwei. Ich war nicht gut in Mathe, aber ich bin mir ziemlich sicher, das ergibt null", antworte ich.

„Wir haben ein Mathe-Genie unter uns, Leute", sagt sie lachend. „Du bist zwar noch in der Ausbildung, aber früher oder später wirst du anfangen müssen zu verkaufen, was du herstellst, wenn du dein eigenes Studio als profitables Geschäft führen willst."

Ich stoße einen Atemzug aus. Der Gedanke, mein eigenes Studio als profitables Geschäft zu führen, macht mir eine Heidenangst. Klar, ich weiß, dass ich, wenn ich meinen Traum verwirklichen will, es entweder aus Liebe oder wegen des Geldes tun kann. Aber es aus Liebe zu tun, ist keine Option – es sei denn, ich will den Rest meines Lebens Barkeeper bleiben.

„Ich möchte, dass es mehr als nur ein Hobby ist. Ich möchte, dass es meine Lebensaufgabe wird. Ich möchte schöne Kunstwerke schaffen, die den Menschen etwas bedeuten, nicht nur mir, sondern auch denen, für die ich sie mache. Deshalb mache ich diesen Kurs. Um mich selbst auf die nächste Stufe zu zwingen."

„Na gut, dann lass uns weiter daran arbeiten, dass das möglich wird."

Natalie macht noch ein paar Vorschläge und ich fülle die Kästchen aus, wobei ich mein Bestes gebe, mich nicht von der ganzen Sache einschüchtern zu lassen.

Nachdem wir alles erreicht haben, was wir können, trinke ich meinen Kaffee aus und packe meine Sachen zusammen. „Vielen Dank, Nat. Die Präsentation fühlt sich jetzt nicht mehr ganz so beängstigend an."

Sie mustert mich. „Ich kann mir nicht vorstellen, dass dich viel einschüchtern kann."

„Ich bin auch nur ein Mensch, weißt du", antworte ich lachend.

„Noch einen Kaffee, bevor du gehst?"

„Danke, aber nein danke. Ich sollte nach Hause gehen und diese Präsentation üben."

„Nach Hause? Lebst du allein? Mit deiner Familie?", fragt Natalie.

Meine Muskeln spannen sich an, sowie mein Kiefer.

„Es gibt nicht viel Familie zu erwähnen. Es gibt nur meine Tante, meinen Onkel und ein paar Cousins, aber das war's auch schon."

„Was ist mit deinen Eltern?"

Es ist eine einfache Frage, eine alltägliche. Für mich jedoch ist sie so geladen wie die Waffe eines Kriminellen.

„Meine Mutter ist vor ein paar Jahren gestorben, und mein Vater … na ja, er ist weggezogen, als ich noch ein Baby war."

Das macht sie offensichtlich betroffen. Ein vertrauter Anblick, wenn ich jemand Neues meine Geschichte erzähle. Nicht, dass ich sie oft erzählen würde. Ich lebe in Hunter's Creek, wo jeder meine Geschichte bereits kennt – nicht, weil ich sie erzählt habe, sondern weil meine Mutter immer ehrlich darüber war, was passiert ist. Die Stadt hat uns mein ganzes Leben lang unterstützt, besonders Ryns Familie, die Coles, die ich zu lieben gelernt habe und mich auf sie zu verlassen, als wären sie meine eigene Familie.

Obwohl Natalie in Cotown lebt, ist sie nur ein paar Ecken entfernt davon, die Geschichte von jemand anderem zu hören. Also kann genauso gut ich selbst es sein, der ihr die Wahrheit erzählt – etwas, das ich immer zu tun versuche.

Nachdem ich ihr von meinem Vater erzählt habe, der ein Doppelleben führte, und davon, wie meine Mutter bei einem Autounfall starb, als ich neunzehn war, setzt sie sich auf den Stuhl neben mir und legt ihre Hand auf meine. „Gabe, das wusste ich nicht. Es tut mir so leid. Ich wette, du vermisst deine Mutter."

Ich unterdrücke die aufsteigende Traurigkeit. „Sie war ein guter Mensch. Eine großartige Mutter."

„Und was ist mit deinem Vater? Glaubst du, du würdest jemals—"

Ich weiß, worauf sie hinauswill, und unterbreche sie.

„Er gehört nicht zu meinem Leben. Das war seine Entscheidung. Es ist, wie Ryn sagt: Ich schulde ihm nichts."

„Ryn, deine Astronomie-Freundin?"

„Meine beste Freundin", korrigiere ich.

„Ich würde sie gerne mal kennenlernen."

„Du wirst bestimmt mal Gelegenheit dazu haben. Vielleicht beim Sommerfest, falls du vorhast, dort hinzukommen?"

„In Hunter's Creek? Klar, ich würde gerne kommen."

Ich werfe einen Blick auf die Uhrzeit auf meinem Handy. „Weißt du, ich muss wirklich los. Danke noch mal für das Essen und die Hilfe, Nat. Ich schulde dir was."

Ich gehe zur Tür, aber bevor ich sie öffnen kann, steht Nat plötzlich neben mir und lehnt sich mit dem Rücken dagegen. „Danke, dass du mir deine Geschichte erzählt hast."

Ich zucke mit den Schultern. „Das war keine große Sache."

„Doch, Gabe, und es bedeutet mir viel, dass du sie mit mir geteilt hast."

„Wie gesagt, ich lebe in einer kleinen Stadt, in der jeder alles über jeden weiß. Es war keine große Sache, es dir zu erzählen."

„Ich schätze es trotzdem. Du hättest dir auch einfach eine Geschichte ausdenken können. Ich hätte es nicht gewusst."

„*Ich* aber. Ehrlichkeit ist wichtig."

Sie sieht mich an. „Du bist ein aufrichtiger Mann. Deine Mutter wäre stolz auf dich."

„Es ist nett von dir das zu sagen." Ich lege die Hand auf den Türknauf, bereit zu gehen.

„Weißt du, Gabe, du musst nicht gehen."

Flirtet sie etwa gerade mit mir? Jetzt?

Nat ist eine wunderschöne Frau. Das lässt sich nicht

leugnen. Was ihre Absichten mir gegenüber angeht – müsste ich schon ein Brett vor dem Kopf haben, um nicht zu wissen, was sie will.

„Nat—"

„Ich weiß, du hast mir gesagt, dass du nur an Freundschaft mit mir interessiert bist. Alles, was ich sage, ist, dass ich glaube, wir könnten gut zusammenpassen und wir werden es nicht wissen, wenn wir es nicht versuchen."

Ich öffne den Mund, um zu protestieren.

Sie legt die Handfläche auf meine Brust, genau wie vor ein paar Nächten auf dem Parkplatz. „Denk einfach darüber nach. Okay?"

Ich presse die Lippen aufeinander. „Die Sache ist, Nat", beginne ich und frage mich, ob ich die Worte herausbekomme.

„Was ist die Sache, Gabe?", fragt sie mit einem selbstbewussten Lächeln.

Ich hole tief Luft und beschließe, es einfach zu sagen. Das Pflaster mit einem Ruck abzureißen, sozusagen.

„Ich habe… Gefühle für jemand anderen."

„Gefühle?"

„Gefühle."

„Ernsthafte Gefühle?"

„Nat, ich bin in jemand anderen verliebt."

Sie zieht ihre Hand abrupt von meiner Brust zurück, als hätte sie sich verbrannt.

„Es tut mir leid."

Das ist etwas, das ich niemandem gegenüber eingestehe. Zum Teufel, im Grunde gestehe ich es mir selbst kaum ein.

„In wen?", fragt sie.

„Das kann ich dir nicht sagen."

„Warum nicht?"

„Weil—"

Was soll ich sagen?

Weil es eine große Sache für mich ist?

Weil es mich jeden Tag meines Lebens auffrisst?

Weil es die eine Person ist, die ich nicht lieben sollte?

Weil... ich in meine beste Freundin verliebt bin?

Ich bin es. Hundertprozentig, bis über beide Ohren, nicht mehr klar denken könnend, verliebt in Ryn Cole, meine beste Freundin, seit ich sieben Jahre alt war. Die Person, die mich am besten auf der Welt kennt. Die Person, die immer auf mich aufpasst, so wie ich auf sie. Die Person, der ich mein Leben anvertrauen würde.

Nur, dass sie es nicht weiß.

Ich mag Ehrlichkeit als Tugend schätzen, aber ich kann es ihr nicht sagen. Es steht zu viel auf dem Spiel für mich.

„Weil sie es nicht weiß", spricht Natalie für mich aus.

Ich blicke zu Boden und nicke. Ich greife nach dem Türknauf und diesmal hält Natalie mich nicht auf. „Danke noch mal für alles."

Sie presst die Lippen zusammen. „Immer gerne."

„Sehen wir uns im Kurs?"

„Natürlich."

Ich zögere einen Moment, bevor ich kurz ihren Arm drücke, die Tür öffne und gehe.

Ich habe diese Worte noch nie jemandem gegenüber ausgesprochen. Ich habe nie meine wahren Gefühle gestanden. *Ich bin in jemand anderen verliebt.* Klar, ich habe Natalie nicht gesagt, in wen ich verliebt bin, aber sie müsste kein Privatdetektiv sein, um zwei und zwei zusammenzuzählen um auf Ryn zu kommen.

Ryn.

Mein Kopf ist voll von ihr.

Wenn es um meine beste Freundin geht, bin ich ein totaler Heuchler.

Damit meine ich nicht, dass ich ein Lügner bin oder so

tue, als wäre ich jemand, der ich nicht bin. So etwas tue ich nicht. Ich bin ein Heuchler, weil ich seit Jahren so tue, als wären wir nur Freunde, während ich in Wahrheit schon in sie verliebt bin, solange ich mich erinnern kann.

Ich mache meiner besten Freundin etwas vor.

Ich weiß, dass mich das zu einem totalen Heuchler macht. Ich bin der Typ, der von den Menschen um ihn herum Ehrlichkeit und Integrität erwartet. Ich bin der Typ, der sich selbst an diese Maßstäbe hält.

Heimlich in Ryn verliebt zu sein, ist alles andere als ehrlich.

Will ich mehr mit ihr? Hast du sie mal *gesehen*? Klein, kurvig, mit erdbeerblonden Haaren und wunderschönen haselnussbraunen Augen, hat sie ein Lächeln, das deinen Herzschlag in die Höhe treibt, wenn sie ihr Licht auf dich scheinen lässt. Ein Licht, in dem du jeden Tag deines Lebens baden möchtest.

Und das ist nur ihr Aussehen.

Ryn ist die witzigste, süßeste, klügste, freundlichste und unkomplizierteste Frau, die ich je getroffen habe. Ohne Frage.

Aber ich bin schon so lange in der Ryn-Cole-Friend-zone, dass ich einen VIP-Pass, kostenlose Mittagessen und ein T-Shirt habe, auf dem steht: *Besties 4 Eva* mit ein paar Teddybären, die sich gegenseitig abklatschen. Ernsthaft, sie hat mir genau so ein T-Shirt vor ein paar Jahren nach einem Wochenende in Seattle geschenkt.

Und dann hat sie mich gezwungen, es zu tragen, was sie natürlich unglaublich witzig fand.

Ich? Nicht so sehr.

Selbst wenn ich meine Gefühle zeigen würde – was wohl die beängstigendste Sache überhaupt wäre – stehen die Chancen gut, dass sie mich zurückweist und sich damit unsere Freundschaft für immer verändert. Und ich riskiere, meine Ersatzfamilie zu verlieren. Alyssa und Ed Cole gehören zu den Menschen, die mein Leben nach dem Verlust meiner Mutter erträglicher gemacht haben. Ohne sie wüsste ich nicht, wie ich es geschafft hätte.

Ich kann es mir nicht leisten, dieses Gefühl von Familie und Zugehörigkeit zu verlieren, das ich bei ihnen habe, wenn ihre Tochter höchstwahrscheinlich nicht dasselbe für mich empfindet.

Mit meiner besten Freundin romantisch werden? Meine beste Freundin, Ryn, küssen?

Ich wäre ein Idiot, mich dieser Art von Zurückweisung auszusetzen.

Und sie würde mich definitiv zurückweisen, das weiß ich mit Sicherheit.

Es war so viel einfacher, all die Jahre nur Freunde zu bleiben. Komfortabel. Keinen Staub aufzuwirbeln. Nicht den Hals hinzuhalten, damit er abgehackt würde wie einer der Baumstämme der Sägemühle in der Stadt. Auf diese Weise bleibt Ryn in meinem Leben. So gibt es nichts *Peinliches* zwischen uns. Es ist geradeheraus, unkompliziert, ohne merkwürdige Spannungen, ohne Zurückweisung, die zwischen uns in der Luft hängt.

Denn ich hätte Ryn lieber nur als Freundin in meinem Leben als gar nicht.

Ich erreiche mein Auto und starre hinaus in den späten Nachmittagshimmel, der hellblau ist, durchzogen von Wolken, die aussehen wie Wattebäusche. Und als ich den Zündschlüssel umdrehe, versuche ich nicht zu viel über die traurige Ironie nachzudenken, dass die Frau, an der ich kein Interesse habe, ihre Absichten glasklar gemacht hat, während die Frau, die ich schon so lange liebe, mich nur als Freund sieht.

Kapitel 12

Gabe

Ich versuche cool zu bleiben. Zen. Was auch immer. Es gelingt mir nicht. Absolut nicht.

Ich versuche, so zu wirken, als ob ich der lockere, umgängliche Gabe bin, der ich normalerweise bin. Der Kerl, der mit einem lockeren Lächeln hinter der Bar steht. Der Kerl, der mit jedem befreundet ist. Der Kerl, der sein ganzes Leben lang hier gelebt hat.

Innerlich? Nicht so sehr.

Zu meiner Verteidigung, es ist nicht leicht, wenn die

Frau, in die ich seit Ewigkeiten verliebt bin, gerade jede Gelegenheit nutzt, um einen anderen Kerl zu berühren; einen Kerl, von dem ich weiß, dass er sie nicht zu schätzen wissen wird.

Sie hat mehrmals seinen Arm berührt, einmal seine Schulter und jetzt berührt sie seine Brust.

Ja, das Letzte tat am meisten weh.

Es gibt nicht viele Dinge in Hunter's Creek, die meine Eingeweide zu einem engen Knoten zusammenziehen, aber Ryn dabei zuzusehen, wie sie ihre Hand auf die Brust eines Typen legt, während sie über seine Witze lacht, ist definitiv eines davon.

Und als ob das alles noch nicht genug wäre, ist es nochmal eine Stufe schmerzhafter, die beiden heute Abend zusammen hier im Rathaus zu sehen, um die neueste Folge von *Serious Bite* zu schauen.

Ich atme tief durch und versuche, mich auf das zu konzentrieren, was Christopher mir gerade erzählt... was auch immer das sein mag.... Ich höre nicht zu. Ich finde es normalerweise schon schwer genug, ihm zu folgen, weil er ein ehemaliger Staranwalt aus der Großstadt ist und sich mit etwas namens M&A befasst. Was auch immer das ist. Aber heute Abend? Heute Abend könnte er auch Klingonisch sprechen, so wenig bekomme ich mit.

Ich muss mich zusammenreißen. Es ist nicht so, als ob es das erste Mal wäre, dass ich Ryn zusammen mit einem anderen Typen sehe. Wir sind seit unserer Kindheit befreundet und sie hatte in der Zeit genauso viele Freunde wie andere Leute auch, angefangen mit diesem Idioten Mason Henderson in der achten Klasse. Mann, wie ich Mason Henderson gehasst habe.

Seitdem habe ich gesehen, wie Ryns Freunde kamen und gingen. Keiner blieb lange. Mit keinem wurde sie je wirklich ernst. Wenigstens das habe ich als Trost.

Ernsthaft, ich kann Ryns Typ Mann auf hundert Meter Entfernung erkennen. Solange er aussieht, als würde er Ärger machen, ist sie dabei.

Ich sehe zu, wie er ihr Haar zur Seite streicht und ihr etwas ins Ohr flüstert, woraufhin ihr Gesicht aufleuchtet.

Ich verstehe es nicht. Ich weiß, dass es etwas in meiner besten Freundin gibt, das sie zu solchen Männern hinzieht. Will sie schlecht behandelt werden? Weiß sie, dass es in Tränen enden wird, bevor es überhaupt angefangen hat? Denn ich weiß es ganz sicher.

Wenn ich eine Sache an ihr ändern könnte, wäre es, ihr zu zeigen, dass sie so viel mehr wert ist als diese Typen. Diejenigen, die in ihr Leben spazieren und dann wieder hinaus, ohne sich im Geringsten um sie zu scheren.

Sie verdient es, von jemandem geliebt zu werden, der sie zu schätzen weiß.

Jemand, der sehr sorgsam mit ihrem Herzen umgehen wird.

Jemand, der sie so liebt, wie sie es verdient hat.

Ich bin der Einzige, der weiß, dass dieser jemand ich sein sollte.

Und es bringt mich gerade um.

„Hey, Gabe!"

Ich höre meinen Namen auf Ryns Lippen und weiß, dass sie mich gleich Joe vorstellen wird, ihrem neuesten James-Dean-Verschnitt.

Das will ich nicht.

„Erzähl mir mehr darüber", sage ich zu Christopher und unterbreche, was auch immer er gesagt hat. Natürlich habe ich keine Ahnung, was es war, weil ich zu sehr damit beschäftigt war, über Ryns Date zu grollen, aber ich werde mir von einem kleinen Detail wie diesem nicht in die Quere kommen lassen.

Christopher hebt die Brauen. „Du willst mehr über den Auflauf hören, den ich für Harper gekocht habe?"

Er hat mir von dem Auflauf erzählt, den er für seine Freundin gemacht hat?

Kein Wunder, dass ich nicht zugehört habe. Klingonisch wäre um einiges interessanter gewesen.

Ich deute auf die Tür zur Halle und wir gehen zusammen darauf zu, uns langsam mit der Menge bewegend.

„Ja. Hast du... äh... Karotten verwendet?", frage ich und fühle mich wie ein Vollidiot.

„Ich habe Karotten verwendet", antwortet er unbeeindruckt.

„Cool. Cool. Karotten sind... cool."

Was soll ich sonst noch sagen? Wie groß waren die Karotten? Waren sie orange? Haben sie nach Karotten geschmeckt?

Ich werfe einen kurzen Blick über meine Schulter auf Ryn. Sie und ihr Typ bewegen sich in unsere Richtung, schlängeln sich durch die Menge.

Ich wende meine Aufmerksamkeit wieder Christopher zu. „Was hast du sonst noch verwendet? Du weißt schon, gemüsemäßig", frage ich, weil ich ein verzweifelter, verzweifelter Mann bin.

Er verengt die Augen. „Du willst wissen, welches andere Gemüse ich in meinem Auflauf verwendet habe?"

„Mm-hm."

„Den ich für Harper gekocht habe?"

„Japp."

„Ist das, weil du gerne kochst, Gabe?"

Er versucht, mich zu durchschauen. Zu sehen, ob ich wirklich so dämlich bin, wie ich gerade rüberkomme.

Ich zucke mit den Schultern. „Klar. Ich koche genauso gerne wie jeder andere, schätze ich."

Zählt es als Kochen, wenn ich Alyssa Coles Makkaroni mit Käse aufwärme? Denn wenn ja, erzähle ich die Wahrheit.

Ich schaue zurück, um zu sehen, dass Ryn und ihr Typ aufholen. Es überrascht mich nicht. Wir bewegen uns wie eine Horde Schnecke auf ihrem Todesmarsch. Oder beim Todeskriechen. Wie auch immer.

Christopher bleibt stehen. „Was ist los, Gabe?"

„Was meinst du?" Ich versuche zu lächeln.

„Zugegeben, wir sind nicht besonders eng befreundet, aber selbst ich kann sehen, dass du dich heute Abend ein bisschen... seltsam benimmst. Ich meine, Karotten?"

„Vielleicht möchte ich eines Tages einen Auflauf machen", sage ich schwach.

Er ignoriert meine ehrlich gesagt peinliche Antwort.

„Ist alles in Ordnung bei dir?"

„Bei mir? Klar. Sicher. Völlig in Ordnung." Ich zucke mit den Schultern, um zu zeigen, wie in Ordnung ich bin.

Ich versuche, nicht zu Ryn zurückzuschauen, aber es ist, als wäre sie ein Magnet und meine Augen ein paar Stahlkugeln, die machtlos gegenüber dem Sog sind.

Christopher muss meinem Blick folgen, denn er antwortet: „Ich sehe, dass Ryn heute Abend ein Date hat."

„Ja, irgendein Neuankömmling." Ich versuche, so zu klingen, als wäre es keine große Sache. So als würde das Thema mich sogar langweilen. Als würde ich mich so wohl in der Friendzone fühlen, wie wenn ich mich zu Hause vor dem Fernseher in meinem Sessel zurücklehnen und mir das Spiel anschauen würde, mit einem Bier in der einen Hand und einer großen Schüssel Chips in der anderen.

Das mache ich seit Jahren so, wann immer jemand Ryn und einen neuen Liebhaber erwähnt. Ich bin gut darin.

Ich hab das drauf.

„Weißt du, Gabe, ich würde mir über diesen neuen

Typen nicht zu viele Gedanken machen", sagt Christopher leise zu mir.

Ich hab das drauf? Vielleicht doch nicht so sehr.

Ich stelle mich dumm. „Wer?"

„Harper hat mir erzählt, dass er nur für ein paar Monate hier ist, und übrigens, ich habe mich mit ihm unterhalten, als ich ihm begegnet bin. Er schien mehr an seinen Haaren interessiert zu sein als an Ryn."

Ich unterdrücke ein Lächeln über seinen Kommentar, aber da ist etwas, das klargestellt werden muss. Und es muss sofort klargestellt werden. Ehrlich, manchmal fühle ich mich wie in einem ewigen Hau-den-Maulwurf-Spiel.

„Christopher, du weißt doch, dass Ryn und ich nur Freunde sind, oder?"

„Aber—"

„Freunde. Nur Freunde. Sie kann daten, wen sie will. Genauso wie ich."

Das ist eine Rede, die ich schon unzählige Male in dieser Stadt gehalten habe, die Ryn und mich unbedingt verkuppeln will, am besten sofort mit Ehe und Kindern.

Jetzt macht auch noch Harpers Großstadt-Freund mit?

Genau das, was ich brauche.

Christopher sieht mich an. „Wenn du meinst", antwortet er nach einer viel zu langen Pause, als dass ich überhaupt in Erwägung ziehen könnte, dass er mir glaubt.

„Ich meine das, weil es so ist. Wir sind Freunde, nicht mehr."

Das ist die Wahrheit. Wir sind nur Freunde, auch wenn ich so viel mehr von ihr möchte.

Ich spüre eine Hand auf meinem Arm und schaue auf, um Ryn zu sehen, die mich anstrahlt, ihr Gesicht gerötet.

Großartig.

„Ich habe deinen Namen gerufen, G. Hast du mich nicht gehört?", fragt sie.

„Hast du? Ich habe mit Christopher geredet. Wir waren wirklich in ein Thema vertieft, das superinteressant ist. Stimmt's, Christopher?"

„Absolut", antwortet er.

„Wirklich?" Ihre Augen huschen zwischen uns hin und her. Sie weiß, dass ich nicht viel mit ihm gemeinsam habe. „Worüber habt ihr gesprochen?"

„Er hat, ähm, einen Auflauf für deine Schwester gemacht", erzähle ich ihr, als ob die Angabe dessen, worüber wir gesprochen haben, mich weniger wie einen totalen Verlierer dastehen lässt, denn so fühle ich mich im Moment. „Er hat Karotten und anderes Gemüse verwendet. Es war gut, oder Christopher?"

„Harper hat es geschmeckt", bestätigt er.

Ich höre es. Es klingt schwach. Erbärmlich. Ich bin ein schwacher und erbärmlicher Mann.

Ryns Blick wandert von mir zu Christopher und wieder zurück, ein Ausdruck, den ich so gut kenne, steht auf ihrem Gesicht. „Faszinierend", sagt sie mit einem Lachen. „Wenn ihr euch eine Minute von euren Auflauf-Gesprächen losreißen könnt, habe ich hier jemanden, den ich dir vorstellen möchte."

Fantastisch.

Ohne auf meine Antwort zu warten, sagt sie: „Gabe, das ist Joe. Joe, das ist mein guter Freund Gabe."

„Hey, freut mich, dich kennenzulernen, Mann", sagt Joe und streckt mir die Hand entgegen.

Als wir uns die Hände schütteln, versuche ich, nicht zu bemerken, wie gut er aussieht. Sicher, ich hatte ihn vorhin schon gesehen, aber ich hatte mir den Typen nicht genau angeschaut. Er passt total in ihr Beuteschema.

„Hey, Jay", antworte ich schroff.

Ja, ich weiß. Ich habe seinen Namen absichtlich falsch gesagt. Ich bin nicht stolz darauf. Aber mal ehrlich, es sind die kleinen Dinge, wenn man die Frau, die man liebt, auf einem Date mit einem anderen Typen sieht.

„Er heißt Joe", korrigiert Ryn, während sie seinen in Leder gehüllten Arm umschlingt und ihn anstrahlt.

„Klar", antworte ich nichtssagend.

Ich vermeide es, Christopher anzusehen.

Joe oder Jay, mir ist nur wichtig, dass er aus Ryns Leben verschwindet, wenn die Filmcrew die Stadt verlässt, hoffentlich mit minimalen negativen Auswirkungen.

„Kein Problem", sagt Joe und fährt sich durch die Haare. „Joe ist ein Name, den man sich schwer merken kann."

Macht er sich über mich lustig?

„Joe arbeitet für Leonardo Finch. Er ist sein Assistent", sagt Ryn.

„Deshalb trage ich kein kariertes Flanellhemd", fügt Joe hinzu.

Christopher – der Verräter – lacht, während ich den Kragen meines eigenen karierten Flanellhemds zurechtrücke.

„Darüber haben wir geredet, als wir uns begegnet sind. Es war etwas, das mir auch aufgefallen ist, als ich neu in der Stadt war", erklärt Christopher.

Er bleibt ein Verräter.

„Aber ich habe dich auch schon eins tragen sehen", sagt Ryn zu ihm.

Christopher zuckt mit den Schultern. „Ich wollte mich nur anpassen. Alfred hat es mir gegeben."

Joe lacht. „Dieser Ort ist voller Männer in Flanell-hemden und Bars, die nach Bären benannt sind. Hab ich recht?"

Christopher kichert, verstummt aber sofort, als ich ihm einen weiteren Blick zuwerfe.

Auf wessen Seite steht er eigentlich?

„Gabe arbeitet in einer dieser Bars. Nicht wahr, Gabe?", sagt Ryn, mittlerweile hängt sie praktisch an Joe.

„Welche, Mann? Ich komme mit ein paar Leuten aus dem Team auf einen Drink vorbei", sagt Joe.

Muss das sein?

Als ich nicht antworte, springt Ryn ein. „Er arbeitet im ‚Schwarzbär'. Dort gibt es die besten Jojos." Sie drückt Joes Arm und fügt hinzu: „Das sind Kartoffelspalten für euch Auswärtige."

„Die sind ‚dreckig'", fügt Christopher mit einem wissenden Grinsen hinzu.

„‚Dreckige' Jojos? Ihr malt hier kein schönes Bild, Leute", antwortet Joe, während er sich zum dritten Mal innerhalb von weniger als dreißig Sekunden durch die Haare fährt.

Ich teile ein wissendes Lächeln mit Christopher.

„‚Dreckig' bedeutet in diesem Fall gut", erklärt Ryn. „Vertrau mir. Sie sind so gut, dass selbst Christopher sie isst, und er ist sonst nur für Protein-Smoothies und langweiliges Gemüse zu haben."

„Wie Karotten", sagt Christopher und begegnet meinen Blick.

Zum Glück ignoriert Ryn ihn. „Ich nehme dich mit hin, Joe."

Joe grinst sie an. „Das würde ich gerne. ‚Dreckige' Jojos hören sich großartig an."

Sie teilen ein Lächeln, und ich ignoriere sowohl den Blick als auch die Tatsache, dass sie gerade ein zweites Date geplant haben – und das auch noch in der Bar, in der ich arbeite.

Dieser Abend entwickelt sich fantastisch.

„Ich gehe schon mal rein und suche mir einen Platz", sage ich zu ihnen und ziehe mich aus dieser zutiefst unangenehmen Situation zurück, bevor einer von ihnen noch ein weiteres Wort sagt.

„Ich komme mit dir", sagt Christopher. „Ich treffe Harper hier, um sie auf ein Date auszuführen."

„Stimmt ja. Ihr schaut *Serious Bite* nicht. Warum eigentlich?"

„Harper muss ihren Ex nicht auf der großen Leinwand sehen. Sie ist vielleicht eine begeisterte Helferin, aber sie ist kein Masochist. Eigentlich war sie nur hier, weil sie beim Aufbau für heute Abend geholfen hat, aber Meryl hat sie wegen irgendeines Notfalls, der mit *The Sound of Music* zu tun hatte, zur Seite gezogen. Die Kinder treten mit weiteren Liedern aus dem Musical beim Sommerfest auf."

„Sie waren das letzte Mal wirklich süß und haben auch ziemlich gut gesungen."

Zusammen schließen wir uns der Menge an, die in die Halle strömt.

„Vertrau mir. Er ist nur eine vorübergehende Sache, Gabe", wiederholt Christopher, während er Harper zuwinkt, die mit Meryl, der Rektorin der Grundschule, an der sie unterrichtet, spricht.

„Hör zu, wie schon gesagt, Ryn und ich, wir sind nur gute Freunde. So ist es eben", sage ich.

„Sicher. Natürlich. Wenn ich etwas Unpassendes gesagt habe, entschuldige ich mich. Ich habe den falschen Eindruck gewonnen."

Ich entdecke ein bekanntes Gesicht in der sitzenden Menge. „Ich setze mich zu Theo. Schönen Abend noch."

„Dir auch", antwortet er.

Ich glaube, wir sind beide erleichtert, als ich mich abwende.

Ich bahne mir meinen Weg durch die Menge zu Theo, der mit seiner Frau Louisa zusammen sitzt und sich mit einigen ihrer Freunde unterhält, die ich schon ein paar Mal zuvor getroffen habe. Wir begrüßen uns und ich setze mich neben ihn.

„Ich kann immer noch nicht glauben, dass die Stadt alle Bars und Restaurants für eine Stunde schließt, damit jeder hierher kommen kann", sagt Theo.

„Dex Ryder ist eine große Sache."

„Und wir dachten alle, Vampirserien wären out."

„Alle, außer dieser Einen offensichtlich."

Ein paar Leute, mit denen ich zur High-School gegangen bin, setzen sich auf die letzten freien Plätze in der Reihe. Ich begrüße sie und wir reden über die Serie, als Ryn und ihr Date die Plätze direkt vor mir besetzen.

Hervorragend. Ich habe einen Logenplatz für ihr Date. Genau, was ich wollte.

Ryn lächelt und sagt allen Hallo, stellt Joe vor und strahlt so sehr, dass ihr Gesicht fast zu zerbrechen scheint.

Theo stößt mich in die Rippen, als das Licht gedimmt wird und die Show beginnt. „Ryn hat ein Date?"

„Wie du siehst."

Er öffnet den Mund, um etwas zu sagen, aber ich werfe ihm einen bösen Blick zu und er schließt ihn wieder. Wir wissen beide, was er sagen wird, und nachdem wie der Abend bisher für mich läuft, muss ich es nicht noch von einer weiteren Person hören. Christophers Meinung über Ryn und mich war mehr als genug, wie viel klarer muss mir eigentlich noch entgegen geschrien werden, dass sie mich nur als Freund sieht?

Vielleicht ist es an der Zeit, dass ich diese Botschaft endlich verstehe.

Kapitel 13

Ryn

Einer der Vorteile, im Second Chance Café zu arbeiten, ist, dass ich nach dem Mittagsansturm eine Pause machen und mir egal was von der Speisekarte als Mittagessen aussuchen kann. Da das Essen hier großartig ist, ist das ein Sieg auf ganzer Linie.

Heute habe ich mir ein BLT-Sandwich und eine Portion Pommes gegönnt, die ich gerade genieße, während ich durch mein Handy scrolle und mir die wenigen Fotos von den Dreharbeiten anschaue, die in der Stadt statt-finden und in die Medien durchgesickert sind.

Der Abend der Vorführung der neuesten Folge von *Serious Bite* war magisch. Es hat sich so gut angefühlt, mit Joe zusammen zu sein und wir haben ziemlich viele Blicke auf uns gezogen. Ich wette, das Hunter's Creek Damen-Komitee war mehr als nur ein bisschen enttäuscht von ihren Intrigen.

Ich jedenfalls nicht. Ich habe mich die ganze Zeit beschwingt gefühlt, neben Joe zu sitzen, seine Hand in meiner. Er warf mir Blicke zu und machte Kommentare zur Show, flüsterte mir ins Ohr, sein Atem heiß an meinem Hals. Es jagte mir Schauer über den Rücken, und als er mich zu meinem Auto begleitete, war ich bereit für unseren ersten Kuss.

Es war genau so, wie ich es mir vorgestellt hatte. Er beugte sich zu mir, sagte mir, wie froh er sei, mich kennen-gelernt zu haben und wie wunderbar ich bin, und als sein Blick auf meine Lippen fiel, lehnten wir uns instinktiv zueinander und küssten uns.

Seitdem schwebe ich auf Wolke sieben.

Ich bin tief in Gedanken versunken, als jemand an meinen Tisch tritt und sich räuspert.

Ich schaue auf und sehe Patrick Hartmann. Seine plötzliche, unerwartete Rückkehr ins Café überrascht mich und löst eine Welle der Besorgnis in mir aus.

„Hallo, Ryn", sagt er.

Ich presse die Lippen zusammen. „Hallo, Herr Hartmann."

„Stört es Sie, wenn ich mich setze?"

Wir können es genauso gut hinter uns bringen. Ich deute auf den Platz mir gegenüber, und er zieht den Stuhl heraus, um sich zu setzen.

„Hatten Sie Gelegenheit, darüber nachzudenken, mir

zu helfen, wieder Kontakt zu meinem Sohn aufzunehmen?", fragt er ohne Umschweife.

Ich verschränke die Finger. „Ja, hatte ich."

„Und?"

„Die Sache ist die: Ich habe versucht, das Thema bei
ihm anzusprechen, und ich—"

Hoffnung flackert in seinen Augen auf. „Sie haben mit
ihm über mich gesprochen? Sie haben ihm gesagt, dass wir
geredet haben?"

„Hören Sie, ich habe versucht, mit ihm über Sie zu
sprechen, aber die Sache ist die, er hat deutlich klargemacht, dass er Sie nicht sehen will." Ich bin versucht, „Es
tut mir leid" hinzuzufügen, aber ich lasse es. Auch wenn
ein kleiner Teil von mir Mitleid mit diesem Mann hat,
stehe ich auf Gabes Seite.

Sein Kiefer zuckt, seine Lippen ziehen sich zu einer
schmalen Linie zusammen. „Ich verstehe."

Er wirkt klein auf seinem Platz, als hätte die Nachricht
ihn schrumpfen lassen, und obwohl ich nicht weiß, warum
er nach all der Zeit wieder Kontakt zu Gabe sucht, zieht
sich mein Herz etwas zusammen.

„Danke, dass Sie es versucht haben. Ich schätze, er hat
seinen Entschluss gefasst." Seine Lippen heben sich zu
einem schwachen Lächeln. „In dieser Hinsicht kommt er
nach seinem alten Herrn."

„Sie sind also auch stur?", frage ich und gebe damit
Gabes oft unbeugsame Natur preis—besonders gegenüber
Menschen, die lügen. Aber es ist wohl nicht hilfreich, das
diesem Mann zu erzählen.

„Wie ein Hund, der sich in einen Knochen verbissen
hat. Gabriel hat das von mir geerbt."

„Verstehe."

„Ich bin mir sicher, es ist ungewohnt für Sie, sich Ihren
Freund mit einem Vater vorzustellen."

Ich schüttle den Kopf, mein Bauch zieht sich schmerzhaft zusammen.

Er sieht so traurig aus. Wäre es wirklich so schlimm, diesem Mann zu erlauben, sich mit seinem lange verloren geglaubten Sohn zu versöhnen?

Ja, das wäre es. Gabe hat klargemacht, dass er seinen Vater nicht wiedersehen will, und ich muss das respektieren.

„Werden Sie selbst zu ihm gehen?", frage ich. „Ich meine, es ist nicht so, als bräuchten Sie mich als Vermittlerin. Nicht wirklich."

Er senkt den Blick. „Sie kennen ihn besser als die meisten. Wie würde er reagieren, wenn ich einfach vor seiner Tür auftauchen würde?"

Ich schenke ihm ein halbes Lächeln. Wir kennen beide die Antwort.

„Das dachte ich mir." Er erhebt sich. „Es ist wohl besser, ich gehe. Es war schön, Sie kennenzulernen. Ich bin froh, dass mein Sohn eine Freundin wie Sie in seinem Leben hat."

Er wendet sich zum Gehen, und ein Teil von mir will ihm nachrufen: „Warten Sie! Ich helfe Ihnen! Ich werde ihn dazu bringen, seine Meinung zu ändern!"

Ich tue es nicht. Es ist besser, wenn er geht. Besser für Gabe.

Die Tür schließt sich hinter ihm, und ich starre sie ausdruckslos an.

Es ist erledigt.

Vorbei.

Ich weiß, dass ich das Richtige getan habe. Ich habe Gabe beschützt, wie ich es immer tue, seit dieser Idiot in der Grundschule ihn gehänselt hat, weil er keinen Vater hat.

„Hey, Girl, hey." Ivys Stimme durchdringt meine

Gedanken, als sie sich mir gegenüber auf den Stuhl fallen lässt. Der blumige Duft ihres Parfums schwebt zu mir herüber. „Du siehst aus, als wärst du auf einem anderen Planeten, und ich wette, ich weiß, welcher Planet das ist."

Ich blinzle sie verständnislos an.

„Er fängt mit ‚J' an, oder?", neckt sie.

„Eigentlich habe ich über den Zustand der Wirtschaft nachgedacht und darüber, was wir dagegen tun können."

„Sicher hast du das", antwortet sie und stibitzt eine Pommes von meinem Teller. „Und wie genau wird Joe die Wirtschaft retten?"

Ich lache. „Indem er gut aussieht und sexy ist?"

Sie schiebt sich noch eine Pommes in den Mund. „Girl, es hat dich schlimm erwischt. Ugh. Die sind kalt."

„Ich habe vergessen, sie zu essen."

Sie wirft mir einen fragenden Blick zu.

„Machst du gerade Mittagspause?" Ich schaue auf die Uhr auf meinem Handy. „Es ist spät."

„Ich brauchte frische Luft und wollte meine Mitbewohnerin besuchen."

„Hier bin ich. Möchtest du einen Kaffee?"

Einer der Vorteile, eine Freundin zu haben, die in einem Kaffeehaus arbeitet, ist definitiv der kostenlose Kaffee, und Ivy ist eine meiner nicht-zahlenden Stammkundinnen. Tante Sheila erzähle ich das natürlich nicht, aber es ist ja nicht so, als ob ich etwas wirklich Schlimmes tun würde. Es ist nur ein bisschen heißes Wasser mit ein paar Kaffeebohnen und einem Schuss Sahne. Es ist ja nicht so als würde ich ganze Mahlzeiten oder etwas anderes stehlen.

„Ja. Nein. Ach, ich weiß nicht." Sie blickt auf ihre Hände, eine ungewöhnliche Reaktion für meine superselbstbewusste Freundin.

„Du weißt nicht, ob du Kaffee willst? Was ist los?"

„Ist deine Tante Sheila hier?"

„Nein."

Sie lässt ihren Blick durch das ruhige Café schweifen, auf der Suche nach lauschenden Ohren. Zufrieden, dass wir ungestört sind, verzieht sie ihre Lippen und sieht mich an. „Wenn ich dir etwas erzähle, versprichst du, kein großes Ding draus zu machen? Und du musst – ich wiederhole, *musst* – es für dich behalten. Das heißt, niemandem verraten."

„Nicht mal Gabe?"

„Vor allem nicht Gabe."

Kein Kaffee und es nicht mit meinem besten Freund teilen? Die Sache ist ernst.

„Du hast mein Wort", sage ich in einem ernsten Ton, der der Atmosphäre angemessen ist.

„Okay, also…" beginnt sie und verstummt sofort wieder.

Ich lege meine Hand auf ihre. „Sag's mir einfach. Du machst mir langsam Sorgen."

„Es ist…" Sie verstummt wieder.

Mein Herz beginnt, angesichts der schieren Möglichkeiten schneller zu schlagen. Ist etwas in der Sägemühle passiert? Aber warum sollte sie mir dann sagen, dass ich es niemandem, besonders nicht Gabe, erzählen darf? Das ergibt keinen Sinn. „Ivy, du musst es mir sagen."

Sie beißt sich auf die Lippe, holt tief Luft und hebt dann den Kopf. „In letzter Zeit habe ich irgendwie… Gefühle für jemanden entwickelt."

„Gefühle? Romantische Gefühle?"

Sie nickt langsam. Sie hat nicht den aufgeregten, überschwänglichen Gesichtsausdruck, den man bei jemandem erwarten würde, der gesteht, romantische Gefühle für jemanden zu haben.

Mein Kopf rattert. „Wer ist es? Es kann niemand aus

Hunter's Creek sein. Die meisten hier sind eh schon verheiratet. Oh, ich weiß, es ist einer der süßen Kerle, die am Filmset arbeiten. Moment, das grenzt die Sache nicht wirklich ein. Dort scheint es eine Menge süßer Kerle zu geben. Ist es der Kameramann, der hier war? Du weißt schon, der stämmige mit den Muskeln. Ich glaube, er hieß Charlie oder Chad. Oder war es Chip?"

„Er ist es nicht."

„Wer dann?"

„Bring mich bitte nicht um, aber…naja, ich habe Gefühle für Gabe."

Ich blinzle sie ein paar Mal verdutzt an, während mein Gehirn versucht, zu verarbeiten, was sie mir gerade gesagt hat. Ivy hat Gefühle für Gabe? *Gabe* Gabe? Gabe, meinen besten Freund?

„Gabe?", frage ich.

„Gabe", bestätigt sie mit ernstem Gesicht.

Das kommt wie ein Schlag aus heiterem Himmel. Es ist, als würde man im Wald von einem wütenden Bären ins Gesicht geschlagen werden, den man nicht einmal bemerkt hat.

„Ernsthaft?", frage ich, meine Stimme klingt ziemlich quiekig und seltsam dabei. Ich räuspere mich.

„Ist das so schwer zu glauben?", fragt sie. „Wir waren schon mal zusammen."

„Ich dachte nur mit euch beiden wäre es aus, seit Jahren schon. Seit der High-School. Wenn ich mich recht erinnere, bist du recht schnell zum nächsten Typen über-gegangen."

Sicher, damals hat es mich gestört, aber das war nur der Fall, weil ich selber mit Gabe zusammen sein wollte. Aber er hat damals Ivy und nicht mich gewählt und bis auf diesen einen magischen Trost-Kuss auf seiner Verandaschaukel in jener Nacht, sind wir immer nur Freunde gewesen.

„Ich schätze, es liegt daran, dass ich ihn in letzter Zeit öfter sehe, jetzt, wo du und ich Mitbewohnerinnen sind. Ich habe mich daran erinnert, wie es damals war, mit ihm zusammen zu sein, und habe darüber nachgedacht, wie süß und beschützerisch er dir gegenüber ist—"

„Er ist nicht—", protestiere ich, aber sie redet einfach weiter.

„Doch, das ist er, Girl, und ich finde das superattraktiv. Es hat mich erkennen lassen, dass ich es vermisse, ihn als Freund zu haben, als er *mir* gegenüber so total süß und beschützerisch war. Ich glaube, ich habe realisiert, dass ich etwas Gutes weggeschmissen habe. Er ist so verdammt süß, ich will ihn einfach packen und abknutschen. Verstehst du?"

Ein seltsames Gefühl überkommt mich, ein Gefühl, das ich nicht ganz benennen kann, aber ich weiß, dass es kein gutes Gefühl ist.

„Girl, hast du nichts dazu zu sagen? Du siehst aus wie eines der Opfer in *Serious Bite*, kurz davor, dir die Lunge aus dem Leib zu schreien, sobald du die spitzen Zähne des Vampirs siehst."

Ich hebe meine Kinnlade wieder vom Tisch auf und schlucke. Ich will nicht aussehen, als hätte ich gerade die spitzen Zähne eines Vampirs gesehen. Ich will normal wirken, als wäre es keine große Sache, dass meine Mitbewohnerin mir erzählt, sie hätte Gefühle für meinen besten Freund.

Was es ja auch nicht ist.

Ich hole tief Luft. „Verstehe ich das richtig, du willst wieder mit Gabe zusammen sein?"

Sie mustert mein Gesicht einen Moment lang, bevor sie ihre Lippen zusammenpresst. „Ich wusste, ich hätte es dir nicht sagen sollen. Ich wusste, du würdest, wenn es um ihn geht, gleich total einen auf *Ryn* machen."

„Was soll das heißen? Natürlich werde ich ich selbst sein. Wer denn auch sonst?"

Ja, ich weiß, ich ignoriere absichtlich ihren Punkt, aber das hier ist eine meiner engsten Freundinnen, die mir ihre Gefühle für meinen besten Freund gesteht. Verzeih mir, wenn ich einen Moment brauche, um das zu verarbeiten.

Ivy hebt die Augenbrauen und verschränkt ihre Arme, als wäre sie eine Lehrerin, die mich bei etwas Verbotenem erwischt hat. „Ihr beide habt diese ganze Vertrautheitssache, die er und ich nicht teilen. Das hält mich auf Distanz, weißt du. Das hat es schon immer."

„Gabe und ich sind beste Freunde, und das sind wir schon immer gewesen. Wir erzählen uns alles. Das war schon immer so."

„Genau das meine ich. Deshalb habe ich dir bis jetzt nichts von Gabe und mir erzählt."

Gabe und mir? Gabe und Ivy?

Es fühlt sich an, als wäre mir die Luft aus den Lungen gesogen worden. „Sagst du mir gerade", beginne ich, aber meine Stimme klingt seltsam angestrengt. Ich räuspere mich und versuche es erneut. „Sagst du mir gerade, dass ihr beide schon zusammen seid?"

Sie antwortet nicht sofort, und das zwingt mich dazu, darüber nachzudenken, wie ich mich fühlen würde, wenn Ivy und Gabe in einer romantischen Beziehung wären.

Ich kann nicht sagen, dass es sich großartig anfühlt, aber ich könnte beim besten Willen nicht sagen, warum.

Vielleicht, weil er mein bester Freund ist und Ivy dann diesen Platz in seinem Leben einnehmen würde.

Was würde das für mich bedeuten? Was möchte ich das es für mich bedeutet?

„Ihr seid es, oder?", sage ich mit stumpfer Stimme.

Sie presst die Lippen zu einer Linie zusammen und schüttelt den Kopf. „Noch nicht."

Eine Welle der Erleichterung durchströmt mich. Vielleicht will ich nicht, dass es so wird wie damals in der High-School, als sie zusammen waren? Vielleicht mochte ich es nicht, ausgeschlossen zu sein, wenn Gabe und Ivy zusammen waren?

Was auch immer es ist, ich fühle mich so viel besser, zu wissen, dass sie nicht zusammen sind.

„Verstehe. Du fühlst erst mal bei mir vor, bevor du etwas unternimmst."

„Du hast es erraten." Sie lehnt ihre Ellbogen auf den Tisch. „Es ist so seltsam, denn wenn du mich vor ein paar Wochen gefragt hättest, ob ich mir vorstellen könnte, wieder mit ihm zusammen zu sein, hätte ich dir mit einem klaren Nein geantwortet."

„Was hat sich geändert?"

„Ich glaube, es ist die Art, wie er sich in letzter Zeit verhält, wie ein Held aus einem Film, der kurz davor steht, eine Mission zur Rettung der Erde anzutreten."

Ich lache kurz auf. „Das ist verrückt. Gabe ist wahrscheinlich der einzige männliche Single in dieser Stadt, der gerade nicht an einem Film arbeitet."

Sie zuckt mit den Schultern, ihr Gesicht strahlt. „Ich habe nicht gesagt, dass es logisch ist. Das Herz will, was es will, Girl." Sie lehnt ihre Ellbogen noch weiter etwas weiter vor auf dem Tisch. „Also, ich habe mich gefragt, ob du mir vielleicht helfen könntest herauszufinden, ob er etwas für mich empfindet."

Es ist, als wäre ich in eine andere Realität eingetreten, in der meine beiden engsten Freunde sich ineinander verlieben könnten – und mich dabei zurücklassen.

Es ist—

Ich atme schwer aus. Ich weiß nicht, was es ist.

Ist es, weil ich die Scherben aufsammeln musste, als Ivy das letzte Mal zum nächsten Typen weitergezogen ist? Ist es, weil ich nicht sehen will, wie Gabe wieder von ihr verletzt wird, wie damals?

Oder ist es etwas ganz anderes? Etwas, das ich nicht einmal benennen, geschweige denn vollständig begreifen kann?

„Ryn?"

„Du willst, dass ich herausfinde, ob Gabe Gefühle für dich hat?"

Sind wir plötzlich in der Zeit zurück in die Mittelstufe gesprungen?

„Alles, was ich weiß, ist, dass es mir wirklich weiter-helfen würde. Aber nicht zu offensichtlich. Ich will nicht, dass du einfach zu ihm gehst und fragst: ‚Hey, willst du wieder mit Ivy zusammenkommen?'." Sie lacht. „Das wäre verrückt."

Das wäre verrückt? Die *ganze Sache* ist verrückt.

„Vielleicht könntest du den Grundstein legen, verstehst du? Ihm sagen, dass die Chance bestünde, wieder mit mir zusammenzukommen und sehen, was er dazu sagt."

Gabe ist single und Ivy ist es auch. Wenn sie wieder Interesse an ihm hat, habe ich keinen guten Grund, ihr nicht zu helfen.

Oder doch?

„Klar, ich rede für dich mit Gabe", antworte ich, obwohl ich mit diesem neuen, unerwarteten und unerklär-lichen Gefühl ringe.

Was verrückt ist. Sie können zusammen sein, wenn sie wollen.

Warum also lässt der bloße Gedanke daran sich alles schmerzhaft in mir zusammenziehen?

Kapitel 14

Ryn

Alle kennen mich in Jeans, T-Shirts und Turnschuhen, im Winter kombiniert mit einem von vielen farbigen Flanellhemden oder im Frühling und Herbst mit einer Jeansjacke. Das ist mein Look. Ehrlich gesagt, ist das hier in der Gegend von so ziemlich jedem der Look. Wenn man in einer Kleinstadt lebt und nie irgendwo anders war, macht sich niemand wirklich Gedanken darüber, was man trägt. Man zieht praktische Kleidung an, die im Sommer kühlt und im Winter wärmt.

Aber heute Abend ist alles anders. Heute Abend verzichte ich auf meine Hunter's-Creek-Uniform und trage etwas anderes. Etwas, das feminin und sexy ist. Heute Abend hoffe ich, mein Date zu beeindrucken, den unglaublich küssbaren Joe Turner.

Obwohl ich wusste, dass ich mir eine Predigt darüber einhandeln würde, warum ich mir nicht von meinem selbst verdienten Geld eigene Kleidung kaufe, habe ich mir ein Kleid von Harper geliehen. Wir wissen alle, dass sie diesen Boho-Hippie-Stil liebt, der nicht wirklich mein Ding ist, aber ohne die Hüte, den auffälligen Schmuck und die Stiefel hat sie ein paar echt niedliche Kleider. Da wir mehr oder weniger die gleiche Größe haben, – okay, ich trage eindeutig eine Nummer größer als sie, aber in verzweifelten Zeiten trifft man verzweifelte Entscheidungen, wie man so schön sagt – schien mir für heute Abend eines zu leihen die perfekte Idee. Als ich mein Spiegelbild anschaue, muss selbst ich zugeben, dass ich verdammt gut aussehe.

Das Kleid ist blassrosa und mit Harpers Lieblingsmuster bedruckt: Gänseblümchen. Die Farbe betont meinen pfirsichfarbenen Teint. Mit einem herzförmigen Ausschnitt und den Spaghettiträgern fällt es bis knapp oberhalb des Knies und ich habe es mit meinen einzigen Paar High Heels kombiniert: cremefarbenen Sandalen, die ich zu meinem Abschlussball in der High-School getragen habe. Dies ist ihr erster Auftritt seit einiger Zeit.

Ivy hat mir geholfen, meine Haare zu machen, die in weichen Locken über meine Schultern fallen, und ich habe etwas neues Make-up aufgetragen, das Hayley mich inspiriert hat zu kaufen. Ich habe heimlich damit geübt, wenn niemand in der Nähe war.

Das Gesamtpaket ist gar nicht so schlecht, und ich hoffe, Joe gefällt, was er sieht.

Ich schleiche den Flur entlang ins Wohnzimmer, wo

Ivy HGTV, den bekannten Heimwerker- und Garten-Kanal, schaut. Ich betrete den Raum, plötzlich verzweifelt nach ihrer Bestätigung suchend, dass ich gut aussehe.

„Na, schau mal einer an", sagt Ivy. „Wo hast du das Kleid her? Es sieht aus, als wärst du wie zähflüssige Marsh-mallows hineingegossen worden."

„Zähflüssige Marshmallows?", frage ich und hoffe, dass das etwas Gutes bedeutet. Plötzlich verlegen streiche ich das Material des Kleides über meinem Bauch glatt. Es ist für Harper figurbetonend, was bedeutet, dass es mir schon fast zu eng ist, dank meiner Brust und Hüften, und meine Kurven auf eine Art betont, die hoffentlich sexy, aber stil-voll ist. „Harper hat es mir geliehen, aber ich bin mir nicht sicher."

„Girl, du siehst umwerfend aus. Kurven an genau den richtigen Stellen. Und wie sehe ich aus?" Ivy springt auf und dreht sich, der volle Rock ihres knielangen Kleides wirbelt um sie herum. Ich habe das Kleid schon früher an ihr gesehen und sie sieht immer fantastisch darin aus.

„Wunderschön", sage ich ihr.

Ivy sah schon immer mühelos schön aus. Mit ihrem olivfarbenen Teint und ihrem dicken dunklen Haar, das sie gerne benutzt um damit zu flirten, braucht sie sich nicht das Kleid ihrer großen Schwester zu leihen, um absolut umwerfend auszusehen.

„Glaubst du, Gabe wird es mögen?", fragt sie.

„Wie könnte er nicht?", antworte ich und schiebe unbequeme Gedanken über Gabe und Ivy beiseite. Heute Abend werde ich mich nicht damit befassen. Heute Abend geht es nur um mein zweites Date mit Joe.

Wir legen den kurzen Weg zu Gabes Haus zurück, wo wir ihn auf seiner Verandaschaukel sitzen sehen, wie er auf sein Handy starrt.

„Die Party kann losgehen", verkündet Ivy, als wir durch sein Gartentor treten.

Er starrt uns beide an, als wären wir in die Schweine-tränke gefallen und wären nun über und über mit Schlamm bedeckt.

„Was guckst du so? Hast du mich noch nie in einem Kleid gesehen?", fragt Ivy, ihr Gesicht strahlt.

Gabe räuspert sich. „Ich habe gerade etwas gelesen. Ihr seht beide toll aus."

Ivy grinst. „Danke, Gabe."

„Wollen wir gehen? Ryn will nicht zu spät zu Joe kommen", sagt Ivy.

„Du triffst Joe?", fragt Gabe. Er wirft mir einen Blick zu, den ich nur als seinen *Beschützenden-Großer-Bruder-Blick* interpretieren kann.

„Duh. Deshalb hat sie sich heute Abend so schick gemacht. Alles für Joe", erklärt Ivy und hakt sich bei ihm unter.

„Warum hat er dich nicht von zu Hause abgeholt?", fragt Gabe.

Ich lache. „Weil es nicht 1952 ist?"

„Lasst uns gehen", kommentiert Gabe mit schroffer Stimme.

Vielleicht empfindet er doch etwas für Ivy? Sie sieht heute Abend besonders hinreißend aus. Die meisten Männer würden sie attraktiv finden. Da bin ich mir sicher.

Meine Nerven gehen mit mir durch bei dem Gedan-ken, Joe wiederzusehen. „Hey, kann ich schnell dein Bade-zimmer benutzen?"

„Klar. Geh ruhig. Du musst nicht fragen", antwortet Gabe.

„Ich bin nur höflich", sage ich, während ich an ihm vorbeigehe.

Ich benutze das Badezimmer und bin gerade dabei, zu Gabe und Ivy zurückzukehren, als Gabe im Flur auftaucht. Im Gegensatz zu Ivy und mir trägt er seine übliche Kombination aus Jeans und einem legeren T-Shirt, heute ausnahmsweise kein Flanellhemd, da es ziemlich warm ist.

„Hast du was vergessen?", frage ich.

„Meine Schlüssel. Ich dachte, ich sollte das Haus abschließen. Es sind viele Fremde in der Stadt und außerdem sieht es nach Regen aus, also dachte ich, ich fahre lieber mit dem Truck."

Ich deute auf meine High-Heel-Sandalen. „Gute Idee."

Sein Blick gleitet zu meinen Füßen hinunter.

„Wo hast du sie hingelegt?"

„Was?", fragt er.

„Deine Schlüssel, du Genie", erwidere ich lachend.

„Ach ja, richtig. Normalerweise lege ich sie hier hin." Er zeigt auf einen kleinen Beistelltisch neben der Haustür. Außer ein paar ordentlich gestapelten Briefen ist er leer.

„Soll ich dir helfen, sie zu suchen?"

„Klar. Ich schaue im Schlafzimmer nach. Du kannst im Wohnzimmer suchen."

Wir trennen uns, und ich durchsuche das Wohnzimmer, sehe auf dem Couchtisch und dem Beistelltisch nach und gehe sogar so weit, die Kissen vom Sofa und den Sesseln anzuheben.

„Was machst du da?", fragt Ivy, die in der Tür steht und die Hände in die Hüften gestützt hat.

„Gabe meint, es sieht nach Regen aus und er will mit dem Truck fahren."

„Und du suchst seine Schlüssel zwischen den Sofakissen?"

„Duh. Er hat sie verlegt."

„Hey, kann ich mir deinen Lippenstift kurz leihen? Ich habe meinen vergessen, und deiner sieht super aus."

„Klar." Ich hole meinen Lippenstift aus meiner Tasche und reiche ihn ihr.

Gabe betritt den Raum, während sie den Lippenstift aufträgt, sie wirft ihm ein Lächeln zu.

„Was meinst du? Gefällt dir dieser Lippenstift an mir?", fragt sie ihn.

„Deine Lippen sehen sehr…rot aus."

Ivy scheint zufrieden mit seiner Antwort, aber ich verdrehe die Augen. „G, du bist so ein Kerl."

„Hier, bitte." Ivy reicht mir den Lippenstift zurück. „Du brauchst auch noch eine Auffrischung. Deine Lippen müssen heute Abend total küssbar aussehen für dein Date."

„Ich gehe mal im Badezimmer nachsehen", murmelt Gabe und verlässt den Raum schnellen Schrittes.

„Glaubst du, deine Schlüssel sind im Badezimmer? Das ist seltsam", bemerkt Ivy und folgt ihm.

Ich lege die Kissen wieder an ihren Platz zurück und lasse meinen Blick über Gabes Bücherregal schweifen. Es dauert nicht lange, bis ich von den Büchern abgelenkt werde. Gabes Mutter hatte einen ziemlich vielseitigen Geschmack: von Büchern über impressionistische Künstler bis hin zu Selbsthilfebüchern und historischen Liebesromanen ist im Regal alles vertreten. Ich plane, bald ein oder zwei davon auszuleihen.

Ich entdecke die Schlüssel vor dem Buch, das ich Gabe geschenkt habe, als er die Ausbildung zum Glasbläser bekommen hat. Es ist ein wunderschönes Buch mit beeindruckenden Bildern von Glasarbeiten, von dem ich wusste, dass er es lieben würde.

Ich kann nicht widerstehen, es herauszuziehen und kurz durch die Seiten zu blättern, als etwas herausfällt und auf dem Regal landet. Es ist ein Umschlag. Ich wette, er benutzt ihn als Lesezeichen. Ich hebe ihn auf, um ihn zurück ins Buch zu stecken, als ein paar Gegenstände herausfallen und auf den Boden gleiten.

Ich bücke mich, um sie aufzuheben, und bemerke, dass eines der Objekte ein Fotostreifen ist. Es sind drei Aufnahmen von Gabe und mir. Auf einem schneiden wir Grimassen, auf einem anderen hat er meinen Pferdeschwanz wie einen Schnurrbart über seine Oberlippe gelegt, und auf dem letzten grinsen wir uns an, als wäre die Welt vollkommen in Ordnung.

Ich lächle vor mich hin. Ich erinnere mich an diese Fotos! Wir waren siebzehn, und ich erinnere mich, wie wir sie gemacht und darauf gewartet haben, dass der Automat sie endlich ausspuckt. Ich erinnere mich, wie wir über die Bilder gelacht haben, froh, dass ich ihn nach der Trennung von Ivy etwas aufgemuntert hatte, und wie er wieder lächelte. Ich erinnere mich—

Moment mal.

Er hatte mir gesagt, dass er diese Fotos weggeworfen hätte und sich sowieso kaum daran erinnern könnte, dass wir sie an diesem Abend gemacht haben.

Warum sollte er mir das erzählen, wenn er sie die ganze Zeit über hatte?

Vielleicht hat er vergessen, dass er sie hat?

Aber warum sollte er sie dann in diesem Buch aufbewahren, das ich ihm erst vor ein paar Jahren geschenkt habe?

Ich kaue auf meiner Unterlippe. Das ergibt keinen Sinn.

Ich drehe eines der kleinen Papierstücke um und lese die Aufschrift. Es ist der Abriss einer Kinokarte für den Film *A New York Kind of Love.* Das war der Film, den wir direkt nach Gabes Trennung von Ivy angeschaut haben. Es war eine Romantische Komödie, die im Kino nicht besonders erfolgreich war, aber ich habe sie trotzdem geliebt. Gabe behauptete zwar, sie sei Zeitverschwendung und total unrealistisch, was wahrscheinlich stimmte, aber sie war auch wunderbar und herzerwärmend auf diese kitschige, völlig befriedigende, „glücklich bis ans Ende ihrer Tage"-Art, die ich so sehr liebe.

Warum würde er die Kinokartenabrisse von diesem Film aufheben? Er hat den ganzen Abend darüber gemeckert, wie schlecht der Film war, den ganzen Rückweg über bis wir hier beim Haus seiner Mutter angekommen waren, wo wir uns zusammen auf die Verandaschaukel gesetzt haben und—

Oh mein Gott.

Ich blinzle auf die Gegenstände in meinen Händen.

Das war die Nacht, in der wir uns geküsst haben.

Er war traurig, weil Ivy mit ihm Schluss gemacht hatte und ich war nur mit ihm ins Kino gegangen, weil er die Karten schon gekauft hatte. Damals hatte keiner von uns viel Geld zum Verschwenden. Wenn man eine Kinokarte kaufte, ging man in den Film, egal wie. Da ich seine beste Freundin war, hatte ich eingewilligt und mir eingeredet, dass es mehr aus Mitleid geschah als alles andere. Der Kerl war verletzt und als seine Freundin musste ich für ihn da sein.

Die Tatsache, dass ich schon lange heimlich Gefühle für ihn hegte, war völlig nebensächlich.

Aber an diesem Abend, als ich auf der Verandaschaukel saß, die nur etwa drei Meter von dem Ort entfernt ist, an dem ich gerade stehe, hatte er mir seine Jacke gegeben und seinen Arm um meine Schultern gelegt, um mich zu wärmen, als ich erwähnte, dass mir kalt war -

eine typische Gabe-Geste - und dann, als ich ihm in die Augen schaute, sah ich dort eine Sanftheit, die ich vorher noch nie gesehen hatte. Eine Sanftheit und noch etwas anderes, etwas, das mein Herz zum Flattern brachte und meinen Körper vor Möglichkeiten schier in Brand setzte.

Hat er es etwa auch gefühlt?

Ich presse den Abriss der Kinokarte an meine Lippen, während ich mich an das Gefühl erinnere, das mich überkam, wie sich mein Magen zusammenzog, während mein Herz gegen meine Rippen klopfte, weil ich wusste, was gleich zwischen uns passieren würde.

Dann, als seine Lippen endlich meine berührten, dachte ich, *so muss es sich anfühlen, wenn man wirklich geküsst wird*.

Und dann wurde es mir schlagartig klar.

Was hatte ich mir nur dabei gedacht? Ich ließ mich von dem Moment mitreißen und machte mir verrückte Gedanken über jemanden, der mein Freund war und nur mein Freund. Die kalte, harte Tatsache war, dass er mich nur geküsst hat, weil er über Ivy hinweg kommen wollte. Das hätte mir jeder sagen können. Er war einsam und verletzt und ich hatte das ausgenutzt, Ivy war meine Freundin und ich hatte sie verraten, und es fühlte sich an wie ein riesiges Durcheinander, das ich niemals entwirren konnte.

Ich fühlte mich schlecht. Schlechter als schlecht.

Danach beschloss mein siebzehnjähriges Ich, dass es am besten war, so zu tun, als wäre es nie passiert, als hätten wir uns nicht geküsst und als hätte ich ganz bestimmt nicht gehofft, dass er mehr für mich empfindet.

Ich nahm dieses Verlangen, knüllte es zu einem kleinen Ball zusammen und schob es in den hintersten Winkel meines Verstandes.

Gabe und ich waren Freunde. Ivy war meine Freundin.

Nichts dürfte jemals zwischen uns passieren, und ich war ein Narr zu glauben, dass es das könnte.

„Hast du sie gefunden? Ich habe überall gesucht, aber keine Spur." Ich höre Gabes Stimme hinter mir und komme wieder in der Realität an.

Schnell wie ein Taschendieb im Rückwärtsgang schiebe ich die Ticketabrisse und den Fotostreifen zurück in das Buch und drehe mich zu ihm um, wobei ich ein Lächeln auf mein Gesicht zaubere, während ich die Schlüssel in der Luft schwenke. „Ich hab sie."

„Gut, denn wir sind spät dran", sagt er mir.

Ich erhole mich blitzschnell und erwidere: „Oh nein! Wir könnten den Auftritt der Kinder verpassen, die Lieder aus *The Sound of Music* singen."

Er stößt sein tiefes, grollendes Lachen aus. „Das würden wir nicht wollen. Ich habe es vermisst zu hören, was die Kinder über Kätzchen und Schnüre denken."

„Ich habe gehört, dass sie das Lied am liebsten mögen", erwidere ich und versuche, mich normal zu verhalten, wobei ich den Verdacht habe, dass ich seltsam klinge, meine Stimme gezwungen und unnatürlich.

Gabe, der mich besser kennt als ich mich selbst, wirft mir einen Seitenblick zu. „Alles in Ordnung, Ryn-Ryn?"

Ich räuspere mich.

„Ich bin wohl nervös, weil ich Joe wiedersehen werde", flunkere ich. „Es ist schon ein paar Tage her, dass wir bei der Vorführung im Rathaus waren."

Ich werde auf keinen Fall ein Wort über das verlieren, was ich gerade gefunden habe. Was hätte das für einen Sinn? Was Gabe betrifft, so habe ich den Kuss als das abgestempelt, was er war: ein unüberlegter Versuch über Ivy hinweg zu kommen, der niemandem etwas bedeuten sollte.

Was solls, dass er Erinnerungsstücke aus dieser Nacht aufbewahrt und mir gesagt hat, er hätte sie weggeworfen?

Es ist schon so lange her. Es bedeutet nichts.

Oder etwa doch?

Kapitel 15

Gabe

Das Sommerfest in Hunter's Creek ist ein typisches Klein-stadtfest mit Imbiss-Wagen, die köstliche Leckereien anbie-ten, einer Reihe von Fahrgeschäften und natürlich den obligatorischen Bauernhoftieren, die die Kinder streicheln und füttern können.

Aber dieses Fest hat einen zusätzlichen Bonus: Ryns Date Joe.

Merkst du, dass ich sarkastisch bin?

Joe fuhr vor etwa einer halben Stunde mit seinem

Motorrad vor und Ryn tat ihr Bestes, so zu tun, als ob es ihr nichts ausmachte, dass er mehr als eine Stunde später kam, als ausgemacht. Als er ankam, war ihr Gesichtsausdruck völlig erleichtert, was sich aber schnell in Freude wandelte.

Dieser Blick hat mich tief getroffen.

Jetzt schlendern sie Hand in Hand umher, während sie ein Plüschtier umklammert, das er an einem der Stände für sie gewonnen hat, als wäre es eine Art Schatz, obwohl es in Wirklichkeit nur ein hässliches Stofftier ist. Sie hat diesen kitschigen Ausdruck in den Augen, den sie bekommt, wenn sie wirklich auf jemanden steht. Es ist ein Ausdruck, den ich schon öfter bei ihr gesehen habe, und dieser Joe ist eine fast identische Kopie desjenigen, der sie beim letzten Mal an der Nase herum geführt und dann verlassen hat. Und das Mal davor.

Das alles ist genug, um mich dazu zu bringen, in Windeseile von hier verschwinden zu wollen.

Aber ich kann nicht. Ich habe meinem Chef im ‚Schwarzbär‘ versprochen, dass ich später in der Bar aushelfe und Getränke an durstige Festivalbesucher ausschenke, zusammen mit Jojos und anderen Snacks.

Wenn Joe Turner doch nur ein Jojo wäre, ich ihn in Soße tauchen und ihm den Kopf abbeißen könnte.

Ich atme tief ein. Das war etwas zu heftig. Ich will ihm nicht wirklich den Kopf abbeißen. Ich will nur, dass er einfach nicht existiert.

Das ist ein Unterschied.

Natürlich verstehe ich es. Sie fühlt sich zu ihm hingezogen und er fühlt sich zu ihr hingezogen. Das kommt vor.

Das Problem für mich ist, dass das, was ich Ryn zu bieten habe, so viel tiefer geht als nur oberflächliche Anziehung, die auf Aussehen oder dem ständigen sich durch die Haare fahren –worin Joe wirklich Meister ist- beruht.

Ich kann Ryn meine unerschütterliche, dauerhafte Liebe anbieten, eine Liebe, die es ihr erlaubt, sie selbst zu sein. Eine Liebe, die nicht verschwindet, wenn es schwierig wird. Eine Liebe, die darin verwurzelt ist, dass ich wirklich weiß, wer sie als Person ist.

Eine Liebe, die schon so lange am Entstehen ist, dass sie ihr eigenes Straßenschild haben sollte.

Gabe liebt Ryn -Straße.

Sei mein, Ryn -Weg.

Du bist mein Ein und Alles -Gasse.

Ich glaub, mir wird gleich schlecht.

Ich spüre eine Hand auf meinem Rücken und gehe davon aus, dass es Ivy ist. Sie verhält sich heute Abend irgendwie seltsam, fährt sich ständig durch die Haare und lächelt mich kokett an. Es ist absurd, wie oft sie mich schon gefragt hat, ob mir ihr Kleid oder ihr Lippenstift gefällt. Sie benimmt sich wie damals in der High-School und ich habe sie schon mehr als einmal gefragt, ob es ihr gut geht.

"Hallo, Fremder", sagt eine Frauenstimme, ich drehe mich um und sehe Natalie hinter mir. Sie trägt einen kurzen Jeansrock und ein breites Lächeln, und ich bin wirklich froh, sie zu sehen.

"Nat. Hey. Schön, dass du gekommen bist."

"Ich bin mit meinen kleinen Schwestern hier, die aus Arizona zu Besuch sind." Sie deutet auf zwei Mädchen im Teenageralter, die fast identische Kopien von Natalie sind und sich lachend Zuckerwatte teilen. "Sie lieben die Fahrgeschäfte und vor allem die Leckereien."

"Das kann ich sehen."

"Was ist mit dir? Mit wem bist du heute Abend hier?"

Ich werfe einen Blick auf Ryn und ihr Date. Er hat seinen Arm um ihre Schulter gelegt, während sie zwischen den Ständen umherschlendern. Ivy winkt mir zu, bevor ihr Blick zu Natalie wandert und sie einen Schmollmund zieht.

Seltsam.

"Ich bin mit Freunden hier", sage ich ihr.

"Unsichtbare Freunde?"

"So ähnlich."

"Nat, wir gehen ins Spukhaus. Kommst du mit?", fragt eine ihrer Schwestern.

"Geht ruhig vor. Ich werde mich etwas mit meinem Freund Gabe hier unterhalten." Sie gibt ihren Schwestern etwas Geld und sie lächeln sie an, bevor sie gehen.

Ein Lied ertönt aus den Lautsprechern und Nat beginnt auf der Stelle zu tanzen.

"Was machst du da?", frage ich.

"Ich tanze. Das ist der Song aus *Footloose*. Du weißt schon, Kenny Wormald? Julianne Hough?"

"Ich kenne den Film."

Sie nimmt meine Hände in ihre und schwingt sie. "Macht dieses Lied nicht Lust zu tanzen?"

"Nein", antworte ich mit einem Glucksen. "Ich bin kein guter Tänzer."

"Komm schon." Sie zerrt an meinen Händen und zieht mich zu sich heran, dreht sich um mich, als wäre ich eine Stange. Sie hält meinen Arm in die Höhe, dreht sich einmal um sich selbst und landet lachend in meinen Armen.

Es ist ansteckend, und ich lache mit ihr, obwohl das so gar nicht meine Art ist.

"Du bist wirklich etwas Besonderes. Weißt du das?", sage ich ihr grinsend.

Wer hätte gedacht, dass Natalie genau das ist, was ich brauche, um mich von Ryn abzulenken?

"Stimmt genau, Gabe Hartmann." Sie hakt sich bei mir unter und wir gehen langsam durch die Menschenmassen. "Ich hatte erwartet, heute Abend die berühmte Ryn zu treffen. Ist sie hier?"

Ich entdecke Ryn und Joe in der Menge. Sie sind ganz in der Nähe, nur ein paar Meter entfernt, sein dummer Arm liegt immer noch um ihre Schultern. Sie starrt ihn an, als wäre er ihre Lieblingssorte Eiscreme. Ich weiß, welche Sorte das ist, weil wir Freunde sind und ich sie eine Million Mal besser kenne als der Typ, mit dem sie gerade zusammen ist.

Klinge ich verbittert?

Ja, ich weiß, ich weiß.

Es fällt mir schwer, dieses Thema auf sich beruhen zu lassen.

Natalie folgt meinem Blick. "Wer sind die beiden?"

"Das sind Ryn und ihr ... Date", stoße ich hervor.

Die Erkenntnis dämmert in ihrem Gesicht. "Der Typ mit der Lederjacke? Bei dieser Hitze?"

"Genau der."

Sie drückt meinen Arm. "Ich würde sagen, dass es heute Abend für uns beide gut gelaufen ist. Meinst du nicht auch?"

Ich will schon etwas erwidern, als Ryns Eltern, Ed und Alyssa, mich mit einem fröhlichen Hallo begrüßen. Sie sind in Begleitung von Marlowe und einem großen Mann in einer Chino-Hose, weißem Hemd und Krawatte, der hier auf dem Kleinstadtfest genauso fehl am Platz wirkt wie Christopher bei seiner Ankunft in Hunter's Creek.

Ed Cole hält eine mit Erdbeeren und Sahne belegte Waffel in der Hand, während seine Frau gerade einen Bissen Apfelkuchen vom Second Chance Café isst.

"Ist das nicht großartig?", sagt Ed und blickt kurz zu Nat, bevor sein Blick zu mir zurückkehrt.

"Es ist unser Lieblingsfest von all den Festen in Hunter's Creek", sagt Alyssa. "Hallo. Ich bin Alyssa Cole, und das ist mein Mann Ed", sagt sie zu Natalie.

Ich springe ein: "Tut mir leid. Wo sind meine

Manieren geblieben? Herr und Frau Cole, das ist Natalie Mills. Nat, das sind Ryns Eltern und das ist ihre Schwester, Marlowe."

Natalie lächelt. "Ich lerne die Familie der berühmten Ryn kennen, bevor ich sie selbst treffe? Hallo, alle zusammen."

"Das ist mein Freund Mike", sagt Marlowe zur Begrüßung.

Mike und ich geben uns die Hand.

"Ich freue mich sehr darauf, Ryn kennenzulernen. Ich habe schon viel von ihr gehört", erklärt Nat.

"Sie ist schon etwas Besonderes", sagt Marlowe in ihrer typischen älteren Geschwister-Art.

"Oh, sie ist unser kleines Mädchen", antwortet Alyssa. "Die einzige, die noch nicht aus dem Nest geflogen ist. Nicht wie unsere Marlowe hier. Sie hat einen schicken Job in Seattle. Nicht wahr, Schatz?"

"Er ist nicht schick, Mama", protestiert Marlowe verlegen, aber ich merke, dass sie damit bei ihrer Mutter auf taube Ohren stößt.

"Du hast mich schon immer beeindruckt", sagt Mike mit einem Lächeln, das seine Mundwinkel umspielt und Marlowe erröten lässt.

"Ryn ist vor kurzem mit Ivy in das Haus am Ende der Straße eingezogen, das zählt für mich als das Nest verlassen", korrigiert Ed.

"Du weißt, was ich meine, Schatz. Ryn ist keine, die in die weite Welt hinauszieht, so wie unsere Marlowe, oder auch wie Harper. Sie ist nicht wie ihre Schwestern", erklärt sie Natalie. "Sie ist glücklich mit ihrem Schicksal, und wir sind froh, dass sie hier bei uns geblieben ist. Ist es nicht so, Gabe?"

"Auf jeden Fall", erwidere ich und bin verblüfft, dass die Eltern der Frau, in die ich insgeheim schon ewig verliebt bin, der Frau, die mir klar gemacht hat, dass sie mit mir zusammen sein will, gerade alles darüber erzählen, dass Ryn Hunter's Creek noch nie verlassen hat.

Unangenehm fängt gar nicht an die Situation zu beschreiben.

"Wart ihr schon auf einem der Fahrgeschäfte?", fragt Natalie.

"Schwindel", erklärt Alyssa. "Das liegt wohl daran, dass ich jetzt eine alte Frau bin."

"Du bist nicht alt, Schatz. Du bist perfekt gereift, wie ein guter Wein", sagt Ed und die beiden lächeln sich an.

"Wir sind mit der Achterbahn und dem Riesenrad gefahren", sagt Marlowe. "Obwohl jemand hier Höhenangst hat." Sie stupst ihren Freund an.

"Ich bin darüber hinweggekommen", antwortet Mike.

"Stellt euch vor, er arbeitet im 43.Stock und hat Höhenangst.", stichelt Marlowe.

Ed sieht sich die aufziehenden Wolken an. "Es sieht nach Regen aus. Wir sollten zu Ende essen und uns den Auftritt von Harpers Kindern ansehen, bevor der Regen über uns hereinbricht."

"Das ist eine Sache, die ich am Pazifischen Nordwesten nicht mag. Der Regen", sagt Natalie. "Wo ich herkomme, regnet es nicht viel."

"Woher kommst du, Schätzchen?", fragt Alyssa.

"Ursprünglich komme ich aus Arizona, habe aber in Houston studiert und dort meinen ersten Job angenommen, bevor ich vor etwa sechs Monaten von der Firma hierher nach Cotown versetzt wurde."

"Das freut mich", antwortet sie. "Willkommen im Pazifischen Nordwesten."

"Danke."

"Arizona ist knochentrocken. Und heiß", bemerkt Ed.

"Du meinst, es ist wie in einer Wüste, Papa", sagt Marlowe lächelnd.

"Okay, Kürbis. Du hast Recht", antwortet Ed lachend. "Wo arbeitest du?", fragt er Natalie.

Während sie antwortet, zieht mich Alyssa zur Seite und fragt in gedämpftem Ton: "Ist Natalie deine neue Freundin? Oh, warte. Bin ich zu voreilig? Ist das euer erstes Date?"

Ich schüttle den Kopf. "Nat ist eine Freundin."

Ihr Gesicht verzieht sich zu einem Lächeln. "Sie scheint sehr nett zu sein, Gabe. Ich habe Joe getroffen. Irgendwie habe ich ihn bei der Vorführung neulich Abend verpasst."

Ich ignoriere das Kribbeln in meinem Bauch, das sein Name auslöst. "Joe. Ja."

Sie sagt in einem leisen Ton, der nur für meine Ohren bestimmt ist: "Ich weiß, dass er nichts für Ryn ist."

Ich widerstehe dem Drang zu lächeln. "Woher weißt du das?"

"Ich habe das Gefühl, dass er mehr an Joe interessiert ist als an irgendetwas anderem, wenn du verstehst, was ich meine. Dieses ganze durch die Haare fahren und posieren. Ich glaube, er ist ziemlich von sich selbst eingenommen."

Ich verliere den Kampf gegen mein Lächeln. "Da hast du recht."

"Du weißt, dass du uns sehr wichtig bist, Gabe. Nicht wahr?", fragt sie, auch wenn es mehr eine Feststellung als eine Frage ist.

"Ja, sicher."

"Und du bist auch Ryn sehr wichtig."

"Wir sind gute Freunde."

Sie streichelt meine Hand. "Halte sie fest, Gabe. Ryn braucht Freunde wie dich."

Der Klang von singenden Stimmen erregt unsere

Aufmerksamkeit. Es sind die Kinder der Hunter's Creek Grundschule, die eine neue Tradition zu haben scheinen: Sie singen auf allen unseren Festen Lieder aus *The Sound of Music*. Und wenn man bedenkt, dass wir in jeder Jahreszeit eines unserer Feste feiern, sind das eine Menge *do re mis*, die sie singen können.

Sie stehen im Musikpavillon, zusammen mit Harper in ihrer Rolle als Lehrerin und Aufführungsleiterin, die sie bisher bei jedem Stadtfest übernommen hat, seit sie wieder zurück nach Hunter's Creek gezogen ist. Alle tragen die grün-weißen Kostüme, die sie auch beim Frühlingsfest getragen haben, nur dass sie sich dieses Mal nicht den Hintern abfrieren, während sie singen, und darauf hoffen, dass ihr Auftritt bald vorbei ist, um sich wieder in ihre warmen Mäntel zu hüllen und heiße Schokolade trinken zu können.

Natalie und ich verabschieden uns von den Coles und Mike und gehen hinüber, um ihnen bei ihrem Auftritt zuzusehen.

"Sie sind so verdammt niedlich", sagt Nat, während sie zusieht. "Schau dir die Kleine an. Soll das Gretl sein?"

"Wie in Hänsel und Gretel? Nein, das ist die singende Familie aus *The Sound of Music*", erkläre ich.

"Genau. Gretl von Trapp von den Trapp Familien Sängern. Das jüngste Kind."

"Du kennst den Film?"

"Natürlich kenne ich den Film! Wer kennt den Film nicht? Es ist ein Klassiker."

Wir hören uns das Lied an, die Kinder machen ihre Sache gut und Harper unterstützt sie stolz.

Natalies Schwestern kommen zurück und bitten um mehr Geld. Natalie verschwindet kurz, um mehr Bargeld aus dem Automaten zu holen, nachdem sie mir gesagt hat, dass sie bald zurück sein wird.

Ich spüre eine Hand auf meinem Arm und drehe mich um, ich erblicke Ryn, die mich angrinst. Sie hat dieses blöde Plüschtier und eine Packung Zuckerwatte in der Hand und sieht aus, als ob das Kind in ihr zum Spielen raus gelassen wurde. Petra Pan.

Ich löse meinen Blick von Ryn, um zu sehen, ob sie noch mit Joe unterwegs ist. So wie sie vorhin zusammengehangen haben, würde ich mich nicht wundern, wenn sie zusammengenäht worden wären, ich bin angenehm überrascht, als ich sehe, dass dies nicht der Fall ist.

"Hey, Fremder. Wo warst du?", fragt sie mich, als wäre ich derjenige, der bei einem Date plötzlich verschwunden wäre.

"Ich war hier", antworte ich.

"Genau an dieser Stelle die ganze Zeit?" Sie grinst mich an.

"Ja, weil ich so seltsam bin", erwidere ich ironisch. "Eigentlich bin ich herumgelaufen und habe einiges gesehen. Deine Eltern sind auch hier."

"Ich weiß. Ich muss ihnen Joe vorstellen." Ihr Grinsen ist so breit, dass es ihr Gesicht in zwei Hälften teilen könnte.

Ich grinse nicht. Der Gedanke, dass Ryns Eltern Joe treffen, lässt meine Brust sich zusammenziehen.

"Cool", antworte ich, ohne zu verraten, dass ihre Mutter nicht viel von ihm hält. Ryn braucht das nicht zu hören, schon gar nicht von mir. Aber weißt du was? Es ist nicht leicht, mit anzusehen, wie deine beste Freundin, die Frau, in die man sein ganzes Erwachsenenleben lang verliebt war, einen Fehler nach dem anderen mit den falschen Typen macht.

Aber was kann ich schon dagegen tun? Ihr sagen, dass sie sich wieder einen Idioten ausgesucht hat? Einen Kerl, der sie schlecht behandeln wird?

Selbst wenn ich es täte, würde sie mir nicht zuhören.

"Hast du schon gegessen?", frage ich.

Sie hält die Zuckerwatte hoch. "Die wichtigste Lebensmittelgruppe, genau hier. Möchtest du was?" Sie bietet mir die Tüte an, und ich nehme eine Handvoll, die Süße zergeht auf der Zunge.

"Ich bin mir nicht sicher, ob Zuckerwatte als eigenständige Lebensmittelgruppe zählt, aber ich werde dich nicht verraten."

Wir lächeln uns an und für einen Moment scheint es so, als ob zwischen uns alles wieder normal wäre.

Doch dann wird ihr Blick ernst. "G, ich muss dich etwas fragen und du musst ehrlich sein, auch wenn es dir wie eine völlig willkürliche Frage vorkommen mag. Okay?"

"Wie kann ich zu etwas 'okay' sagen, wenn ich nicht einmal weiß, was du mich fragen wirst?"

"Weil du der beste Freund bist, den ich je haben könnte?"

Und da ist das Wort: Freund.

Ausgezeichnet.

Ich verziehe meine Lippen zu einem Lächeln. "Was möchtest du mich fragen?"

"Na ja, du weißt doch, dass du damals mit Ivy ausgegangen bist."

"Ja, etwa 150 vor Christus."

Sie stößt ein scharfes Lachen aus, das mich überrumpelt.

"So lustig war das nicht", sage ich.

"Es war lustig. Du bist ein lustiger Typ." Sie gibt mir einen leichten Klaps auf den Oberarm.

Ich werfe ihr einen fragenden Blick zu. Sie verhält sich seltsam.

"Glaubst du, dass du jemals, du weißt schon, wieder etwas mit ihr anfangen würdest?"

Ich ziehe die Augenbrauen hoch. "Mit wem?"

"Mit Ivy."

Meine Augen weiten sich. "Ivy?"

"Du weißt schon, deine Ex-Freundin, meine Mitbewohnerin."

"Das ist völlig abwegig, Ryn-Ryn. Warum fragst du mich das?"

"Ich weiß, dass sie dir 150 vor Christus das Herz gebrochen hat." Sie lächelt über meinen schwachen Scherz. "Aber ihr zwei wart doch ein gutes Paar, oder? Und sie ist superlustig, wie du weißt, und wunderschön. Wer weiß? Vielleicht bekommst du ja eine zweite Chance in Sachen Liebe." Sie blickt auf das Kaffeehaus-Schild über unseren Köpfen.

Second Chance Café.

Eine zweite Chance in Sachen Liebe mit Ivy?

Was zum Teufel?

"Ich weiß, ich bin kein guter Kuppler, aber versprich mir, dass du darüber nachdenkst. Es könnte für euch beide sehr, sehr gut sein."

Mein Herz zieht sich zusammen. Ryn will, dass ich mit meiner Ex-Freundin ausgehe? Der Gedanke, dass ich wieder mit Ivy zusammenkomme, ist … nun, das ist etwas, worüber ich seit unserer Trennung in der High-School nicht einmal mehr nachgedacht habe. Es ist nicht so, dass ich mich nach ihr verzehrt habe, seit wir Schluss gemacht haben. Ich sehe sie als eine Freundin, nicht mehr.

So wie Ryn mich offensichtlich sieht.

"Warte. Ist das der Grund, warum sie sich heute Abend in meiner Nähe so seltsam benommen hat?", frage ich und denke an die Blicke, die Ivy mir zugeworfen hat.

Ryn rümpft die Nase. "Vielleicht?"

"Du musst wissen, mein Interesse … nun, es liegt woanders", sage ich.

Ich achte sorgfältig auf ihre Reaktion. Ich habe nichts Unverhohlenes gesagt wie "Ich bin in dich verliebt" oder irgendetwas Verrücktes in der Art. Aber ich muss die Ivy-Frage sofort im Keim ersticken. Ich will ihr keine falschen Hoffnungen machen, wo es gar keine gibt.

"Gabe, ich habe dir eine Limonade mitgebracht." Natalie hält mir einen Plastikbecher vor die Nase und ich nehme ihn ihr automatisch ab.

"Danke", murmele ich.

Ryns Blick gleitet zwischen Natalie und mir hin und her und ich weiß genau, zu welchem Schluss sie kommt. Was soll ich tun? Ihr hier und jetzt sagen, dass ich nicht Natalie liebe, sondern sie, wo sie doch gerade erst vorge-schlagen hat, dass ich zu meiner Ex-Freundin aus der High-School zurückkehre? Wenn für mich so viel auf dem Spiel steht?

Das wäre ein klares Nein.

"Hey, du. Ich bin Natalie."

"Hi. Ich bin Ryn. Schön, dich kennenzulernen", antwortet sie.

Natalies Augen weiten sich. "Du bist Ryn? Wow, es ist wirklich toll, dich kennenzulernen. Gabe spricht die ganze Zeit von dir."

"Nicht die *ganze* Zeit", murmle ich schwach.

Ryns Augen blitzen zu meinen. "Wirklich? Wie lang-weilig für dich. Woher kennt ihr euch?"

"Wir besuchen zusammen einen Kurs." Sie hakt sich bei mir unter, während sie antwortet, als würde sie mich vor meiner besten Freundin für sich beanspruchen.

Mein Arm versteift sich.

Ryns Blick schweift noch einmal zwischen Natalie und mir hin und her.

Ich will ihr erklären, dass es nicht so ist, wie sie denkt, dass Natalie nicht meine Verabredung ist, dass sie ihre

Absichten mir gegenüber vielleicht so klar gemacht hat wie der Washingtoner Sommer-Himmel, aber dass ich keinerlei Interesse an ihr habe.

Ich möchte es, aber ich tue es nicht.

Was soll das bringen?

Es hat keinen Sinn. Überhaupt keinen.

Kapitel 16

Ryn

Könnte dieser Abend noch besser werden? Joe, das Fest und mit seinen interessanten Freunden rumzuhängen.

Sicher, das Gespräch mit Gabe über Ivy war unangenehm, besonders als Natalie, sein Date, am Ende aufgetaucht ist. Aber wenigstens habe ich meine Pflicht gegenüber Ivy getan, auch wenn Gabe sie als eine Art Sperrzone ansieht.

Schade für Ivy.

Für mich dreht sich heute Abend alles um Joe, ich habe

eine tolle Zeit mit ihm. Und was noch besser ist, ich habe es geschafft, den Gedanken daran zu verdrängen, dass Gabe die Erinnerungsstücke an die Nacht, in der wir uns geküsst haben, aufbewahrt hat.

Zum größten Teil jedenfalls.

Dafür bleibt Zeit an einem anderen Tag.

Joe und ich sind zusammen durch die Stände und Tiergehege geschlendert, haben Snacks genascht und Fahrgeschäfte ausprobiert. Er hat mir ein Stofftier gewonnen, das eine lustige Kreuzung aus einem Oger und einem Nilpferd ist, was seltsamerweise funktioniert. Er hat mir Getränke und Snacks gekauft und jede Frage beantwortet, die ich ihm gestellt habe – über seine Arbeit für Leonardo Finch, das Leben in Hollywood und seine Schauspielambitionen. Ernsthaft, wenn er neben seinem guten Aussehen auch nur ein bisschen Talent hat, sehe ich seinen Namen bald in großen Leuchtbuchstaben geschrieben.

Er hat mich auch einer Menge Leute vorgestellt, die am Film mitarbeiten. Zum einen ist da Hayley, die Maskenbildnerin, die ich kennengelernt habe, als ich das Set besucht habe. Sie hat mich weiterhin ermutigt, mich selbst in der Make-up-Kunst zu versuchen – etwas, an dem ich immer mehr Interesse habe. Irgendwann. Vielleicht.

Dann gibt es einen Typen namens Duncan, der als Tontechniker am Film arbeitet, ein paar andere Jungs, Clay und Geoff, die mit Duncan zusammenarbeiten, und eine wirklich umwerfend schöne Frau, etwa fünf Jahre älter als ich, namens Jenny. Für ihren Stil würde ich über Leichen gehen und sie ist so supernett, dass ich das Gefühl habe, heute Abend eine neue beste Freundin gefunden zu haben.

Erinnerst du dich, als ich sagte, dass in Hunter's Creek nie etwas passiert? Heute Nacht fühlt es sich an, als wäre Hunter's Creek das Zentrum des ganzen Universums, mit neuen Menschen und einer Welt voller Möglichkeiten direkt vor meiner Haustür.

„Sag mal, Ryn, wir wissen alle, dass du einen furchtbaren Männergeschmack hast, aber was machst du beruflich?", fragt mich Jenny, während sie, Ivy, Joe und ich eine Handvoll Mais an eine Gruppe Ziegen füttern und Joes Freunde uns dabei zuschauen.

„Vielen Dank auch", brüskiert sich Joe und Ivy lacht.

„Es ist doch wahr", sagt Jenny.

„Jenny sagt nur, wie es ist, Mann", wirft Geoff ein und klopft Joe auf den Rücken. „Du solltest dir jemand besseren suchen, als diesen Kerl. Vielleicht einen normalen Mann mit lichterwerdendem Haar und einer Nase, die zu groß für sein Gesicht ist."

Ich betrachte Geoff mit seinem lichten Haar und, wie manche sagen würden, großer Nase und lächle. „Danke für das Angebot, aber ich denke, ich bleibe bei diesem Kerl."

„Ja, das solltest du", erwidert Joe lachend. „Ugh. Meine Hand ist ganz schleimig von Ziegensabber." Er verzieht das Gesicht und ich lache, während die Babyziege, die er gefüttert hat, hoffnungsvoll zu ihm aufblickt.

„Würdet ihr zwei der armen Frau bitte erlauben, meine Frage zu beantworten?", sagt Jenny.

„Welche Frage noch gleich?", frage ich sie lachend.

„Was du beruflich machst."

„Ich arbeite in einem der Cafés in der Stadt. Im Second Chance Café. Direkt da drüben, hinter dem regenbogenfarbenen Stand", antworte ich und zeige auf das Kaffeehaus.

Jenny zieht die Augenbrauen hoch. „Du bist Kellnerin?"

„Ja, ich schätze schon. Ich arbeite für meine Tante. Der Laden gehört ihr. Sie ist eine ziemlich gute Chefin, auch wenn sie manchmal etwas herrisch sein kann."

„Ich habe gehört, das machen Chefs so: herrschen", kommentiert Hayley. „Ich weiß, wie das ist. Ich werde die ganze Zeit herumkommandiert, und es macht mich wahnsinnig."

Joe sagt: „Ryn macht den besten Eiskaffee der Stadt. Leo kann das bestätigen."

„Ist das so?" Jenny lässt ihren Blick über mich gleiten, und ich entscheide, es nicht als im Geringsten wertend zu betrachten. Nicht, dass es nicht wertend wäre, aber ich entscheide mich einfach, nicht darüber nachzudenken. Ich habe zu viel Spaß, um mir den Abend von der Einschätzung meiner neuen Freundin darüber, wie ich meinen Lebensunterhalt verdiene, verderben zu lassen. „Ist das ein Sommerjob, bevor du zurück zur Uni gehst, oder…?"

„Es ist mehr ein „oder"", sage ich und schäme mich ein wenig, dass mein Vollzeitjob darin besteht, in einem Café zu arbeiten. Nicht, dass es etwas wäre, wofür man sich schämen müsste, aber es ist nicht annähernd so glamourös wie die Jobs der anderen hier – abgesehen von Ivys Job in der Buchhaltung.

In Gesellschaft dieser interessanten Menschen, die interessante Dinge tun, habe ich das Gefühl, ich sollte mehr machen als nur im Café meiner Tante zu arbeiten. Ich sollte etwas Aufregenderes tun, etwas, das meinen Geist fordert oder mich zu neuen und interessanten Orten führt.

Etwas wie Maskenbildnerei.

Ich mache mir eine mentale Notiz, weiter zu recherchieren.

„Das ist alles? Keine Träume, keine Ambitionen, keine großen Pläne die Welt zu erobern?", fragt Jenny.

Joe springt zu meiner Verteidigung ein. „Manche Menschen sind glücklich damit, wo sie im Leben stehen", sagt er. Er drückt meine Schultern und lächelt zu mir herab, der Ziegensabber, über den er sich noch vor wenigen Momenten beschwert hat, hat sich auf meine bloßen Arme übertragen. „Ich finde es total cool, dass Ryn zufrieden mit dem ist, was sie macht. Nicht viele von uns können das von sich behaupten. Nimm zum Beispiel Duncan."

Duncan verdreht die Augen. „Jetzt geht das wieder los."

Unbeeindruckt fährt Joe fort. „Er ist Tontechniker, will aber eigentlich Regisseur sein."

Duncan zuckt mit den Schultern. „Stimmt. Das will ich."

„Und Hayley... Hayley macht vielleicht das, was sie will, aber sie will der Chef sein", fährt Joe fort.

„Da kann ich nicht widersprechen", antwortet Hayley.

„Clay will Schauspie*ler* sein", fährt Joe fort und betont die letzte Silbe des Wortes.

„Genau wie du", kontert Clay.

„Nein. Joe will berühmt werden. Stimmt's?", neckt Jenny.

„Das stimmt so nicht. Ich will schauspielern", erwidert Joe, beleidigt.

„Was, wenn du gut bist und Glück hast, zu Berühmtheit führt. Sag mir, dass das nicht wahr ist", entgegnet Jenny.

Joe zuckt mit den Schultern. „Wenn Ruhm kommt, dann kommt er."

Die restliche Gruppe lacht.

„Joe, du bist so ein ...", sagt Duncan und verdreht die Augen.

Joe grinst seine Freunde an. „Es ist, wie es ist, Leute."

„Hast du weiter über Make-up-Kunst nachgedacht?", fragt Hayley mich.

„Ja. Ich habe mir einige YouTube-Clips angesehen. Es sieht cool aus."

Ich habe herausgefunden, dass es verschiedene Kurse gibt, die ich machen könnte. Sie würden nicht allzu lange dauern und in Cotown stattfinden, was bedeutet, dass ich aus Hunter's Creek wegziehen müsste. Sobald ich qualifiziert wäre, könnte ich Hochzeits- und Abschlussball-Make-up machen und Menschen helfen, an ihrem großen Tag gut auszusehen und sich gut zu fühlen.

Im Moment ist es ein Traum, etwas, worüber ich in Ruhe zu Hause fantasieren kann, und definitiv etwas, das ich mir nicht leisten kann. Aber es ist das Einzige, was mich seit Langem mal wieder in Aufregung versetzt, genauer gesagt seit Gabe und ich uns für die Glasbläser-Ausbildung beworben haben.

„Das wusste ich nicht", sagt Ivy.

„Es ist nur eine Idee", antworte ich.

„Willst du ein YouTube-Star werden?", fragt Jenny mich, wieder mit einem Hauch von Urteil in ihrer Stimme. Oder ich bin einfach überempfindlich.

Ich zucke mit den Schultern. „Hayley hat mein Make-up gemacht, als ich Joe am Set besucht habe, und sie hat erzählt, wie es ist, Maskenbildnerin zu sein. Über YouTube habe ich eigentlich nicht nachgedacht."

„Ich denke, Ryn könnte ein YouTube-Star werden, wenn sie wollte. Schaut sie euch an. Sie ist eine wunderschöne Frau und das schadet nie. Mit etwas Training könnte sie wirklich durchstarten", sagt Hayley. „Viele Leute verdienen ihren Lebensunterhalt auf YouTube mit Make-up-Tutorials."

Hayley ist jetzt offiziell meine neue beste Freundin.

Eine Band beginnt zu spielen und die Gruppe entscheidet sich, in eine der Bars zu gehen, um etwas zu trinken und die Musik zu genießen.

Als wir im ‚Schwarzbär' ankommen, sehe ich Marlowe und ihr übergroßes Date Mike an einem der Tische sitzen. Sie sind einander zugewandt, sehen aus, als würden sie Geheimnisse miteinander teilen, verloren in ihrer eigenen kleinen Welt.

Im Vorbeigehen pieke ich meine Schwester in die Rippen.

„Autsch!", beschwert sie sich, als hätte ich ihr wirklich weh getan, was, wie wir beide wissen, nicht der Fall ist. Sie liebt es, zu übertreiben.

„Du weißt schon, dass hier ein Fest stattfindet, oder? Es gibt Fahrgeschäfte, Tiere und jede Menge leckeres Essen sowie lustige Aktivitäten", necke ich, während ich meine Hände auf die Rückenlehne eines freien Stuhls an ihrem Tisch lege.

Eine Sache, die ich besser kann als meine Schwestern, ist, sie zu necken. Sie sind leichte Beute, und ich habe meine Fertigkeiten im Laufe der Jahre perfektioniert. Ich sehe es als meine Aufgabe an, als jüngere, weniger perfekte Schwester.

Obwohl ich mich heute Abend weniger wie ihre nervige kleine Schwester und mehr wie eine Gleichwertige fühle, zum ersten Mal in meinem Leben. Harper hat ihren Freund Christopher, Marlowe hat Mike und ich habe Joe. Soweit ich das sehe, sind wir, zumindest in Sachen Dates, für den Abend gleichauf.

„Danke, Ryn. Wir sind uns dessen bewusst", antwortet Marlowe in diesem typischen ich-plage-mich-mit-meiner-kleinen-Schwester-rum-Tonfall.

„Ist das dein erster Besuch auf einem Fest in Hunter's Creek, Mike?", frage ich.

„Ja, das ist es. Mir gefällt es hier, obwohl es viel geschäftiger ist, als ich erwartet hätte."

„Das liegt nur am Fest, aber vielleicht hast du das nicht

bemerkt, weil ihr beide in eurer eigenen kleinen Welt versunken seid." Ich gestikuliere zwischen den beiden hin und her.

Sie teilen ein Lächeln und Marlowes Wangen färben sich in einem attraktiven Rosa-Ton. Das ist typisch Marlowe. Alles, was sie tut, ist perfekt, von der Art, wie sie sich kleidet – edle Freizeitmode mit schicken Handtaschen und teuren Schuhen – bis hin zu ihrem charmanten Erröten.

Ich hingegen? Wenn ich erröte, kann ich es mit Tomaten aufnehmen, meine Augäpfel glühen buchstäblich vor Hitze.

„Möchtest du etwas trinken, Ryn?", fragt Mike.

„Ich bin mit ein paar Freunden hier, ich glaube, sie sind an der Bar und haben mir bestimmt schon was mitbestellt." Ich schaue hinüber und sehe Joe mit Ivy und seinen Freunden lachen und plaudern, jeder von ihnen hat bereits ein Getränk in der Hand.

Vielleicht haben sie meins vergessen?

Ich drehe mich zu Mike um. „Ich nehme gerne ein Getränk. Danke." Ich bemerke die Gläser auf dem Tisch. „Ich nehme was ihr habt."

Ich wollte das schon mal immer sagen.

„Bist du sicher? Wir trinken Long Island Iced Tea", warnt Marlowe, als könnte etwas mit Tee drin irgendwie gefährlich sein.

„Klingt gut."

„Da ist kein Tee drin, falls du das gedacht hast."

„Hab ich nicht", antworte ich defensiv.

„Es ist stärker, als du es gewohnt bist", fährt sie fort und klingt wie meine Mutter, nicht wie meine Schwester. „Da ist eine Menge Alkohol drin."

Ich winke ab. „Wie schlimm kann schon etwas sein, das nach einem Bundesstaat benannt ist?"

„Sehr", antwortet Marlowe.

„Wie wäre es, wenn ich dir eine abgeschwächte Variante hole? Mit extra Cola", bietet Mike an.

„Mike, wir kennen uns zwar erst seit Kurzem, aber ich bin über 21 und kann Alkohol vertragen", sage ich ihm.

Marlowe presst ihre Lippen zusammen, um ein Lächeln zu unterdrücken. Sie weiß genauso gut wie ich, dass ich meine Trinkfähigkeit komplett beschönigt habe. Die Sache ist die: Seit mir mit etwa sechzehn von Mamas süßem Koch-Sherry furchtbar schlecht wurde, trinke ich nicht viel. Und wenn ich trinke, höre ich normalerweise nach einem Bier auf, höchstens nach zwei, wenn ich es wirklich drauf anlege.

Aber heute Abend fühle ich mich abenteuerlustig. Ich bin mit Joe und seinen coolen und interessanten Freunden mit ihren glamourösen Leben und gebildeten Meinungen hier. Warum nicht mal etwas wagen?

„Ich hole uns die Getränke", sagt Mike.

„Setz dich doch mal kurz." Marlowe deutet auf einen Stuhl.

„Ich gebe dir drei Minuten, mehr nicht", sage ich und setze mich. „Ich muss zu meinem Date zurück."

„Mit wem bist du hier?"

„Mit Joe Turner. Er ist Leonardo Finchs Assistent."

„Wirklich?"

„Oh ja. Er ist der unglaublich gut aussehende Typ da drüben in der schwarzen Lederjacke, der aussieht wie Anthony aus *Bridgerton*."

„Ich liebe diese Serie", schwärmt Marlowe und verfehlt damit komplett den Punkt. Sie sollte von Joe beeindruckt sein.

„Er ist derjenige, der sich gerade mit den Fingern durch die Haare fährt."

Sie schaut zu Joe hinüber und ich strahle vor Stolz. „Ist ihm nicht heiß in dieser Lederjacke?"

Enttäuscht, dass sie nicht schwärmt, sage ich scharf: „Ich bin sicher, es geht ihm gut. Was wolltest du mit mir besprechen?"

„Ich muss dir was sagen."

„Du bist mit Mr. Riesig da drüben zusammen?" Ich deute auf Mike. Er ist so groß, dass sein Kopf fast die rot-weiß-blaue Girlande streift, die an der Decke der Bar aufgehängt ist. „Ernsthaft, wie groß ist er?"

„Es geht nicht um Mike. Es geht um dich."

„Du hast meine Aufmerksamkeit."

„Das dachte ich mir", antwortet sie mit einem schiefen Lächeln. „Es gibt dieses Jahr ein neues Event auf dem Festival. Eines, das es noch nie gab."

„Und das betrifft mich inwiefern?"

„Es ist ein Verkupplungsevent."

Ich lache scharf auf. „Ein Verkupplungsevent? So etwas wie Speed-Dating oder etwas ähnlich Langweiliges?"

„Ich bin mir nicht hundertprozentig sicher. Alles, was ich weiß, ist, dass einige Leute in der Stadt die Idee haben, dass du verkuppelt werden musst."

„Weil ich traurig und einsam bin und die Frechheit besitze, über 18 zu sein und noch nicht verheiratet mit sieben Kindern, was mich zu einer Art Aussätzigen in dieser Stadt macht?"

Sie rümpft die Nase. „So etwas in der Art."

„Nun, ich bin auf einem Date mit einem total süßen Typen, der komplett in mich vernarrt ist. Ich brauche nicht verkuppelt zu werden, besonders nicht mit irgendeinem langweiligen Kerl, den sie für mich ausgesucht haben."

„Das ist der Punkt."

„Was ist der Punkt?"

„Sie wollen dich mit Gabe verkuppeln."

Kapitel 17

Ryn

Natürlich sollte ich nicht überrascht sein. Das ist ja schließlich nichts Neues. Das Hunter's Creek Damen-Komitee, auch bekannt als die „sich einmischenden Damen der Stadt, die nichts Besseres zu tun haben", versucht schon seit Jahren, Gabe und mich zu verkuppeln.

Es ist nur... ach, ich weiß auch nicht. Dass sie es gerade heute versuchen, macht es so unangenehm, jetzt, wo ich weiß, dass er unsere Kinokartenabrisse und den Fotostreifen von der Nacht, in der wir uns küssten, aufbewahrt hat. Dazu kommt noch, dass Ivy wieder mit ihm zusammenkommen will und sowohl er als auch ich hier mit anderen Leuten verabredet sind, es könnte zu keinem ungünstigeren - oder verwirrenderen - Zeitpunkt kommen.

Obwohl ich mich heute Abend ganz auf Joe konzentriert hab, gehen mir diese Erinnerungsstücke nicht aus dem Kopf. Er weiß, dass er sie hat, weil sie in dem Buch stecken, das ich ihm erst vor ein paar Jahren geschenkt habe. Aber warum? Warum sie aufbewahren? Warum mir sagen, dass er sie weggeworfen hat?

Es sei denn, diese Nacht hat ihm mehr bedeutet, als er zugegeben hat, und er *wollte* mich aus anderen Gründen küssen, als um sich über Ivy hinwegzutrösten, was bedeuten würde, dass er echte Gefühle für mich hatte, was bedeuten könnte, dass er sie immer noch hat, und wenn dem so wäre, was würde das bedeuten und wie fühle ich mich dabei und-

Halt!

Ich habe meiner Fantasie freien Lauf gelassen, wie einem Kind, das an einem heißen Tag einem Eiswagen hinterherläuft. Ich darf nicht mal darüber nachdenken.

Und überhaupt, wir reden hier über Gabe. *Gabe.* Er ist mein bester Freund, mein Vertrauter, der geradlinige Typ, der mich wie seine kleine Schwester behandelt.

Die Tatsache, dass ich nur drei Tage jünger bin als er, spielt keine Rolle.

Ich atme schwer aus.

Gabe empfindet für mich nichts anderes als die Liebe eines guten Freundes. Und genau das bin ich für ihn: eine gute Freundin. Eine beste Freundin. Und das ist schon eine Menge.

Ich drehe mich um und sehe Ivy, deren Gesicht leuchtet wie ein Weihnachtsbaum.

"Komm schnell. Gabe wird gleich untergetaucht", sagt sie zu mir. "Hey, Marlowe."

"Hi, Ivy."

"Gabe wird gleich was?", frage ich, als sie mich von Marlowe weg und zurück in die Menge zerrt.

"Es ist eine Wohltätigkeitssache. Man sitzt über einem Wasserbecken und die Leute werfen Bälle auf ein Ziel, und wenn man trifft... *platsch*, wird Gabe nass."

"Warum macht er das? Es ist doch eine Spendenaktion für die Grundschule, oder nicht? Als ich das letzte Mal nachgesehen habe, war er noch kein Lehrer."

Wir machen uns auf den Weg von der Bar zurück in die Menge der Festivalbesucher.

"Du weißt, wie er ist. Er hilft immer gerne. Sieh mal. Wir kommen gerade noch rechtzeitig."

Wir haben eines dieser Wasserbecken-Wurfspiele erreicht. Einer der Lehrer wurde bereits untergetaucht, sehr zum Vergnügen der Kinder in der Menge, und Gabe wartet etwas abseits. Er trägt eine Badehose, also muss er nach Hause gegangen sein, um sich umzuziehen.

Ich schaue zu ihm herüber und fange seinen Blick ein, er wirft mir ein verlegenes Grinsen zu.

Ich winke unbeholfen, meine Gedanken sind bei den Erinnerungsstücken.

Er sieht aus wie Gabe. Er redet wie Gabe, aber im Moment fühlt er sich für mich wie ein völlig anderer Mensch an.

"Er ist wirklich ein guter Kerl. Findest du nicht? Und ich muss sagen, es gibt definitiv Schlimmeres, als ihn zu sehen, nachdem er ins Wasser getaucht worden ist."

"Hm?"

Sie zeigt verschwörerisch auf ihren Oberkörper. "All die glänzenden Muskeln."

Es ist nicht gerade hilfreich für mich, jetzt an Gabes glänzende Muskeln zu denken. "Uh-huh", antworte ich.

"Sieh nur!" Sie zeigt auf Gabe. Er hockt jetzt auf dem Sitz über dem Pool und grinst, während er auf sein Schicksal wartet. Ich versuche, meinen Blick nicht an seinem Körper hinuntergleiten zu lassen, aber wem mache ich hier eigentlich etwas vor? Er ist nett anzuschauen. Großartig, um genau zu sein. Ich lasse meinen Blick über ihn gleiten, von seinen breiten Schultern über seine definierten Brustmuskeln, seine Bauchmuskeln mit der Andeutung eines Sixpacks bis hinunter zu seinen starken, muskulösen Beinen.

Natürlich habe ich Gabe schon vorher in seiner Badehose gesehen. Wir sind schon ewig miteinander befreundet. Wir waren schon im See außerhalb der Stadt und im örtlichen Schwimmbad schwimmen. Ich weiß, wie er aussieht.

Aber das war, bevor ich wusste, was ich jetzt weiß, dass er Dinge aus der Nacht, in der wir uns küssten, aufbewahrt hat. Dass er vielleicht mehr in mir sah als nur eine Freundin.

Der Gedanke stellt seltsame Dinge mit meinem Bauch an.

"Sieh ihn dir doch mal an." Ivy fächelt sich Luft zu, ihr Gesicht leuchtet.

"Jeder weiß, dass er heiß ist", schnappe ich und bereue es sofort. Nicht, weil er nicht heiß ist, denn natürlich ist er das - breite Schultern, tolle Brustmuskeln und der Rest, erinnerst du dich?-, sondern aus einer Vielzahl von Gründen, die in meinem Kopf herumschwirren wie ein Schwarm aufgeregter Bienen.

Die Erinnerungsstücke zu finden, von denen er mir sagte, er habe sie weggeworfen.

Das unangenehme Gespräch mit ihm über Ivys Gefühle für ihn.

Die Tatsache, dass er vielleicht mit einem Date hier ist.

Und zu allem Überfluss soll ich auch noch, in einer Intrige, die sich das Damen-Komitee ausgedacht hat, mit ihm verkuppelt werden.

Man kann mit Fug und Recht behaupten, dass in meinem Kopf gerade eine Menge Gabe-bezogener Aktivitäten vor sich gehen.

Kein Wunder, dass ich verwirrt bin.

"Hast du schon mit ihm über mich geredet?", fragt Ivy.

"Vorhin erst. Ich habe ihm gesagt, dass ihr beide ein gutes Paar abgeben würdet und er darüber nachdenken sollte."

Sie greift meine Arme und zieht mich in eine Umarmung. "Danke, danke!"

"Nicht der Rede wert."

"Doch, das ist es, und ich liebe dich dafür."

"Er hat nicht gesagt, dass er Gefühle für dich hat", warne ich. "Es tut mir leid."

"Vielleicht hebt er sich das für den Zeitpunkt auf, wenn wir allein sind?"

Man muss ihr Selbstvertrauen wirklich bewundern.

"Ivy...", beginne ich, werde aber unterbrochen.

"Mit deinem Gütesiegel erinnert er sich vielleicht daran, was er in der High-School für mich empfunden hat und merkt, dass er eine gute Sache hat sausen lassen, und wenn ich gut sage, meine ich auch *guuuut*." Sie macht einen kleinen Shimmy und ihr Pailletten-Top funkelt im Licht.

Moment, was?

"Er ließ eine gute Sache sausen? Wie in *er* hat eine gute Sache sausen lassen? Nicht eher andersherum?"

Ivy kichert. "Girl, hast du einen Schlaganfall?"

"Ich dachte, *du* hättest mit *ihm* Schluss gemacht."

"Ich will ganz ehrlich mit dir sein. Ich habe mehr oder weniger die Zeichen der Zeit erkannt und mit ihm Schluss gemacht. Aber unter uns gesagt, ich wusste, dass er es tun würde. Ich bin ihm nur zuvorgekommen, um mein Gesicht zu wahren. Du weißt ja, wie das ist, wenn man ein Teenager ist."

"Er wollte mit dir Schluss machen?"

Sie nickt. "Aber das ist jetzt nicht mehr wichtig."

Ich hatte immer gedacht, dass Gabe ein gebrochenes Herz hatte, als Ivy mit ihm Schluss gemacht hat. Als er mich in jener Nacht geküsst hat, nahm ich deshalb an, er wolle sich nur darüber hinwegtrösten, dass er das Mädchen, das er liebte, verloren hatte.

Jetzt, da ich weiß, dass er nicht mehr mit Ivy zusammen sein wollte, frage ich mich, ob es ihm mehr bedeutet hat, als ich dachte und es wirft ein ganz neues Licht auf die Tatsache, dass er den Fotostreifen und die Kinokartenabrisse von diesem Abend aufbewahrt hat.

Ich kaue gedankenverloren auf meiner Lippe.

"Ryn? Weißt du, wer diese Frau ist?", fragt Ivy.

"Entschuldigung, was?"

"Diese Frau. Weißt du, wer sie ist?" Sie deutet auf die Frau, die Gabe mir vorgestellt hat. Sie beobachtet ihn, während er die Leiter hochklettert.

"Natalie ist ihr Name."

"Haben sie ein Date?"

"Ich glaube schon."

"Fantastisch", schnauft sie verärgert. "Diese Art von Konkurrenz brauche ich in meinem Leben nicht. Sie sieht umwerfend aus."

Ich lasse meinen Blick über Natalie schweifen. Sie trägt einen kurzen Rock, süße Tennisschuhe und ein Crop-Top, das zeigt, wie schlank und straff ihre Taille ist. Ihr langes dunkles Haar fällt ihr über den Rücken und sie hat die Art von glatter, makelloser Haut, von der ich mit meinem pfir-sichfarbenen Teint nur träumen kann.

"Schau mal. Er wird gleich nass werden!", verkündet Ivy.

Gabe sitzt auf dem Sitz, seine Füße baumeln nur Zentimeter über dem Wasser. Er hat einen glücklichen Gesichtsausdruck und grinst uns alle an.

Christopher ist an der Reihe, nimmt einen der Bälle, positioniert sich und trifft beim ersten Versuch direkt ins Schwarze. Der Gesichtsausdruck von Gabe zeigt, dass er genau weiß, was als nächstes passiert. Sein Sitz gibt nach und er stürzt unter dem lauten Jubel des Publikums in die wässrige Tiefe.

Ivy kreischt vor Lachen, ihre Augen leuchten. "Wahn-sinn!", ruft sie, bevor sie mich mit ihrem Ellbogen anstößt. "Ein nasser Gabe."

Ich stoße ein schwaches Lachen aus, meine Gedanken kreisen. "Ein nasser Gabe", echoe ich.

Wenn es stimmt, was Ivy sagt, dann könnte Gabe schon über sie hinweg gewesen sein, als wir uns geküsst haben.

Ich denke kurz darüber nach, denn das ändert alles.

Er war nicht untröstlich über den Verlust von Ivy.

Der Kuss, den wir geteilt haben, war kein Trostpflaster.

Die ganze Zeit über dachte ich, es hätte ihm nichts bedeutet, dass der Kuss nur ein Symptom seiner Trennung gewesen sei. Dass es nichts bedeuten konnte, nicht wenn sein Herz anderweitig verbandelt war.

Damals habe ich alle meine Gefühle für ihn unter-drückt, weil es mir sinnlos erschien. Er würde nie so für mich empfinden. Ich verdrängte sie tief in mir und sperrte sie weg.

Eine Stimme reißt mich aus meinen Gedanken. "Was für ein guter Sportsmann. Gabe Hartmann, meine Damen und Herren. Eine Runde Applaus für ihn bitte", verkündet Meryl, die Rektorin der Grundschule, über die Lautsprecheranlage.

Wir beobachten, wie Gabe aus dem Pool klettert und allen fröhlich zuwinkt. Natürlich ist er triefend nass und Ivy stupst mich an, während sie ihn anglotzt.

Ich werde nicht lügen, auch ich starre Gabe an, allerdings nicht nur, um zu bewundern, wie gut er nass aussieht. Das soll nicht heißen, dass er nicht gut aussieht, denn das tut er wirklich. Ich habe ihn vielleicht mehr als einmal nach dem Schwimmen gesehen, aber ich habe nie zu schätzen gewusst, wie breit, muskulös, wohl proportioniert und *männlich* er ist, als wäre er aus Stein gehauen, ein perfekt geformtes Exemplar Mann.

Mein Herz hämmert gegen meine Brust, während sich ein unruhiges Flattern in meinen Bauch breitmacht.

Bin ich... immer noch in meinen besten Freund verliebt?

Kapitel 18

Gabe

Ich nehme ein Handtuch vom Stapel neben dem Tauchbecken und wische mir das Gesicht ab, bevor ich es benutze, um meine Haare zu trocknen. Die letzten zehn Minuten waren wie im Rausch. Harper hat mich angebettelt, mich als Freiwilliger zu melden, da sie noch mehr ‚Versenk-Opfer' brauchten. Dann erzählte sie Nat, dass das alles für einen guten Zweck sei und sie mich nur ein klein wenig mitgenommen in kurzer Zeit schon wieder zurückbekäme. Danach bin ich nach Hause geeilt, um meine Badehose anzuziehen, kam wieder hierher und wurde prompt von Christophers erstem perfekten Wurf im Wasser versenkt.

Ich konnte nicht Nein sagen, nicht nachdem Harper mir erklärt hatte, dass das Geld dafür verwendet wird, um den Kindern eine Reise nach Seattle zu ermöglichen, um eine Dinosaurier-Wanderausstellung zu sehen.

Ich habe Dinosaurier als Kind geliebt.

Auf der Toilette ziehe ich meine nasse Badehose aus und schlüpfe in meine Jeans und ein T-Shirt. Einen Moment später trete ich wieder in die Menge hinaus. Sofort taucht Natalie an meiner Seite auf, lacht und redet über meinen „Tauchgang".

„Ich finde, du solltest nächste Woche im Kurs deine Badehose tragen", sagt sie mit funkelnden Augen.

„Definitiv nicht", antworte ich lachend.

„Du würdest damit die Aufmerksamkeit aller auf dich ziehen."

„Nein, ich würde mir eine Unterkühlung zuziehen."

„Es ist Sommer, Gabe. Du würdest es überleben."

„Hallo, Gabe. Das hast du sehr gut gemacht! Wen haben wir denn hier?" Es ist Ryns Tante Sheila, die Natalie von oben bis unten mustert.

„Sheila Cole, das ist meine Freundin Natalie."

„Hallo, Frau Cole", sagt Natalie höflich und streckt ihr die Hand entgegen.

„Freut mich, dich kennenzulernen. Ist das ein Date?", fragt Sheila ohne Umschweife.

Natalie schlingt ihre Hände um meinen Arm und blickt zu mir auf. „Man könnte es wohl ein Date nennen, nicht wahr, Schatz?"

Habe ich erwähnt, dass Natalie das Wort „subtil" nicht kennt?

Tante Sheilas Lächeln gefriert.

„Sie nimmt dich auf den Arm, Tante Sheila. Wir sind nur Freunde", sage ich zur Klarstellung.

Tante Sheilas Gesicht hellt sich sofort auf. „In diesem Fall habe ich eine Aufgabe für dich, Gabe. Ich weiß, dass du ein guter Sportsmann bist. Ich habe gesehen, wie du untergetaucht wurdest. Christopher sah dabei ein bisschen zu zufrieden aus, findest du nicht auch?"

„Ich habe es nicht gesehen. Ich war zu sehr damit beschäftigt, ins Wasser zu fallen", antworte ich.

„Natalie, du hast nichts dagegen, wenn ich ihn kurz entführe, oder?"

„Er wurde gerade erst von einer der Lehrerinnen entführt und in ein Becken voller Wasser getaucht, deswegen bin ich mir nicht sicher, ob ich ihn noch einmal aus den Augen lassen möchte", warnt Natalie.

„Ich verspreche, ihn heil zurückzubringen. Hol dir in der Zwischenzeit doch ein leckeres Stück Apfelkuchen vom Stand des Second Chance Cafés. Sag, dass Sheila Cole dich geschickt hat, dann geben sie es dir umsonst."

Eins muss man ihnen lassen: Die Frauen der Familie Cole sind nichts, wenn nicht entschlossen.

Tante Sheila legt ihre Hand um meinen anderen Arm und beginnt, mich buchstäblich von Natalie wegzuziehen.

Aber Natalie lässt sich nicht überrumpeln. Sie hält mit voller Kraft dagegen.

Ernsthaft, ich fühle mich wie das Seil in einem Tauzieh-Wettbewerb.

„Nat", warne ich.

„Kann ich nicht mitkommen?"

„Nein", sagt Tante Sheila entschieden und Natalie lässt los, gerade noch rechtzeitig.

Können zwei Frauen die Schultern eines Mannes aus den Gelenken ziehen?

„Geh dir den Kuchen holen. Er ist gut", rufe ich ihr über die Schulter zu, während Sheila mich davon zerrt.

„Wirst du mir sagen, worum es hier geht?", frage ich.

„Karaoke", lautet ihre überraschende Antwort.

Was zum…?

„Karaoke?", frage ich. „Sag mir nicht, dass ich singen soll."

„Natürlich will ich, dass du singst. Du denkst doch nicht etwa, ich wüsste nicht, dass du ein fantastischer Sänger bist, Gabe Hartmann? Ich erinnere mich, als du einen der Väter in der High-School-Aufführung von *Mama Mia* gespielt hast. Du warst wunderbar."

Ich verziehe das Gesicht bei der Erinnerung daran. „Ich habe diese Rolle nur bekommen, weil sie einen Mangel an Jungs hatten und Harper mich dazu gezwungen hat. Soweit ich mich erinnere, habe ich ziemlich schlecht gesungen."

Tatsächlich *weiß* ich, dass ich ziemlich schlecht gesungen habe. Meine Mutter hat die Aufführung damals aufgenommen. Es ist wohl Beweis genug, dass ich sie einmal angesehen habe, weil sie mich dazu gezwungen hat, und danach nie wieder.

Ein Mann muss nicht an solche Dinge erinnert werden.

„Unsinn. Du warst wunderbar. So, da sind wir."

Ich schaue auf und sehe das Schild für die ‚Grizzlybär' Bar. „Du willst also, dass ich Karaoke singe, in einer Bar, die Konkurrenz für die ist, in der ich arbeite? Ist das nicht noch die Krönung?"

Sie lacht. „Oh, du bist wirklich witzig. Es ist doch egal, wo du singst, Gabe, Hauptsache, du singst." Ihre Brille rutscht ihr die Nase hinunter, und sie schiebt sie mit dem Zeigefinger wieder hoch.

Ich weiß, wann ich geschlagen bin. Es hat keinen Sinn,

sich zu widersetzen. Es sieht so aus, als würde ich mich heute Abend beim Karaoke blamieren.

Ich Glückspilz.

Wir betreten die Bar, wo wir sofort von den anderen Mitgliedern des inoffiziellen Damen-Komitees von Hunter's Creek begrüßt werden: Sheila Cole natürlich, Frau Ashbridge, Frau Jacobson und Frau Sommerfeld.

„Schaut mal, wer da ist! Es ist Gabe", sagt Frau Ashbridge mit einem strahlenden Lächeln.

„Gabe Hartmann. Wie schön, dass du gekommen bist", sagt Frau Jacobson.

Als ob ich eine Wahl gehabt hätte.

„Ich kann es kaum erwarten, dich das Lied singen zu hören, das wir für dich ausgesucht haben", sagt Frau Sommerfeld.

„Ich darf nicht einmal selbst auswählen?"

Ich hoffe, es ist nicht das Lied, das ich bei *Mama Mia* verhunzt habe. „Musikalisch begabt" ist nicht gerade die Beschreibung, die ich für mich selbst wählen würde. Ich habe es gerade so geschafft, bei diesem Lied den Ton zu halten und das auch nur, weil es aus ungefähr drei Noten bestand.

Tante Sheila und der Rest des Damen-Komitees lachen, als hätte ich etwas unglaublich Lustiges gesagt.

„Oh, Gabe. Du bist so witzig", sagt Frau Jacobson. „Ist er nicht witzig?", fragt sie die anderen neugierigen Stadtbewohnerinnen und sie alle stimmen zu, dass ich ein sehr lustiger Kerl bin.

„Also, ihr wollt, dass ich nur ein Lied singe, richtig? Weil ich mit einer Freundin hier bin, die sonst niemanden kennt, und ich irgendwie in diese Sache hineingeraten bin."

„In diesem Fall sollten wir gleich anfangen. Willst du

wissen, welches Lied du singen wirst? Denn du bist der Erste", sagt Tante Sheila.

Ich blicke zur provisorischen Bühne in der Ecke. Dort gibt es einen großen Bildschirm, der vermutlich die Worte für die ahnungslosen Teilnehmer wie mich anzeigt, sowie ein Mikrofon.

Ich schlucke. Es war schon schlimm genug, auf der Schulbühne vor den Schülern und Eltern aller Teenager der Stadt zu singen, aber allein auf einer Bühne in einer vollen Bar zu stehen und zu singen, ist ein ganz anderes Level der Demütigung.

„Gibt es irgendeine Möglichkeit, dass ihr mich da raus lasst?" Es ist mein letzter verzweifelter Versuch, mein Gesicht vor der Menge zu wahren.

„Absolut nicht", erwidert Frau Jacobson. „Du wirst ein superunterhaltsames Lied singen, das nicht schwer ist."

„Das wird alle im Raum dazu bringen, mitzuklatschen und mitzusingen", fügt Frau Sommerfeld hinzu.

„Okaaaay. Welches Lied?"

„*Islands in the Stream*", verkündet Tante Sheila voller Zufriedenheit, als sollte ich vor Begeisterung über ihre Liedwahl ausflippen, obwohl ich nicht einmal die Wahl hatte, überhaupt zu singen.

Ich hätte es wissen müssen. *Islands in the Stream* ist ein Country-Klassiker von Dolly Parton und Kenny Rogers, scheinbar beliebt bei allen Frauen eines bestimmten Alters – zumindest in Hunter's Creek, Washington.

„Ich sehe es schon vor mir. Du wirst das toll machen, Schätzchen", sagt Frau Ashbridge.

„Verdammt. Wir hätten ihm einen Cowboyhut besorgen sollen", erklärt Tante Sheila.

„Und einen Bart. Kenny hatte immer einen guten Bart", fügt Frau Jacobson hinzu.

Bevor sie losstürzen, um mir einen Hut und einen

Klebe-Bart zu besorgen, interveniere ich. „Ich werde singen, aber nur, solange ich das tragen darf, was ich jetzt anhabe, ohne Requisiten."

„Nicht mal einen Hut? Ich bin sicher, ich habe einen zu Hause", sagt Tante Sheila.

„Kein Hut", sage ich entschieden.

Sie lächelt mich an. „Egal. Du wirst trotzdem toll sein."

„Das Lied ist ein Duett, oder?", frage ich.

„Was habe ich gesagt? Er ist klug *und* gut aussehend", schwärmt Frau Jacobson.

„Es ist definitiv ein Duett, Gabe, und wir haben die perfekte Gesangspartnerin für dich. Deine gute Freundin Ryn Cole", erklärt Frau Jacobson.

„Ryn?", frage ich.

Oh, sie wird das lieben.

Mit einer ausladenden Geste tritt Frau Jacobson zur Seite und präsentiert mir Ryn, als hätte sie die ganze Zeit in den Kulissen darauf gewartet, in genau diesem Moment aufzutauchen —wobei ich mir sicher bin, da ich sie nun mal in- und auswendig kenne, dass sie genauso unfreiwillig hineingezogen wurde wie ich.

Sie lächelt und zuckt mit den Schultern. Ich lächle zurück, bis ich bemerke, dass ihr Date Joe neben ihr steht.

Klasse.

„Dich haben sie also auch dran gekriegt, huh?", fragt Ryn. Ihr Gesichtsausdruck sagt mir alles, was ich wissen muss.

„Ja, es ist, als gäbe es in dieser Stadt einen Mangel an Talenten oder so etwas, denn ich weiß aus eigener Erfahrung, dass keiner von uns beiden wirklich gut singen kann."

„Da kannst du nur für dich selbst sprechen. Ich bin Adele", antwortet Ryn und ihre Augen strahlen vor Vergnügen.

Ich lache scharf auf. Wir wissen beide, dass sie nicht Adele ist.

„Ist Karaoke etwas, auf das ihr in dieser Stadt alle steht?", fragt Joe und in seiner Stimme liegt mehr als nur ein Hauch von Verurteilung. Ich würde sogar sagen, es ist eine ganze Sinfonie.

„Ja, wir lieben es", antworte ich mit ausdruckslosem Blick.

Ich mag diesen Mann nicht und es ist mehr als nur die Tatsache, dass er mit Ryn ausgeht. Er hat eine arrogante Ausstrahlung, die mich auf die Palme bringt, eine Art Ablehnung uns und unserer Stadt gegenüber, als wären wir irgendwie nicht gut genug für Leute wie ihn.

„Tun wir?", fragt Ryn mit einem Lachen.

„Weißt du noch, als wir alle nach Cotown gefahren sind und diese kitschigen 90er-Jahre-Lieder gesungen haben?", frage ich.

„Stimmt. Du und ein paar von den Jungs waren die Backstreet Boys, wenn ich mich recht erinnere."

„Ganz genau."

Wir waren gerade mit der High-School fertig und ein paar von uns fuhren nach Cotown, um zu feiern, und landeten in einer Karaoke-Bar. Aus irgendeinem Grund dachten die Mädchen, es wäre lustig, uns Jungs singen und tanzen zu sehen, als wären wir in einer Boyband der 90er. Da wir jung und ekstatisch waren gerade die Highschool abgeschlossen zu haben und bereit waren neue Abenteuer zu erleben, legten wir sofort los, tanzten und sangen und warfen mit diesen Blicken um uns, für die Boyband-Mitglieder berühmt sind. Ryn und ihre Freundinnen kreischten vor Freude.

„Die Backstreet Boys?", spottet Joe.

Zu meiner Überraschung springt Ryn zu meiner Verteidigung ein. „Eigentlich hat es viel Spaß gemacht und

Gabe war unglaublich. Er hat die kitschigen Moves perfekt drauf."

Ich presse die Lippen zusammen, um das Grinsen zu unterdrücken, das sich auf meinem Gesicht breitzumachen droht.

„Ich freue mich schon darauf, einige dieser Moves auf der Bühne zu sehen", antwortet Joe und ich bin mir sicher, dass er seine Brust aufbläht, während er einen Arm besitzergreifend um Ryns Schultern legt. Er drückt ihr einen Kuss auf die Wange und sagt: „Ich hole mir noch einen Drink. Gib dein Bestes."

Ich bin nicht traurig, dass er geht.

Ryn sieht aus, als wolle sie etwas zu mir sagen, aber sie überlegt es sich anders, schließt den Mund und schaut weg.

Ich wette, sie will sich für Joes Verhalten entschuldigen, aber es ist ja nicht so, dass es ihre Schuld ist. Er ist ein Idiot und je eher sie das für sich selbst herausfindet, desto besser.

„Dann wollen wir mal loslegen, was?", sagt Frau Jacobson fröhlich zu uns.

„Wir dachten uns, da ihr beide so gute *Freunde* seid", beginnt Tante Sheila und betont das Wort auf ihre übliche, nicht sehr subtile Art, "würdet ihr diesem Lied alle Ehre machen. Also, ihr zwei, Zeit, da raufzugehen und uns alle zu verblüffen."

„Müssen wir?", beschwert sich Ryn, als wäre sie ein Kind, das gezwungen wird, den ganzen Abwasch allein zu machen.

„Es wird euch Spaß machen", sagt Frau Jacobson mit Nachdruck.

„Ist das ein Versprechen oder eine Drohung?", fragt Ryn lachend, während uns die Mitglieder des Damen-Komitees auf die kleine, aber hell erleuchtete Bühne treiben.

Ich werfe Ryn einen Blick zu, woraufhin sie mit den Augen rollt.

„Du singst Dollys Part, Ryn, und Gabe, du singst den von Kenny. Habt ihr das verstanden?", sagt Tante Sheila, nur für den Fall, dass es irgendwelche Unklarheiten gibt.

„Ja, ich glaube, wir haben es verstanden", antwortet Ryn.

„Lasst es krachen, Kinder", sagt Tante Sheila, bevor sie und die anderen in der Menge verschwinden.

Ich werfe einen Blick auf Ryn. Sie hat diesen merkwürdigen Gesichtsausdruck, der mir sagt, dass etwas mit ihr los ist, aber ich weiß nicht, was es ist.

„Wir müssen das wirklich nicht tun, wenn du nicht willst", sage ich leise zu ihr.

„Und den Zorn des Hunter's Creek Damen-Komitees auf uns ziehen?"

„Gutes Argument."

„Du weißt, dass sie uns gerade zu verkuppeln versuchen, oder?", sagt sie leise.

Mein Bauch verkrampft sich. „Wer? Was?"

„Das Damen-Komitee. Sie glauben, wenn wir ein Duett singen, wird uns unsere unsterbliche Liebe füreinander bewusst."

Wenn sie nur wüsste, wie ich mich fühlen würde, wenn die Damen dabei Erfolg hätten.

Ich bin nicht im Geringsten überrascht. Das ist genau ihre Handschrift.

„Sollen wir eine Show für sie hinlegen?"

Ich erwarte, dass sie lacht und mir sagt, dass wir es richtig krachen lassen sollten, damit die Frauen begeistert sind. Stattdessen sieht sie unbehaglich aus, als hätte ich etwas vorgeschlagen, was sie nicht tun will, anstatt sich einen Spaß daraus zu machen, die Zungen über uns zum Tratschen zu bringen.

Ich lege meine Stirn in Falten. „Alles in Ordnung mit dir?"

Die vertrauten Anfangsakkorde des Liedes setzen ein.

„Ich habe das Gefühl, dass ich dafür toupierte Haare bräuchte", sagt sie und weicht meiner Frage gezielt aus.

Was ist nur los mit ihr?

„Toupierte Haare und große ...?"

Sie hält ihren Zeigefinger hoch. „Sprich nicht weiter", warnt sie.

„Keine Angst", antworte ich, als die erste Zeile des Liedes auf dem Bildschirm aufblitzt. Ich nehme das Mikrofon in die Hand und versuche, den Text so gut wie möglich nachzusingen, indem ich den großen Kenny Rogers verkörpere und bin zutiefst dankbar, dass der Song nicht zu schwierig ist.

Kennys Abschnitt ist zu Ende und es ist Zeit für uns, die nächsten Zeilen gemeinsam zu singen. Ryn kommt näher zum Mikrofon und schenkt mir ein nervöses Grinsen, bevor sie den Mund zum Singen öffnet. Es ist bestenfalls quietschig, Dollys Teil ist schwieriger als der von Kenny.

Es ist seltsam, denn normalerweise ist Ryn bei allem, was sie tut, so selbstsicher, hat immer ihre Schlagfertigkeit parat und ihre Fähigkeit über alles zu lachen. Warum sollte es sie nervös machen, herumzualbern und ein Country-Lied über Verliebtheit zu singen?

Und dann macht es Klick. Sie macht sich Sorgen, vor ihrem Date wie ein Idiot da zu stehen. Joe, der sich selbst als viel zu cool für all das hier erachtet.

So sehr es mich auch ärgert, zu wissen, dass das ist, was in ihrem Kopf vorgeht, nehme ich ihre Hand in meine und drücke sie beruhigend.

Sie sieht mich überrascht an und ich sage: „Du schaffst das schon." Ich werde mit einem Lächeln belohnt und als wir gemeinsam den berühmten Refrain erreichen, singen wir die Worte mit Zuversicht und mehr als nur einem Hauch von Freude.

Es macht erstaunlich viel Spaß und dass ich es mit Ryn zusammen tue, macht es nur noch besser.

Die Leute fangen an zu klatschen und mitzusingen, ein paar vorne an der Bühne tanzen sogar. Ich entdecke Ryns Eltern. Ihr Vater dreht ihre Mutter und sieht dabei aus, als hätten sie viel Spaß miteinander.

Wir singen die nächste Strophe, grinsen uns gegenseitig an, beide nur Zentimeter vom Mikrofon entfernt, unsere Lippen so nah, dass sie sich berühren könnten.

Mein Herz schmerzt für diese Frau, deren Gesicht aufleuchtet, während sie Worte der Liebe singt, Worte, für die ich alles geben würde, wenn sie sie mir vorsingen würde. Als wir zu der Zeile kommen, in der es darum geht, dass dies das Wahre sein könnte, treffen sich unsere Blicke und ich erlaube mir einen kurzen Moment, in dem ich mir vorstelle, dass dies das Wahre zwischen uns *ist*. Es gibt keinen Joe, keine Ablenkungen, kein so tun als ob ich keine Gefühle für sie hätte, dass sie nur meine Freundin ist. Auch wir könnten Inseln im Strom sein, ohne dass sich jemals jemand zwischen uns stellt. Beide glücklich, dass wir zusammen sind, von ganzem Herzen und auf ewig einander verpflichtet. Genau wie in dem Lied.

Es ist ein wundervoller Moment, der einen in seinen Bann zieht und in dem ich mich so leicht verlieren könnte.

Als das Lied zu Ende geht, bricht die Realität durch die Tür herein und ich weiß, dass es nur ein Moment war, ein Moment, der nie Wirklichkeit werden wird, nicht wenn meine beste Freundin Männer wie Joe wählt.

Nicht, wenn meine beste Freundin nicht weiß, wie sehr ich sie liebe.

Die letzten Takte des Liedes erklingen und das

Publikum bricht in Jubel und Applaus aus. Ich halte immer noch Ryns Hand, sie wendet sich von der Leinwand ab und sieht mich an. Als ihr Blick auf meinem landet, denke ich für eine Sekunde, dass sie mehr für mich empfindet, etwas, das ich mir nie zu erhoffen gewagt habe.

Hier steht sie, nur wenige Zentimeter von mir entfernt, ihre Hand in meiner, mit einem Ausdruck in ihren Augen, den ich noch nie zuvor gesehen habe.

Ein Blick, der mir Hoffnung gibt.

„Ryn?", frage ich, während mein Herz klopft und mein Atem flach geht.

Könnte da etwas zwischen uns sein? Etwas, das keiner von uns beiden je zugegeben hat?

Könnte sie ... in mich verliebt sein?

„Können wir reden?", fragt sie, ihre Stimme zögernd, unsicher, nicht die beste Freundin, die ich so gut kenne.

„Natürlich können wir das. Jetzt?"

Sie nickt und ich merke, wie sie schluckt, als wäre sie nervös.

Der Keim der Hoffnung in meinem Bauch beginnt zu sprießen und wachsen. Vielleicht ist heute Nacht die Nacht, in der sie mir die Tür öffnet und ich ihr endlich sagen kann, was ich all die Jahre für sie empfunden habe?

Ich lasse ihre Hand nicht los und führe sie von der Bühne. Als wir am Damen-Komitee vorbeikommen, schenken sie uns wissende, zufriedene Lächeln.

„Gut gemacht, ihr zwei. Ihr habt wunderbar gesungen", sagt Frau Jacobson.

„Und seht ihr nicht aus, als würdet ihr zusammengehören?", fügt Tante Sheila hinzu.

Wer hätte gedacht, dass die aufdringlichen Frauen dieser Stadt das Unmögliche möglich machen können?

Wir erreichen eine ruhige Ecke der Bar und ich ziehe einen Stuhl für Ryn hervor.

„Ist alles in Ordnung?", frage ich.

„Ich muss es dir sagen. Ich habe etwas gefunden und ich-" Sie hält abrupt inne und schaut über meine Schulter hinweg auf etwas. „Was zum...?"

„Was ist los?"

Ich drehe mich um und sehe zwei Menschen, die sich leidenschaftlich küssen, so wie es die meisten Menschen nur tun, wenn sie allein sind. Nicht diese beiden. Sie küssen sich wie ein verliebtes Paar, das nach einer Trennung durch den Zweiten Weltkrieg wiedervereint wurde.

Nach einer Weile löst sich der Mann von seiner Partnerin um Luft zu holen. In diesem Moment wird mir schlagartig bewusst, wer es ist.

Joe, Ryns Date.

Kapitel 19

Ryn

Ich bin wie vom Donner gerührt, unfähig zu begreifen, was sich da vor mir abspielt. Ich weiß, dass das Joe ist. Ich erkenne seine Haare und die Lederjacke. Er und seine *Begleitung* lehnen an der Rückwand der Bar, von Schatten umhüllt, eng aneinandergepresst, als hänge ihr Leben voneinander ab. Er hält sie fest, seine Hände wandern über ihren Rücken nach unten.

Ich brauche wohl nicht zu erwähnen, dass sie völlig in

ihrer eigenen Welt versunken sind und uns nicht einmal bemerken.

Ich wünschte, ich könnte ihre Existenz ebenfalls ignorieren.

Joe ist mit einer anderen Frau zusammen.

Joe *küsst* eine andere Frau.

Mein Verstand versucht zu verarbeiten, was meine Augen ihm mitteilen. Er sagt mir, das kann nicht Joe sein. Wir sind auf einem Date. Man küsst keine anderen Frauen, wenn man auf einem Date ist.

Ich glaube, mir wird schlecht.

Neben all den anderen Gefühlen, die heute Abend in mir brodeln – Gabe, die Erinnerungsstücke, Ivy – ist das das grausame Sahnehäubchen auf der ohnehin schon bitteren Torte.

Ich spüre Gabes Hand auf meiner Schulter. „Ryn, lass uns gehen", sagt er leise und eindringlich.

Ich bewege mich nicht. Ich sage kein Wort. Ich starre sie nur an, Joe und die Frau. Es ist, als würden sie eine Show für Publikum geben, anstatt was sie wirklich tun: versuchen in den Schatten zu verschwinden.

Dann, begleitet von einem widerlichen Stich, erkenne ich die Frau.

Es ist Jenny, Joes Freundin, die ich erst heute Abend kennengelernt habe. Die freundliche, aber herablassende Person, die meinen Job nicht gut genug fand.

Nun, sie tut gerade etwas viel Schlimmeres, als mich zu kritisieren.

„Ryn." Gabes Stimme wird dringlicher.

„Gabe, einfach… nein."

„Was kann ich tun? Wie kann ich das für dich in Ordnung bringen? Willst du gehen? Ich kann dich nach Hause bringen und du kannst vergessen, dass du diesem Kerl je begegnet bist."

Ich werfe ihm einen wütenden Blick zu. „Nicht, Gabe. Ich will es nicht hören."

„Du willst was nicht hören? Dass dieser Typ nicht eine Sekunde lang zu schätzen wusste, was er an dir hat? Dass er tatsächlich der Idiot ist, für den ich ihn von Anfang an gehalten habe?"

„Ich bin so froh, dass du deinen 'Ich hab's dir ja gesagt'-Moment bekommst. Die dumme Ryn wählt immer den falschen Typen, den, der sie betrügt oder sie wie Dreck behandelt. Herzlichen Glückwunsch, Gabe, genieß deinen Moment."

Er senkt den Kopf. „Das sage ich ja gar nicht. Ich will für dich da sein."

„Um das zu bezeugen?" Meine Stimme wird lauter und das Geräusch stört anscheinend die Küssenden. Widerwillig beenden sie ihre Partie „wer am besten die Mandeln des anderen ausfindig machen kann" und schauen in unsere Richtung.

Joe, der großartige Kerl, der er ist, hat immerhin den Anstand, sich von Jenny zu lösen und verlegen zu wirken.

„Hey, Ryn, Ryns Karaoke-Freund", begrüßt er uns in einem fröhlichen Ton, als wäre er nicht gerade mitten in einer innigen Umarmung mit jemandem erwischt worden, der definitiv nicht sein Date ist – und als hätte er Gabes Namen nicht vergessen.

Ich blinzle ihn fassungslos an. „Das ist alles, was du zu sagen hast? Das meinst du nicht ernst, oder?", fauche ich.

Er macht einen Schritt auf mich zu. „Komm schon. Es war nur ein Kuss. Keine große Sache", sagt er, während er sich durch die Haare fährt.

Ich kann nicht glauben, dass ich diese Geste sexy fand, denn im Moment macht sie mich wahnsinnig. Ich will seine Haare am liebsten in einem großen Büschel greifen und einfach abschneiden.

Ich wollte Gabe hierher, in den ruhigeren Teil der Bar, bringen, um ihn zu fragen, warum er den Fotostreifen und die Kinokartenabrisse von dieser Nacht aufbewahrt hat. Ich wollte ihn fragen, was dieser Kuss damals für ihn bedeutet hat, wenn überhaupt etwas. Wenn er nicht an gebrochenem Herzen litt, wie ich bisher immer ange-nommen hatte, wollte er damals mehr von mir? Aber all das wird aus meinem Kopf getilgt, während ich hier stehe und Joe und Jenny dabei zusehe, wie sie ihre Kleidung richten und sich den Lippenstift aus ihren Gesichtern wischen.

„Nenn mich altmodisch, Joe, aber ich dachte, wenn man mit jemandem ausgeht, sollte man *denjenigen* küssen, mit dem man verabredet ist und nicht jemand anderen", sage ich mit ruhiger Stimme, die das Zittern in meinem Inneren nicht verrät. „Apropos, hallo Jenny."

„Hör zu, das war nicht geplant", sagt Jenny, als wäre die mangelnde Planung das Problem und nicht das heiße Küssen.

„Sie hat recht. Du und ich? Wir hatten keine Abma-chungen", erwidert Joe mit einer selbstbewussten Haltung, die ich einst attraktiv fand, die mir jetzt aber nur noch als pure Arroganz erscheint. Eigennützige, schmierige Arroganz.

Gabe verschränkt die Arme und starrt ihn an. „Du warst auf einem Date, Joe. Du bist wirklich das Letzte, das ist dir klar, oder?"

Es tut gut, Gabe auf meiner Seite zu wissen.

„Ich sehe, dein Hund mischt sich jetzt auch ein", spottet Joe.

Ich reiße die Augen auf. „Du nennst Gabe meinen Hund?"

Gabe tritt einen Schritt näher an Joe heran und ich bemerke, wie viel größer und kräftiger Gabe ist.

Joes Hände schnellen sofort in die Luft. Ich vermute, er hat es auch bemerkt. „Was willst du machen? Mich schlagen? Das ist so ein Klischee für eine Kleinstadtbar."

Gabe verengt die Augen. „Bring mich nicht in Versuchung."

Obwohl Gabes Blick sagt, er könnte es mit einer ganzen Horde aufnehmen, ist er nicht der gewalttätige Typ. Ich habe ihn nie jemanden schlagen sehen.

Aber Joe weiß das nicht.

„Hör zu, ich meinte das mit dem Hund nicht so, okay? Ihr habt uns auf dem falschen Fuß erwischt und ich habe unüberlegt geredet. Alles cool, Mann."

Gabe starrt ihn weiterhin an. „Du bist ihr Date, *Mann*."

Wäre ich gerade nicht so aufgewühlt, würde ich Gabe umarmen.

„Es war ein Unfall", sagt Jenny.

Ich reiße die Augen auf. „Es war ein Unfall, dass du in den hinteren Teil der Bar gegangen bist, um einen Typen zu küssen, von dem du wusstest, dass er mit einer anderen Frau auf einem Date ist?"

Sie verlagert ihr Gewicht, sichtlich unbehaglich. „Okay, es war ein Fehler, das wollte ich sagen."

Meine Stimme ist eisig, als ich antworte: „Da hast du allerdings recht." Ich wende mich an Joe. „Wir sind fertig miteinander."

„Wir waren nicht exklusiv oder so. Du bist so kleinstädtisch", entgegnet er.

„Bin ich. Und weißt du was? Ich bin froh, kleinstädtisch zu sein, weil, wenn großstädtisch zu sein heißt auch nur im Entferntesten so zu sein wie du", ich deute auf ihn, „ist das ein klares Nein für mich."

„Lass uns gehen", sagt Gabe.

Zusammen drehen wir Joe und Jenny, die beide süffisant grinsen, den Rücken zu und gehen davon.

Kapitel 20

Ryn

Ich weiß nicht genau wie viel Zeit vergangen ist, aber eins weiß ich sicher: Der Raum bleibt nicht still stehen. Es ist wirklich nervig. Warum kann er nicht einfach... na ja, wie ein Raum sein? Still. Fest. Definitiv *nicht* in Bewegung.

Ich schließe die Augen und öffne sie wieder, in der Hoffnung, dass das ständige Drehen aufhört.

Tut es nicht.

Tatsächlich wird es schlimmer.

Ich muss mich setzen, bevor auch noch der Boden

anfängt, sich zu bewegen, denn das könnte in einer totalen Katastrophe enden.

Ich entdecke einen freien Platz auf einem der Leder-sofas vor dem Kamin. An einem Ende des Sofas sitzt eine Frau und obwohl sie aussieht wie jemand, den ich heute Abend möglicherweise schon mal getroffen habe, könnte ich ihren Namen nicht nennen, selbst wenn man mir eine Pistole an den Kopf halten würde. Oder mich zwingen würde, einen Haufen Alkohol zu trinken.

Moment. Das habe ich ja schon getan. Na ja, wenn man etwa zweieinhalb Long Island Iced Tea als einen Haufen Alkohol bezeichnen kann.

Für ein Leichtgewicht wie mich, schätze ich, ist es das wohl.

Natürlich, weil Gabe nun mal Gabe ist, hat er total einen auf großen Bruder gemacht und mir gesagt, er sollte mich nach Hause bringen und dass ich nicht mehr als einen Long Island Iced Tea trinken sollte. Ich habe nicht auf ihn gehört. Ich wusste, dass ich mit ihm über den gefundenen Fotostreifen und die Kinokartenabrisse spre-chen sollte, aber Joe mit Jenny zu sehen, hatte meine Entscheidungen auf eine unbarmherzige Weise ins Licht der Realität gerückt.

Ich war nicht in der Verfassung *dieses* Gespräch mit Gabe zu führen.

Also habe ich ihm gesagt, ich sei dreiundzwanzig und durchaus in der Lage selbst darüber zu entscheiden, was ich meinem Körper zuführe und ob ich heute Abend Alkohol trinke. Nachdem er mir endlose besorgte Blicke zugeworfen hatte, sagte er schließlich, er wäre für mich da, falls ich ihn bräuchte.

Was ich nicht tue, da ich eine erwachsene Frau bin, die selbst die Verantwortung trägt.

Hier wären wir also.

Ich lasse mich auf das Sofa gegenüber von Gabe und neben die Frau fallen, die mir vage bekannt vorkommt, dabei schwappt etwas vom Inhalt meines Getränks auf meine Hand und mein Kleid.

Ach ja. Es ist ja nur...was trinke ich nochmal?

„Hey", sagt die Frau zu mir, und ich konzentriere mich auf ihr Gesicht, während der nervige Raum sich weiter bewegt.

„Hey", wiederhole ich.

„Alles okay, Ryn-Ryn?", fragt Gabe.

Als könnte alles okay sein nach allem, was heute Abend passiert ist, und oh man, es war eine ganze Menge.

Einige Dinge verwirrend, andere einfach nur schrecklich.

Warum bin ich nicht zu Hause geblieben? Nichts davon wäre passiert, wenn ich es getan hätte. Ich könnte zufrieden weiterleben, ohne an meiner Beziehung zu meinem besten Freund zu zweifeln oder den süßen Typen verloren zu haben, den ich angefangen hatte zu daten.

„Du nennst sie Ryn-Ryn?", fragt die Frau.

Er zuckt mit den Schultern. „Klar." Gabe schaut wieder zu mir. „Du hast einen Schock erlitten. Ich sollte dich nach Hause bringen", wiederholt er zum hundertsten Mal heute Abend.

„Mir geht's *guuuut*. G. U. T.", sage ich. Oder zumindest würde es das, wenn der Raum *stillstehen* würde.

„Wie viel hast du getrunken?", fragt er.

„Ich würde sagen, viel", sagt die Frau neben mir.

Ich ziehe meine Brauen zusammen, während ich sie anschaue. Ich weiß, dass ich sie getroffen habe und sie ist superhübsch, auf diese perfekt gestylte, nicht-von-hier Art.

„Ein bisschen", antworte ich, bevor ich laut hickse. „Ups."

Hicksen ist ein total klischeehaftes Betrunkenheitszeichen und ich habe es gerade getan, also, werte Jury, falls noch Zweifel daran bestanden, ob ich tatsächlich betrunken bin, sind diese jetzt ausgeräumt.

Danke, Schluckauf.

„Du brauchst Kaffee", sagt Gabe als er aufsteht. „Pass auf sie auf, okay, Nat? Lass sie nicht aus den Augen und sorg dafür, dass sie keinen Alkohol mehr trinkt. Ryn ist keine sehr erfahrene Trinkerin."

Die Frau neben mir antwortet: „Auf mich kannst du zählen, Kapitän."

Gabe verschwindet.

„Warum hast du ihn Kapitän genannt? Wovon ist er Kapitän? Vom Glasblasen?" Ich kichere schnaubend über meinen eigenen Witz.

„Ich habe einen Scherz gemacht."

Ich lasse einen schweren Seufzer los. „Weißt du was? Ich bin schrecklich darin Männer auszusuchen. Die Schlimmste." Trotz der Nässe von meinem verschütteten Getränk lege ich meinen Kopf in meine Hände und muss erneut hicksen.

„Ich bin da ganz bei dir. Ich habe auch meinen Anteil an Idioten gedatet."

Sie versteht es. Sie weiß, wovon ich rede.

Wer auch immer sie ist.

Ich hebe meinen Kopf und fokussiere sie. Gabe hat sie Nat genannt. Jetzt weiß ich's! Es ist Natalie, Gabes Date. Sie sieht kein bisschen betrunken aus, also das totale Gegenteil von mir.

„Sie scheinen erst immer diese total großartigen Typen zu sein", fährt sie fort. „Aber am Ende brechen sie dir das Herz, bevor sie zur nächsten Frau weiterziehen."

„Ja, nicht wahr? Sie täuschen dich mit ihrem Charme und ihrer Attraktivität und dann *bäm*!" Ich schlage meine Hand fest auf meinen Oberschenkel. Es tut mehr weh als ich erwartet hatte und ich drücke sie mit meiner anderen Hand fest gegen meine Brust. „Das tat weh."

„Alles okay?", fragt Natalie.

„Meine Hand tut weh. Und mein Oberschenkel."

„Soll ich dir etwas Eis holen?", bietet sie an.

Ich schüttle den Kopf. Das tut auch weh. „Wie wäre es, wenn du mir einen besseren Männer-Finderer besorgst?"

Ihre Lippen heben sich zu einem Lächeln. „Einen besseren Männer-Finderer?"

„Den gibt es", *hicks*, „wirklich."

Schon wieder dieser Schluckauf.

Ich klopfe mir auf die Brust und das scheint ihn zu kurieren.

Ryn: 1. Schluckauf: 0.

„Girl, wenn ich so etwas hätte, würde ich es selbst benutzen." Sie beobachtet Gabe, während er mir einen Kaffee zubereitet. Sie hat diesen verträumt-verliebten Ausdruck im Gesicht, den ich schon oft gesehen habe. Gabes Frauen verlieben sich Hals über Kopf in ihn, schneller als man *Herzensbrecher* sagen kann. Sie müssen denken, er sei ein großartiger Fang oder so.

Für mich ist er einfach Gabe.

Nur ist er im Moment mehr als das. Er ist… was ist er für mich?

Eine Erinnerung durchbohrt meine Gedanken. Eine Erinnerung, die mich den ganzen Abend begleitet, seit ich es herausgefunden habe.

Er hat die Kinoticketabrisse behalten. Er hat unsere Fotos behalten.

Er schaut zu uns herüber und lächelt.

„Sag mal, Ryn, wart ihr zwei jemals ein Paar? Gabe und du?", fragt Natalie.

„Nein."

„Könntest du dir vorstellen, in Zukunft eine romantische Beziehung mit ihm zu haben?"

Ich kneife die Augen zusammen. „Das fühlt sich an wie ein Vorstellungsgespräch."

Sie lacht herzlich. „Ich versuche nur, dich besser kennenzulernen, das ist alles. Viele Leute sagen, dass ein Mann und eine Frau nicht einfach nur Freunde sein können, wenn sie sich nahestehen und es scheint mir, dass ihr zwei euch super nahesteht."

„Oh, das tun wir. Wir sind so." Ich halte ihr meine gekreuzten Finger vors Gesicht.

Ein Hickser überrascht mich, drückt mein ganzes Zwerchfell nach oben, sodass ich fast vom Sofa falle.

Genug ist genug.

„Hey, wie stoppt man Schluckauf? Weil ich das wirklich tun muss."

„Zurück in der Zeit reisen und nicht den ganzen Alkohol in der Bar trinken?", schlägt sie vor, aber sie lächelt mich dabei an, also muss es ein Witz sein.

„Nein, ernsthaft. Wie?"

„Keine Ahnung. Irgendwas über Kopf trinken. Sagt man das nicht?"

Ich runzle die Stirn. „Wie beim Kopfstand?" *Hick*s.

Sie lacht. „Nein, über Kopf. Du hältst das Glas so." Sie zeigt es mir, indem sie ihr eigenes Glas an die Lippen hält und von der gegenüberliegenden Seite trinkt, den Rand unter ihrem Kinn positioniert.

Ich nehme mein halbvolles Glas Alkohol und versuche, mich in Position zu bringen.

Natalie legt ihre Hand über meine. „Vielleicht machst du es lieber mit Wasser. Hier." Sie schenkt ein Glas aus einem Krug aus, den ich vorher nicht bemerkt hatte.

Ich bringe das Glas in Position, mein Kinn taucht ins

Wasser, bevor ich einen Schluck trinken kann und es läuft mir aus den Mundwinkeln heraus.

„Ryn, hey", sagt eine Stimme neben mir, aber ich hebe meine Hand, um zu zeigen, dass ich gerade beschäftigt bin.

„Sie will ihren Schluckauf loswerden", erklärt Natalie.

„Schluckauf, ja?", antwortet die Stimme lachend.

„Das ist kein Grund zum Lachen", protestiere ich, während ich mich aufrichte. „Hey, ich glaube, es hat funktioniert."

Natalie lächelt mich an. „Hab ich doch gesagt."

„Hey, ich bin Theo", sagt die Stimme zu Natalie.

„Natalie", antwortet sie. „Sag nicht, du bist mit Ryn verwandt?"

Theo lacht. „Nein, ich kenne Ryn durchs Glasblasen."

„Ich wusste gar nicht, dass du auch Glasbläserin bist", sagt sie zu mir.

„Ich habe den Kurs mit Gabe zusammen gemacht", antworte ich.

„Du hast den Kurs *spielend* gemeistert", korrigiert Theo. „Du warst das beste Naturtalent, das ich seit Langem gesehen habe."

„Oh, hör auf.", Antworte ich, obwohl ich eigentlich nicht will, dass er aufhört.

„Aber du wolltest die Ausbildung zur Glasbläserin nicht machen?", fragt Natalie mich.

„Ryn wäre meine Auszubildende geworden, wenn sie nicht abgelehnt hätte."

Meine Augen schießen zu Theos und ich merke, wie er seinen Fehler realisiert. Als ich die Lehrstelle zugunsten von Gabe ablehnte, hatte ich Theo gebeten, es niemandem zu erzählen, aus Angst, er könnte es irgendwo aufschnappen.

Natalie lässt sich nicht aus dem Konzept bringen.

„Moment. Du hast Gabes Lehrstelle angeboten bekommen?"

Vielen Dank auch, Theo.

Er verzieht das Gesicht. „Gabe ist auch ein hervorragendes Talent", sagt er.

Ich spiele es so gut wie möglich herunter. „Das ist alles Schnee von gestern. Hey, Theo, kommst du nächste Woche zur *Serious Bite*-Vorführung?"

„Natürlich. Das lasse ich mir nicht entgehen."

„Oh, davon habe ich gehört. Es findet im Rathaus statt, richtig?", fragt Natalie, und ich bin erleichtert, dass wir das Thema gewechselt haben.

Ich will nicht, dass sie oder irgendjemand sonst von der Ausbildung weiß, denn selbst in meinem betrunkenen Zustand weiß ich, dass daraus absolut nichts Gutes resultieren kann.

Kapitel 21

Gabe

Heute Abend auf dem Sommerfest war eine Menge los. Ryn, die mir gesagt hat, ich solle mit Ivy ausgehen, ich wurde in einem Wassertank versenkt, Karaoke, das Date meiner besten Freundin mit einer anderen Frau erwischen, die betrunkene Ryn nach Hause bringen und sicher ins Bett verfrachten.

Eine Menge.

Es war schwer, nicht mit ihr zu fühlen. Klar, ich kann den Kerl nicht ausstehen und ich war nicht gerade traurig, dass sie ihn so gesehen hat, wie er wirklich ist. Aber ich mochte es nicht, sie verletzt zu sehen. Ich wollte sie einhüllen und beschützen, sie an mich drücken und ihr sagen, dass sie so viel mehr wert ist als jemand wie er.

Stattdessen habe ich Krankenpfleger gespielt, nachdem sie zu viel getrunken hatte.

Das Ergebnis war nicht schön. Ich habe an der Bar eine Kanne Kaffee gekocht und versucht, sie dazu zu bringen, wenigstens eine Tasse davon zu trinken. Ryn, wie sie nun mal ist, weigerte sich, auch nur einen Schluck zu nehmen, mit der Begründung, sie hätte viel zu viel im Kopf herum schwirren, um etwas so Banales tun zu können wie Kaffee zu trinken – ich erwähnte nicht, dass sie zweieinhalb Gläser Long Island Iced Tea getrunken hatte, weil es in dem Moment nicht hilfreich schien. Also haben Nat und ich sie nach Hause gebracht, wo ich es geschafft habe, ihre Schuhe trotz all der unnötigen und komplizierten Riemen von ihren Füßen zu bekommen, bevor sie völlig fertig auf ihrem Bett eingeschlafen ist und jetzt wie ein Mops schnarcht.

Ich schließe leise die Tür zu ihrem Schlafzimmer und schleiche den Flur entlang. Natalie schaut sich die Fotos im Bücherregal an. Da ist eins von Ryn, Ivy, mir und ein paar anderen Freunden an dem Tag, an dem wir die High-School abgeschlossen haben, eines von Ivy mit ihrem jüngeren Bruder beim Angeln und mein Lieblingsbild: ein Foto von Ryn und mir, wie wir wie zwei Sardinen nebeneinander auf der Motorhaube meines Trucks liegen und in die Kamera grinsen.

„Zugedeckt und schläft wie ein Baby", sage ich zu ihr.

Sie dreht sich zu mir um, das Foto von Ryn und mir in der Hand. „Du bist in sie verliebt", stellt sie ohne Umschweife fest. „Ryn ist die, von der du gesprochen hast. Du bist in sie verliebt, hab ich Recht?"

Es mag eine einfache Frage sein, nur ein paar Worte lang, aber sie saugt die Luft aus meinen Lungen wie ein Staubsauger.

Ich lasse ein überraschtes Lachen hören. „Das hast du aus ihrer Fotosammlung geschlossen?"

Ich weiß, dass ich ablenken muss. Ich habe noch niemandem erzählt, wie ich für Ryn empfinde. Ich umgehe das Thema immer, lüge nie, gebe aber auch nichts zu. So habe ich es geschafft, unter den neugierigen Blicken der Stadtbewohner zu überleben. So habe ich mich zusammengehalten und bin in Ryns Leben geblieben.

Sie verschränkt die Arme. „Es gibt keinen Grund, mir etwas vorzumachen. Es ist offensichtlich."

„Wir kennen uns schon ewig und sind uns wirklich nah. Natürlich liebe ich sie, aber wir sind nur Freunde."

Das ist die Wahrheit. Wir sind nur Freunde, auch wenn ich mehr von ihr möchte.

„Du spielst Spielchen mit mir, Gabe. Ich habe euch beide dieses Dolly-Parton-Lied singen sehen. Ich habe gesehen, wie du sie angeschaut hast. Ich habe gesehen, wie sie *dich* angeschaut hat."

Mein Herz zieht sich zusammen bei der Erinnerung an den Moment, den wir geteilt haben. Weil es sich wie ein Moment angefühlt *hat*, ein Moment, in dem ich mir erlaubt habe zu denken, dass Ryn mich vielleicht als mehr als nur ihren Freund sieht. Die Wahrheit ist, ich bin in Ryn verliebt. Das war ich schon immer.

Vielleicht ist es jetzt an der Zeit, diese Gefühle nicht nur mir selbst, sondern auch anderen gegenüber nicht mehr zu leugnen?

Ich mag Natalie nicht furchtbar nah stehen, aber sie hat mir eine direkte Frage gestellt. Mehr noch, es fühlt sich an, als hätte sich heute Abend etwas zwischen mir und Ryn verändert. Ich kann es nicht erklären. Es ist so eine Ahnung.

Aber es macht mir Hoffnung.

Ich seufze schwer. „Ist es wirklich so offensichtlich?"

„Vielleicht nicht für jeden, aber für mich schon."

Ich nicke, meine Lippen aufeinandergepresst, mein Bauch verkrampft.

„Weiß sie Bescheid?"

„Dass ich in sie verliebt bin?" Ich schüttle den Kopf, allein der Gedanke lässt meinen Magen sich zusammenziehen.

„Was hast du zu verlieren?"

„Alles."

Sie lacht laut auf, der Ton durchschneidet die Stille der Nacht. „Das ist ein bisschen dramatisch, oder? Du würdest ‚alles' verlieren, wenn du ihr sagst, wie du für sie empfindest?"

Ich ziehe einen Stuhl zu mir heran und setze mich, Natalie tut es mir gleich. Ich verschränke die Arme auf dem Holztisch und suche nach den richtigen Worten, um zu erklären, was für mich auf dem Spiel steht. Ich beginne ganz am Anfang.

„Ich habe dir doch erzählt, dass meine Mutter gestorben ist und dass ich nichts mit meinem Vater zu tun habe."

„Hast du."

„Auch wenn ich schon erwachsen war, als es passiert ist, sind Ryns Mutter und Vater eingesprungen, nachdem sie gestorben ist und ich wurde quasi ein Teil ihrer Familie. Ich fühle mich mehr als Teil der Coles, als Teil meiner eigenen Tante und meines Onkels. Über die Jahre haben sie mich behandelt, als wäre ich ihr Sohn. Ich weiß, dass sie nicht meine Eltern sind, niemand kann meine Mutter ersetzen, aber ich liebe sie, als wären sie es. Sie sind mir wichtig, wichtiger, als ich es ausdrücken kann. Wenn ich Ryn sage, wie ich für sie empfinde, könnte das alles gefährden."

„Weil du, wenn sie dich zurückweist, nicht nur sie, sondern auch deine ‚gefundene' Familie verlieren würdest."

Ich lächle über den Ausdruck. Gefundene Familie. „Ja."

„Glaubst du nicht, dass sie dich trotzdem wie ihren Sohn behandeln würden, wenn sie dich zurückweist?"

„Es würde sich für alle komisch anfühlen, zu wissen, dass ich mich ihr geöffnet habe und sie mich nur als Freund sieht. Selbst wenn nicht, selbst wenn sie total entspannt damit umgehen würden und sich nichts ändert, würde ich mich unwohl fühlen. Schlimmer als unwohl."

Sie lehnt sich auf ihrem Stuhl zurück, die Arme über der Brust verschränkt und beobachtet mich eine Weile. „Du hast die richtige Entscheidung getroffen."

Ich ziehe die Augenbrauen zusammen. Das ist nicht die Schlussfolgerung, die ich als Antwort auf mein Geständnis erwartet hatte. Ich bin mir nicht sicher, was ich erwartet habe, aber es war wahrscheinlich eher etwas in der Richtung von: „Du solltest es mit ihr versuchen."

Sie beugt sich zu mir und legt ihre Hände auf meine. Sie sind warm und tröstend und ihre Stimme ist sanft und zärtlich als sie spricht. „Ich könnte dir sagen, dass du diese gefundene Familie, die dir so viel bedeutet, vergessen und alle Vorsicht in den Wind schlagen solltest, um ihr zu sagen, wie du fühlst."

„Das wirst du aber nicht tun, oder?"

Mein Herz fühlt sich an, als würde es in einem Aufzug vom obersten Stock eines hohen Gebäudes fallen gelassen werden.

„Ich habe nicht nur ein hübsches Gesicht", sagt sie mit einem Lächeln. „Gabe, du hast bereits viel in deinem

Leben durchgemacht. Mehr als die meisten und das schon in einem jüngeren Alter als die meisten. Deine geliebte Mutter ist von uns gegangen und in Ryns Familie hast du dieses kostbare Etwas gefunden, das dir die Welt bedeutet. Du kannst das nicht riskieren, nur weil du glaubst, dass du in deine Freundin verliebt bist. Nicht viele von uns können behaupten, eine zweite Familie zu haben, die einem fast genauso wichtig ist wie die ursprüngliche. Ich weiß, ich wäre viel zu nervös, so etwas aufs Spiel zu setzen."

Es ist, als würde sie meine tiefsten Ängste in Worte fassen. Niemand hat das je zu mir gesagt, weil ich niemandem erzählt habe, wie ich wirklich für Ryn empfinde. Aber Natalie hat den Nagel zielsicher auf den Kopf getroffen.

Der Aufzug, der mein Herz beherbergt, ist mit einem schmerzhaften Aufprall nach dem langen Fall auf dem Boden aufgekommen.

Ich hebe meinen Blick zu ihrem und sehe Zärtlichkeit in ihren Augen. „Du hast recht", krächze ich. „Deshalb habe ich ihr nie etwas gesagt. Und weil ich nie ein Zeichen von ihr bekommen habe, dass sie mehr von mir will."

Meine Gedanken kehren sofort zu dem Moment zurück, den wir heute Abend geteilt haben. War das überhaupt ein Moment? Ich weiß es nicht mehr.

„Ich wünschte, ich könnte dir etwas anderes sagen, aber das ist meine Meinung. Was auch immer sie wert ist. Und falls du dich fragst, ich sage das nicht, weil ich irgendeine versteckte Absicht habe."

Ich bringe ein kleines Lächeln zustande. „Bist du dir da sicher?"

Sie legt ihre Handfläche an meine Wange. „Es ist kein Geheimnis, dass ich dich sehr attraktiv finde und ich würde nichts lieber tun, als diese Verbindung zwischen uns zu erkunden. Ich denke, daraus könnte etwas werden. Etwas wirklich, wirklich Großartiges."

Natalie hat deutlich gemacht, wie sie für mich empfindet. Kein Rätselraten. Kein *„will sie oder will sie nicht".* Mit ihr zusammen zu sein, wäre unkompliziert, einfach. Es würde nichts gefährden, keine mir wichtige Familie bedrohen.

Sie stemmt sich aus ihrem Sitz und lehnt sich so nah zu mir, dass ich ihren Duft riechen kann. Sie legt einen Finger unter mein Kinn, hebt mein Gesicht und fährt mit ihren Lippen sanft über meine. „Sag mir Bescheid, wenn du soweit bist", murmelt sie.

Sie nimmt ihre Tasche, schenkt mir ein Lächeln und lässt sich selbst hinaus.

Als ich ihr Auto wegfahren höre, während ihr Kuss noch nachklingt, lasse ich mich in meinen Stuhl zurückfallen und atme schwer aus.

So einfach es auch wäre, mit ihr zusammen zu sein, weiß ich, dass mein Herz für jemand anderen schlägt. Es wäre nicht fair. Obwohl ich es ihr schon einmal gesagt habe, muss ich es ihr nochmal klar machen. Denn jetzt kennt sie den Grund dahinter. Die *Person* dahinter.

Ich kehre zu dem Dilemma zurück, das mich seit Jahren quält. Ryn hat mir nie einen Grund gegeben zu glauben, dass sie etwas anderes für mich empfindet als Freundschaft. Ich kann diese Freundschaft nicht gefährden. Ich kann nicht riskieren, was ich mit der Cole-Familie habe.

Für mich steht einfach zu viel auf dem Spiel.

Kapitel 22

Ryn

Ich öffne ein Auge und blicke verstohlen in meinem Schlafzimmer umher. Die Vorhänge sind offen und lassen viel zu
viel Licht herein, und ich fühle mich definitiv nicht
danach, wach zu sein. Also entscheide ich mich, mein
Auge wieder zu schließen und mich zurück ins Kissen zu
kuscheln.

Ich frage mich, wie spät es wohl ist?

Ich drehe mich um und habe sofort das Gefühl, dass
nicht nur mein Kopf eine Party für übermotivierte Schlag-

zeuger veranstaltet, sondern mein Mund sich anfühlt, als hätte ich jedes einzelne Sandkorn an einem Strand aufgeleckt. Und ich bin mir ziemlich sicher, dass alles, was ich gestern Abend konsumiert habe, gerade eine Anti-Ryn-Demonstration in meinem Bauch veranstaltet.

Es dauert einen Moment, bis mir klar wird, warum und dann kommt alles in einer großen, übelkeitserregenden Welle zurück.

Das Sommerfest.

Der Kuss.

Der Alkohol.

Ich stöhne. *Der Alkohol.* Was als Versuch begann, kultiviert zu wirken und mit Joe und seinen Freunden mitzuhalten, verwandelte sich in ein Ertränken meiner Sorgen, nachdem ich ihn mit Jenny gesehen hatte – in diesem innigen Kuss versunken.

Was habe ich mir nur dabei gedacht? Ich vertrage kaum Alkohol. Alles was über ein paar Drinks hinaus geht und ich bin nicht nur so betrunken wie ein Elch auf vergorenen Äpfeln, sondern fühle mich am nächsten Tag auch schlimmer als hundeelend.

Leider muss ich heute zur Arbeit und den guten Leuten von Hunter's Creek ihren Kaffee und ihr Essen servieren.

Meine Gedanken drehen sich wie ein Kaleidoskop, bis sie sich endlich fokussieren, die Muster und Farben kommen klar zum Vorschein, begleitet von den Textzeilen eines Songs, der sich in meinem Kopf wiederholt.

Gabe.

Karaoke.

Die Art, wie er mich angesehen hat.

Er hat mir Kaffee gemacht, mich nach Hause gebracht, das getan, was er immer für mich tut: auf mich aufgepasst, wie ein großer, beschützender Bruder.

Nur, er ist nicht mein großer Bruder. Tatsächlich fühlt er sich zwar wie ein Teil meiner Familie an, aber er ist kein Stück mit mir verwandt.

Er ist...was? Was ist er für mich? Außer meinem besten Freund, Beschützer und dem Typen, der Joe sagt, was für ein Idiot er ist?

Er ist mehr als all das. So viel mehr.

Er hat Erinnerungsstücke von der Nacht, in der wir uns geküsst haben, aufbewahrt.

Er hat mir gesagt, er hätte sie weggeworfen. Warum würde er das tun? Warum würde er mich über etwas so Kleines belügen?

Aber heute, während ich, mit pochendem Kopf, in meinem Bett liege, fühlt es sich überhaupt nicht klein an.

Es fühlt sich groß an.

Riesig.

Ich atme schwer aus, mein Kopf fühlt sich durch die Verwirrung über meinen besten Freund nur noch schlimmer an. Die Person, der ich alles erzähle. Die Person, der ich mein Leben anvertraue.

Es ist zu viel. Ich kann damit gerade nicht umgehen, nicht jetzt, wo ich mich wie ein Igel zu einer Kugel zusammenrollen und sterben möchte.

Ich taste auf meinem Nachttisch herum, um mein Handy zu finden. Ich ziehe die Decke über meinen Kopf und drücke auf den Bildschirm, um die Uhrzeit zu überprüfen. Es ist spät, etwa zehn Minuten nach Beginn meiner Schicht im *Second Chance*. Tante Sheila wird nicht begeistert sein.

Der Gedanke an Tante Sheila bringt mich dazu, an das Karaoke-Lied zu denken, was mich direkt wieder zu Gabe führt.

Das kann ich gerade einfach nicht.

Ich werde alles, was mit Gabe zu tun hat, in eine kleine

Schachtel packen und ein anderes Mal hervorholen, wenn ich mich nicht absolut scheußlich fühle und zu spät zur Arbeit komme.

Obwohl jede Faser meines Wesens danach schreit, sich zu verkriechen, bis der Nebel sich lichtet, zwinge ich mich, die Decke wegzuschieben, meine Augen zu öffnen und überrede mich, meine Füße auf den Holzboden zu schwingen. Mein Kopf protestiert. Mein Bauch stöhnt. Meine Füße drohen, mich in meinen warmen Kokon zurückzubringen. Aber wie man so schön sagt: Eine Frau muss tun, was eine Frau tun muss und diese Frau muss zur Arbeit, bevor sie ihren Job verliert.

Ich taumle ins Badezimmer, um die Katastrophe, die letzte Nacht gewesen ist, abzuwaschen. Natürlich funktioniert es nicht, aber zumindest bin ich sauber, als ich das stille Haus verlasse, mein Haar immer noch feucht.

Ich bringe mein Auto mit quietschenden Reifen in der Gasse hinter dem *Second Chance* zum Stehen und trete durch die Tür in die Küche. Meine Nase füllt sich sofort mit dem Aroma von brutzelndem Speck, Pfannkuchen und gebratenen Eiern und eine Welle der Übelkeit überrollt mich.

Wie immer summt Tante Lisa eine Melodie vor sich hin, während sie arbeitet, ihre zitronengelbe Schürze mit dem Aufdruck „*Bekomm eine zweite Chance im Second Chance Café*" ordentlich gebunden. Sie schaut überrascht zu mir auf. „Du lebst noch. Wir hatten eine Wette laufen, dass ein wütender Bär dich in den Wald verschleppt hat."

„Worauf hast du gewettet?"

„Auf den Bär."

Großartig.

Ich binde mir die Schürze um die Taille und glätte die Vorderseite über meiner Jeans und meinem T-Shirt. Mein nasses Haar beginnt allmählich zu trocknen und ich weiß genau, dass es jetzt völlig wild aussieht, aber das steht weit unten auf meiner Prioritätenliste.

„Lange Nacht?", fragt Tante Lisa mit einem schiefen Lächeln, das mich vermuten lässt, sie hat mich gestern Abend in meinem betrunkenen Zustand gesehen oder, schlimmer noch, ich habe mit ihr gesprochen, während ich betrunken war.

„Es war…" Schrecklich? Schockierend? Herzzerreißend? „…ereignisreich."

Ihr Lächeln wird breiter. „Irgendetwas, das du mir erzählen möchtest?"

Ich ziehe meine Nase kraus. Sie weiß definitiv etwas. „Habe ich mit dir geredet?"

Sie schüttelt den Kopf. „Nein, aber du kannst es heute tun, wenn du möchtest."

„Ich würde es lieber vermeiden, wenn es dir nichts ausmacht."

Sie tippt sich grinsend an die Nase, als hätte ich ihr gerade ein Geheimnis verraten, das sie für sich behalten wird. „Das ist schon in Ordnung, Liebes."

„Ok*aaaa*y. Ich werde jetzt ins Café gehen."

Das Grinsen bleibt an Ort und Stelle. „Deine Geheimnisse sind bei mir sicher."

Meine Geheimnisse? Ich stöhne.

Mein Mund fühlt sich immer noch so trocken an wie eine Schale Staub, also lasse ich etwas Wasser aus dem Wasserhahn in ein Glas laufen und nehme einen tiefen Zug, bevor ich das Kaffeehaus betrete.

Tante Sheila bedient gerade Kunden und wirft mir nur einen flüchtigen Blick zu. Ich beschäftige mich damit, die Kaffee-Bestellungen zu überprüfen und mache mich daran sie zuzubereiten. Ich nehme eine der Bestellungen auf und lese „zwei Eiskaffee zum Mitnehmen". Meine Augen schweifen durch den Raum. Ist Joe hier?

Aber es bestellen ja viele Leute Eiskaffee im Sommer. Oder?

„Hallo, mein Schatz", sagt Tante Sheila, als sie mit den Kunden fertig ist.

Ich warte auf die Standpauke. Als keine kommt, antworte ich: „Es tut mir wirklich leid, dass ich zu spät bin. Ich hänge die Zeit heute an meine Schicht dran."

„Es ist in Ordnung, Ryn. Wirklich", antwortet sie auf völlig untypische Weise, ihr Gesicht strahlt.

Tante Sheila ist nicht böse auf mich, weil ich zu spät zur Arbeit gekommen bin?

„Das war eine ganz schöne Gesangseinlage, die ihr da gestern Abend hingelegt habt", sagt sie.

Sofort denke ich an die kleine Karaoke-Bühne in der Bar die Straße runter.

„Du und Gabe habt wunderbar geklungen. Genau wie Kenny und Dolly." Ihr Lächeln wird eine Spur schwächer. Wir wissen beide, dass sie übertreibt. „Na ja, fast. Aber ihr habt auf jeden Fall toll zusammen ausgesehen."

Ich widerstehe dem Drang, ihr zu sagen, dass ich genau wusste, was sie erreichen wollte, als sie uns zum Singen dieses Songs überredete. Es hat keinen Sinn. Also antworte ich stattdessen: „Danke. Es hat Spaß gemacht."

„Du und Gabe seid perfekt füreinander, weißt du das?"

„Uh-huh."

„Habe ich dir jemals gesagt, dass ich es liebe, dass du hier im Café arbeitest? Weil ich das wirklich tue."

„Das ist… großartig", antworte ich unsicher.

Bin ich versehentlich in ein Paralleluniversum geraten? Falls ja, bleibe ich hier.

„Mach weiter so", sagt sie und lehnt sich ein Stück zu mir vor. „Und lass mich wissen, wie sich alles entwickelt."

„Sicher, das werde ich, Tante Sheila. Ich mache nur

schnell diese Bestellung fertig." Ich halte den Zettel für die zwei Eiskaffee hoch.

„Der ist für Leonardo Finch, aber ich wette, das hast du schon geahnt, oder?"

Mein Bauch zieht sich in einem elaborierten Knoten zusammen. Joe muss hier irgendwo sein. Ich blicke mich um und entdecke ihn, wie er lässig an der hinteren Wand lehnt, in seiner üblichen Lederjacke, ein Bein über das andere geschlagen, während er auf sein Handy starrt und gelegentlich mit den Fingern durch sein Haar fährt. Er sieht cooler aus, als irgendjemand sein sollte – als würde er nicht hierher gehören, in diese kleine Stadt am Ende der Welt.

Als ob er meinen Blick spüren könnte, schaut er zu mir auf und zu meinem völligen Schock breitet sich ein Lächeln auf seinem Gesicht aus.

Was zum…? Er *lächelt* mich an?

Er stößt sich von der Wand ab und schlendert auf mich zu, immer noch mit diesem lässigen Lächeln auf seinem ärgerlich hübschen Gesicht.

Und jetzt kommt er *rüber zu mir*?

Ich beobachte ungläubig, wie er auf der anderen Seite des Tresens zum Stehen kommt. „Hey, Kathryn mit ‚y'." Er deutet auf mein wirres Haar. „Das ist ein neuer Look."

Verlegen versuche ich, meine widerspenstigen Locken zu glätten. Es bringt nichts. Wenn ich meine Haare nicht föhne, sehe ich aus, als hätte ich sie in einen Staubsauger gesteckt – nach einem Tag am Strand. Genau aus diesem Grund föhne ich sie normalerweise.

Zu meiner Überraschung greift er über den Tresen und schließt seine Finger um mein Handgelenk. Ich erstarre. „Nicht. Du siehst aus wie Shakira. Zerzaust und sexy."

Er tut so, als wäre gestern nicht passiert.

Ich starre auf seine Hand und er wirft mir einen fragenden Blick zu, als hätte er keine Ahnung, warum ich so auf ihn reagiere.

Ist er wirklich so dumm? Oder glaubt er vielleicht, dass ich so wenig Selbstachtung habe, dass ich dieses Verhalten von ihm akzeptiere?

Und weißt du was? Noch vor nicht allzu langer Zeit hätte ich das wahrscheinlich tatsächlich getan.

Ich habe schon früher Männer gedatet, die mich betrogen oder nicht gut behandelt haben und manchmal habe ich das akzeptiert. Es gab immer mildernde Umstände, immer großartige Gründe, warum dies oder das passiert ist – oder auch nicht passiert ist. Männer können so überzeugend sein, wenn sie es wollen. Ich kann ihnen keinen Vorwurf machen. Ich habe ihnen geglaubt, weil ich es glauben wollte und ich habe ihnen vergeben, weil ich die Alternative, nicht mit ihnen zusammen zu sein, nicht wollte.

Aber zu sehen, wie Joe eine andere Frau auf unserem Date küsst, war der letzte Tropfen in einem ohnehin schon übervollen Fass, das mich erdrückt hat.

Und ich habe noch etwas anderes erkannt, etwas, das ich bisher nicht sehen konnte. Ich hatte das perfekte Beispiel dafür, wie ein Mann sein sollte, die ganze Zeit direkt vor mir. Gabe behandelt mich so wie ich es verdient habe, behandelt zu werden. Er ist ein guter Mann. Der Beste. Und er bedeutet mir die Welt. Er war die ganze Zeit über hier und ich war zu dumm, um ihn wirklich, *wirklich* zu sehen. Zu sehr damit beschäftigt, nach einem aufregenden neuen Typen zu suchen, der mein Leben spannender machen sollte. Ein süßer neuer Typ, der mich so behandeln konnte, wie er wollte, weil ich nicht genug von mir selbst hielt, um ihn dazu zu bringen, mich anders zu behandeln.

Gabe hat mir immer die größtmögliche Liebe, Freundlichkeit, Fürsorge und Respekt entgegengebracht. Er ist mein bester Freund, die Person, mit der ich am liebsten auf der Welt zusammen bin, die Person, mit der ich lachen, weinen und alles dazwischen teilen kann.

Wir führen keine romantische Beziehung. Es gab keine Liebeserklärung von jeglicher Seite. Sicher, wir haben damals in der High-School diesen einen großartigen Kuss geteilt und ich musste hart daran arbeiten, die Gefühle, die ich hatte, zu verdrängen. Und was habe ich davon gehabt? Ich habe den besten Freund bekommen, den ich mir je vorstellen könnte.

Ich wünschte nur, ich hätte diese Lektion schon vor langer Zeit gelernt. Ich hätte mir viel Herzschmerz erspart und viele schlechte Entscheidungen vermieden.

Ich habe nur mir selbst die Schuld daran zu geben.

Gabe war die ganze Zeit über hier.

Jetzt, als ich in Joes Augen das Selbstvertrauen sehe, dass ich ihm vergeben werde, das wie ein Heiligenschein um ihn herum erstrahlt, bin ich nicht länger bereit, das zu akzeptieren.

Ich werde nichts weniger als das Beste akzeptieren.

Und Joe bietet mir definitiv viel weniger als das Beste.

„Was ist los? Reden wir jetzt nicht mehr miteinander, oder wie?", fragt er, sein Grinsen immer noch fest im Gesicht verankert. Warum auch nicht? Wahrscheinlich behandelt er Frauen ständig so und kommt damit durch.

„Ich werde deinen Kaffee zubereiten", sage ich und drehe ihm den Rücken zu. Ich bin hier, um meinen Job zu machen – Kunden ihre Kaffee- und Essens-Bestellungen zu servieren – und genau das werde ich tun.

Er wartet. Als ich ihm sein Wechselgeld zurückgebe, fragt er: „Das war's?"

Ich weiß, worauf er hinauswill, aber ich bin nicht

bereit, mich darauf einzulassen. „Oh, Entschuldigung. Hast du auch einen Snack bestellt?" Ich reiße die Augen weit auf, als wäre ich ein unschuldiges kleines Häschen.

„Du weißt, was ich meine."

„Die Sache ist die, wir sind ein paar Mal miteinander ausgegangen und es war lustig, aber wir sind fertig miteinander."

„Warum?"

„Du bist ein großer Junge. Ich lasse dich das selbst herausfinden."

„Oh, es ist, weil ich Jenny geküsst habe, richtig?"

Es ist offiziell: Er ist ein Raketenwissenschaftler.

„Das stört dich also." Er schnalzt mit der Zunge, als wäre ich ein unartiges Kind. „Hör zu, ich kenne Jenny schon ewig und wir sind in ein altes Muster zurückgefallen. Wir sind dieses Paar, das mal zusammen ist und mal nicht, und ehrlich gesagt, es macht mich verrückt."

„Sie ist deine Ex?"

Er nickt. „Ich will dieses Muster zwischen ihr und mir durchbrechen. Ich denke, mit deiner Hilfe kann ich das schaffen, wenn du mir meinen kleinen dummen Fehler verzeihen kannst."

„Ich verzeihe dir."

„So ist's brav, Mädchen", antwortet er, als wäre ich ein gut erzogener Hund. Er hebt die Eiskaffees hoch, bereit zu gehen. „Willst du heute Abend in meinem Motel abhängen?"

„Ich?", frage ich.

Er schenkt mir eines seiner arroganten Lächeln. „Natürlich du."

„Weißt du was, Joe?", antworte ich und deute ihm, sich zu mir zu beugen.

„Was?"

Ich runzle die Stirn. „Ich glaube, du hast mich mit jemand anderem verwechselt."

„Ich verstehe nicht. Du hast mir doch vergeben."

„Das heißt aber nicht, dass ich mit dir in deinem Motel oder irgendwo anders abhängen will."

Er verengt die Augen. „Das ergibt keinen Sinn. Ist gerade deine Zeit im Monat oder so?"

Ich lache laut auf. Könnte dieser Typ ein noch eingebildeterer Idiot sein? Als ich in sein Gesicht blicke, sehe ich meine Antwort und sie lautet *ja*. Er ist der größte, dümmste Idiot weit und breit, und ich kann nicht glauben, dass ich darüber nachgedacht habe, ihn zu daten – besonders nicht, wenn ich das perfekte Vorbild habe, wie ein Mann sein sollte und zwar in meinem besten Freund.

Tante Sheila kommt herüber. „Belästigt dich dieser Mann, Ryn?"

„Er geht gerade. Nicht wahr, Joe?" Ich schenke ihm mein süßestes Lächeln.

Sein Blick gleitet von mir zu meiner Tante und zurück zu mir, bevor er antwortet: „Ja, das tue ich."

„Man riecht sich später", sage ich mit dem süßesten Lächeln, das ich zustande bringe.

Ich weiß, das ist nicht gerade reif von mir, aber in diesem Moment ist es mir egal.

Er wirft mir ein verächtliches Grinsen zu und ich sehe zu, wie er das Café verlässt, die Tür schwingt hinter ihm zu. Ich drehe mich Tante Sheila um. Wenn ich den Ausdruck auf ihrem Gesicht beschreiben müsste, würde ich ihn als triumphierend bezeichnen.

„Wir müssen alle ein paar Frösche küssen, bevor wir unseren Prinzen finden", sagt sie.

„Oh, ich kann dir versichern, Joe Turner ist definitiv nicht mein Prinz."

„Du weißt, wer das ist. Nicht wahr?"

„Tante Sheila, ich glaube nicht an diesen Märchenkram."

Sie grinst breit. „Natürlich nicht, Schätzchen."

Ja, ich lenke ab. Die Sache ist die, es ist ein Neil-Armstrong-großer Sprung von dem Wissen, dass Gabe die Art von Mann ist, auf die ich warten sollte, hin zu der Erkenntnis, dass er *tatsächlich* der Mann ist, auf den ich warte.

Wir hatten unsere Chance damals in der High-School, eine Chance, zusammen zu sein, glücklich zu sein, vielleicht sogar uns zu verlieben. Wir haben sie nicht genutzt. Ich war zu dumm, zu sehr in den Girl Code vertieft und wollte Ivy nicht verletzen. Er war, na ja, er war in meine Freundin verschossen und hatte ein gebrochenes Herz, als sie ihn abservierte – oder so dachte ich zumindest. Ich wollte vielleicht den Mond und die Sterne mit ihm, aber ich dachte nicht, dass er irgendetwas davon mit mir wollte.

Die Erinnerungsstücke, die ich gestern gefunden habe, haben alles verändert. Sie haben Gefühle geweckt, die ich vor langer Zeit begraben hatte, Gefühle, von denen ich nie dachte, dass sie erwidert wurden, egal wie sehr ich es mir gewünscht hatte. Jetzt verstehe ich das Wissen, dass er diese Dinge aufbewahrt hat, hat einen Schalter in meinem Kopf umgelegt, mich aus der sehr bequemen Friendzone katapultiert – in eine ganz andere Zone, eine Zone, in der ich den Neil-Armstrong-großen Sprung wagen muss und bis über beide Ohren in Gabe verliebt bin.

Und dieser Gedanke macht mir eine Heidenangst.

Kapitel 23

Ryn

Ich wische gerade die Tische nach dem Mittagsansturm ab, als Harper und Marlowe im Café auftauchen und mich einladen, mich zu ihnen zu setzen.

"Gönn dir ein bisschen Zeit mit deinen Schwestern, Ryn. Du hast heute hart gearbeitet und es dir verdient", sagt Tante Sheila zu mir.

Ich habe schon den ganzen Tag in diesem Paralleluniversum verbracht und ich muss sagen, ich hasse es nicht.

Ich bringe meinen Schwestern ihre Bestellungen.

Während ich mich an ihren Tisch setze, lasse ich einen dankbaren Seufzer hören.

"Harter Tag?", fragt Harper.

"Harte Nacht", antworte ich.

Marlowe wirft mir einen vielsagenden Blick zu. "Ich habe dir gesagt, dass du den Long Island Iced Tea nicht hättest trinken sollen."

"Ich habe nicht auf dich gehört, und oh Mann, wie sehr wünschte ich, ich hätte es getan."

"Trink deinen Kaffee. Das Koffein wird helfen. Und gib auch etwas Zucker dazu", sagt Harper.

Ich rühre einen Löffel Zucker hinein und nehme einen Schluck, wie die regelbefolgende kleine Schwester, die ich nicht bin. Aber heute nehme ich jeden Rat dankbar an.

"Ich trinke nie wieder", verkünde ich.

"Wahrscheinlich eine gute Idee, Liebes", erwidert Marlowe. "Ist das alles, was los ist? Du wirkst irgendwie... ich weiß nicht, ausgelaugt."

"Das ist genau das Wort, was ich auch benutzt hätte", fügt Harper hinzu.

Sie beobachten mich und warten gespannt auf eine Antwort.

"Mir geht's gut", sage ich ihnen.

"Bist du sicher?", fragt Harper.

"Absolut sicher", antworte ich mit einem festen Nicken.

Es ist unwahrscheinlich, dass ich meinen zwei perfekten Schwestern erzähle, dass ihre chaotische kleine Schwester sich nicht nur wieder den falschen Kerl geangelt hat, sondern auch einen Fotostreifen und Kinokartenab- risse gefunden hat, die sie dazu brachten, ihre Gefühle für ihren besten Freund zu hinterfragen – und jetzt zu dem Schluss gekommen ist, dass sie in ihn verliebt ist.

Ich meine, das ist wohl kaum der Denkprozess eines rationalen Erwachsenen, oder?

Marlowe mustert mein Gesicht, was mir unangenehm ist. "Wie heißt es so schön? Die Dame protestiert zu viel?"

Ich ziehe die Augenbrauen hoch. "Jetzt zitierst du auch noch Shakespeare?"

Sie zuckt mit den Schultern. "Es scheint mir angemessen. Also, was ist wirklich los?"

"Ja, Ryn. Was für ein elegantes Ausweichmanöver, Dame Protestierend."

"Wie kannst du den Ausdruck nicht kennen? Du bist doch Lehrerin, oder?", fragt Marlowe Harper mit einem neckischen Grinsen.

"In der zweiten Klasse wird heutzutage nicht viel Shakespeare gelehrt. Ich weiß nicht, wie es in den Dunklen Jahrhunderten war, als du sieben warst."

"Hey! Ich bin nicht viel älter als du", erwidert Marlowe lachend. "Und übrigens konzentrieren wir uns gerade auf unsere Schwester." Sie lässt ihren Blick noch einmal über mich schweifen. "Was ist los, Ryn?"

Ich atme tief aus, meine Schultern sacken nach unten. "Nichts. Alles. Ich weiß es nicht."

Meine Schwestern tauschen einen Blick und ich weiß, dass sie mich verurteilen. Aber wenn einem ein Leben lang gesagt wird, dass man die Jüngste ist, das Nesthäkchen, dass niemand jemals von einem erwartet, etwas Wichtiges zu tun, dann prägt sich das ein. Man glaubt es. Man wird zu der Person, die sie erwarten, die man ist und ich gebe zu, es ist einfach, sich in diese Rolle zu fügen.

Harper reibt meinen Arm. "Du weißt, dass du mit uns reden kannst, oder? Wir sind deine Schwestern und wir lieben dich. Wir wollen das Beste für dich."

"Sie hat recht, Ryn. Das wollen wir wirklich."

Ich konzentriere mich auf den Saum meines T-Shirts, zupfe an einem losen Faden und reiße ihn mit den Fingern ab.

"Ihr werdet es nicht verstehen. Ihr wart immer so perfekt. Ihr beide. Mama und Papa behandeln mich wie ein kleines Kind, weil ich im Vergleich zu euch beiden genau das bin. Ich bin ein einziges Chaos."

"Du glaubst wir sind perfekt?" Harper lacht laut auf.

"Seht euch doch mal an." Ich deute auf die beiden. "Ihr habt euren eigenen Stil, seid immer top organisiert und ihr habt beide diese tollen Männer gefunden, die sich auf den ersten Blick in euch verliebt haben, als ihr sie getroffen habt."

"Was das angeht", beginnt Marlowe.

"Was?", frage ich.

"Lass mich dir erzählen, wie *un*perfekt ich bin. Mike, der Typ, den du kennengelernt hast? Er ist mehr als nur der Mann, den ich date. Er ist auch mein Chef."

Mic-Drop. Wortwitz nicht beabsichtigt.

Mein Blick gleitet von Marlowe zu Harper. "Wusstest du das?"

"Ja und Marlowe weiß, dass ich davon nicht gerade begeistert bin", antwortet sie.

"Ist es klug, seinen Chef zu daten?", frage ich.

"Natürlich ist es nicht klug, aber ich mache es trotzdem, weil ich etwas für ihn empfinde. Ich erzähle dir das, weil du wissen musst, dass ich nicht perfekt bin. Du darfst es Mama und Papa auf keinen Fall erzählen."

"Hmm." Ich lasse diese neue Information in meinem Kopf kreisen. "Du datest deinen Chef, obwohl du weißt, dass es eine dumme Idee ist."

"Jepp", bestätigt Marlowe.

Harper räuspert sich. "Ich bin dran."

"Sag mir nicht, dass du auch deinen Chef datest."

Sie lacht. "Meryl?"

"Gut, weil du Christopher datest. Richtig?", frage ich,

weil ich plötzlich eine meiner Schwestern in einem neuen Licht sehe. Alles scheint gerade möglich.

"Natürlich date ich Christopher, aber am Anfang war alles nur gespielt", sagt Harper mit einem Achselzucken.

"Was war gespielt? Du und Christopher?"

Harpers Augen huschen zu Marlowe, und ich weiß, dass meine beiden Schwestern schon über das gesprochen haben, was sie mir jetzt erzählen wird. "Genau."

Ich verenge meine Augen. "Warte, was? Du und Christopher habt nur so getan? Tut es *immer noch*?"

Sie rutscht auf ihrem Stuhl hin und her, sichtlich unwohl bei diesem Gespräch, obwohl sie es begonnen hat. "Ich war komplett gedemütigt worden von Dex und die Rückkehr nach Hause war... naja, nicht einfach für mich. Christopher war der Neue in der Stadt, den keiner kannte, also habe ich ihn gefragt, ob wir so tun können, als wären wir zusammen. Tatsächlich habe ich allen erzählt, dass wir zusammen sind, bevor ich überhaupt einen ganzen Satz mit ihm gewechselt hatte."

Meine Augen weiten sich, während ich das verarbeite. "Aber du bist Harper. Du bist... *du*."

Sie lächelt. "Und?"

"Warum solltest du so etwas tun müssen?" Als sie nicht antwortet, richte ich die Frage an Marlowe. "Warum musste sie so etwas tun?"

"Sie hatte ihre Gründe", antwortet Marlowe ausweichend.

Das reicht mir nicht mehr. Ich will es wissen. Ich will es verstehen.

"Harps? Erklär es mir."

Harper blickt auf ihre Hände. "Ich dachte, Dex würde mir an diesem Abend einen Antrag machen und stattdessen hat er mit mir Schluss gemacht. Ich war gedemütigt."

"Aber du warst so cool dabei. Das Video. Du hast ihm deine Limonade über den Kopf gegossen."

"Das Video ist viral gegangen", fügt Marlowe unnötigerweise hinzu, denn wir alle wissen, dass das Video ein Riesending war.

"Nichts, worauf ich besonders stolz bin."

"Das solltest du aber. Es war total genial!", erwidere ich, was sie zum Lächeln bringt.

"Ich erinnere mich kaum daran, ich war so geschockt von dem, was er mir gesagt hatte. Danach war die Rückkehr nach Hause extrem schwer."

"Aber du wolltest doch immer hierher zurückkehren", halte ich dagegen. "Dein Traum war es, an der Hunter's Creek Grundschule zu unterrichten, und sieh, was du tust. Du unterrichtest an der Hunter's Creek Grundschule. Ziel erreicht."

"Ich liebe meinen Job. Du hast recht. Es ist das, was ich immer tun wollte, aber ich musste mit eingezogenem Schwanz nach Hause kommen, nach einer sehr öffentlichen Trennung von dem Typen, den die ganze Stadt liebt."

"Das war nicht leicht für dich", sagt Marlowe zu ihr.

"Du darfst niemandem erzählen, dass Topher und ich am Anfang nur so getan haben, Ryn", warnt Harper.

"Nur wenn du mir versprichst, dass ihr jetzt nicht mehr nur so tut", erwidere ich.

"Natürlich nicht", antwortet Harper, auf ihrem Gesicht macht sich das verliebteste Lächeln, das ich je gesehen habe, breit. Zumindest seitdem sie das letzte Mal Christopher angesehen hat.

"Ihre Beziehung ist echt", bestätigt Marlowe. "Nur der Anfang war inszeniert, das ist alles."

Natürlich wusste Marlowe davon. Die beiden perfekten Schwestern halten zusammen. Aber gerade erfahre ich, dass sie vielleicht gar nicht so perfekt sind, wie ich immer dachte.

Das fühlt sich seltsamerweise tröstlich an.

„Also, siehst du? Wir sind alle mit Makeln behaftete Menschen", sagt Harper.

Ich lächle meine Schwestern an. „Ihr seid genauso chaotisch wie ich."

„So weit würde ich nicht gehen", sagt Marlowe trocken.

„Also, was ist los mit dir?", fragt Harper.

„Ich glaube, ich weiß es. Es geht um Gabe, oder?", fragt Marlowe mit sanfter Stimme. „Du hast realisiert, dass du ihn liebst, oder?"

Mir fällt die Kinnlade zu Boden. „Wie hast du…?"

„Es braucht kein Genie, um zu erkennen, dass zwei Menschen, die so viel gemeinsam haben, so viel Zeit miteinander verbringen und gemeinsame Leidenschaften teilen, sich eines Tages ineinander verlieben würden."

Ich blinzle sie ein paar Mal an und versuche zu begreifen, wie sie zu diesem Schluss gekommen ist.

Sie deutet meinen Blick richtig. „Ich habe immer gehofft, dass ihr beide es hinbekommt und erkennt, was ihr einander bedeutet."

„Ich auch", fügt Harper hinzu.

„Wer seid ihr plötzlich? Meine Schwestern-Slash-Guten-Feen? Sagt mir nicht, dass ihr eine Truppe Mäuse und einen Kürbis in der Einfahrt habt und mir gleich ein glitzerndes Kleid zaubern werdet."

Harper lacht. „Nein, aber das klingt echt spaßig."

„Aber ich habe es gerade erst selbst herausgefunden. Wie konntet ihr es wissen, bevor ich es tat?", beharre ich.

„Es ist offensichtlich. Ihr seid immer zusammen, ihr gebt einander Vorrang und dann war da diese Sache mit der, du weißt schon", sagt Harper.

„Was für eine Sache mit der, du weißt schon?", fragt Marlowe.

„Ryn?", fragt Harper. „Es liegt bei dir, ob du es ihr erzählen möchtest."

Harper ist die einzige Person auf diesem Planeten, die weiß, was mit der Glasbläser-Ausbildung passiert ist, abgesehen von Theo und mir. Ich habe es ihr nur erzählt, weil sie dabei war, als ich den Anruf von Theo erhielt. Sie hat mich wiederholt gefragt, warum ich abgelehnt habe. Am Ende gab ich nach und erzählte es ihr, unter dem Schwur der absoluten Geheimhaltung.

„Ich wurde für die Glasbläser-Ausbildung ausgewählt und habe sie abgelehnt, damit Gabe sie bekommt."

Marlowes Augen werden groß. „Das hast du getan?"

„Gabes Mutter war gerade gestorben und es fühlte sich richtig an. Er brauchte es mehr als ich."

„Aber du liebst Glasbläserei", erwidert sie.

Marlowe schüttelt den Kopf. „Nicht so sehr, wie sie Gabe liebt."

Ihre Worte hallen in meinem Kopf wider.

Nicht so sehr, wie ich Gabe liebe.

Marlowe wirft mir einen Blick zu, der stark dem einer stolzen Mama gleicht. „Ryn, das ist so selbstlos von dir. Gabe muss das wirklich geschätzt haben."

Ich spiele mit meiner Schürze. „Ich habe es ihm nie erzählt. Er weiß es immer noch nicht."

„Selbstlos ohne Anerkennung", sagt sie.

„Das ist unsere Schwester", sagt Harper mit offensichtlichem Stolz.

„Du weißt, was das bedeutet, oder?", fragt Marlowe.

„Dass ich ein supernetter Mensch bin?", sage ich mit einem hoffnungsvollen Grinsen.

„Es bedeutet, dass du die ganze Zeit erwachsen warst, ohne es überhaupt zu merken", sagt Marlowe.

„Du bist erwachsen", fügt Harper hinzu. „Eine Erwachsene mit allem, was dazugehört. Du triffst deine eigenen Entscheidungen und lernst mit den Konsequenzen dieser Entscheidungen zu leben."

„Du lässt das richtig spaßig klingen", erwidere ich mit einem ironischen Lächeln.

„Also? Was wirst du jetzt tun, da du eine vollwertige Erwachsene bist?", fragt Marlowe.

Ich kann das Lächeln nicht unterdrücken, das sich auf meinem Gesicht ausbreitet. „Ich werde ihm sagen, wie ich empfinde."

Die Augenbrauen meiner Schwestern schießen nach oben.

„Tatsächlich?"

„Du bist so mutig!"

Ich zögere. „Ist das zu viel zu früh?"

Marlowe nimmt meine Hände in ihre. „Auf keinen Fall. Ich habe gestern Abend gesehen, wie ihr euch während dieses Liedes angesehen habt und ich habe beobachtet, wie er dich die ganze Zeit ansieht. Er liebt dich, Ryn. Daran habe ich keinen Zweifel."

„Tante Sheila wird durchdrehen", sagt Harper.

Ich lasse ein freudiges Lachen los. „Oh ja, das wird sie."

Plötzlich drängt sich jemand ungefragt in meine Gedanken.

Ivy.

„Es gibt allerdings ein Problem und es ist ziemlich groß", sage ich.

„Welches?", fragt Marlowe.

„Ivy. Sie hat mir gesagt, dass sie wieder Gefühle für ihn entwickelt hat und mich gebeten, ihn zu fragen, ob er darüber nachdenken würde, wieder mit ihr zusammenzukommen."

Harper gibt ein Pfeifen von sich, während Marlowe nachdenklich auf ihrer Unterlippe kaut.

„Das ist natürlich schwierig", sagt Harper. „Sie ist deine Freundin und Mitbewohnerin und sie waren in der High-School zusammen, richtig?"

Ich nicke und presse die Lippen zusammen.

„Und was fühlt er für sie?", fragt Marlowe.

„Hallo, Schwesterherz, er interessiert sich nicht für Ivy. Gabe Hartmann hat nur Augen für eine Person und die sitzt genau hier vor uns."

Mein Herz schlägt schneller bei dem Gedanken, dass Gabe mich liebt.

„Aber sie hat mir gesagt, dass sie ihn mag", protestiere ich. „Ich kann ihr das nicht antun."

„Sie kann *dir* das nicht antun. Wenn Gabe dich liebt und du ihn auch, dann ist sie diejenige, die im Weg steht", erklärt Marlowe. „Mach keinen auf Harper und stell alle anderen vor dich selbst."

„Hey!", protestiert Harper.

„Schätzchen, ich liebe dich, aber du weißt, dass du das früher gemacht hast", erwidert Marlowe.

„Beweisstück A: Dex Ryder. Du hast seine Träume völlig über deine eigenen gestellt", füge ich hinzu.

Harper lächelt uns an. „Ich weiß. Ich habe mich geändert. Versprochen."

„Ich formuliere es also um. Mach nicht das, was Harper früher getan hat und jetzt nicht mehr tut. Besser?" Marlowe sieht unsere Schwester an.

„Besser", bestätigt Harper.

„Also denkt ihr, ich sollte dem nachgehen, was ich will?", frage ich.

„Warum sprichst du nicht mit Ivy? Sag ihr, wie du für ihn fühlst. Wer weiß, vielleicht versteht sie es", schlägt Marlowe vor.

„Vielleicht auch nicht", seufze ich, während der beängstigende Gedanke, Ivy zu sagen, wie ich für Gabe empfinde, bevor ich es ihm überhaupt gesagt habe, wie ein schwerer Stein auf meiner Brust lastet.

Aber dann wiederum fühlt sich der Gedanke, Gabe zu sagen, dass ich ihn liebe, wie eine ganze Lawine von Steinen auf meiner Brust an.

Vielleicht ist es gar nicht so schlimm, zuerst mit Ivy zu reden?

„Wer nicht wagt, der nicht gewinnt", sagt Marlowe und klingt genau wie die perfekte älteste Schwester, die sie ist. Oder besser gesagt die perfekte älteste Schwester, von der ich dachte, dass sie es wäre, bevor ich herausfand, dass sie genauso imperfekt ist wie der Rest von uns.

Das fühlt sich seltsam tröstlich an.

„Also? Was wirst du tun?", fragt sie.

Ich kann das Grinsen nicht zurückhalten, das sich über meinem Gesicht ausbreitet, als der Gedanke, Gabe zu sagen, was er mir bedeutet, mich mit einem starken Cocktail aus Aufregung, Angst und Liebe erfüllt. „Oh, ich weiß genau, was ich tun werde."

Denn ich weiß genau, was ich tun werde.

Und jetzt muss ich es nur noch tun.

Kapitel 24

Ryn

Kennst du das Gefühl, wenn du dich entschieden hast, etwas zu tun, und absolut nichts dich davon abhalten kann? Du bist entschlossen, voll konzentriert, und es ist super, superwichtig, dass du es genau in diesem Moment tust. Genau jetzt. Ohne Fragen. Ohne Zögern. Du machst es. Punkt.

So fühle ich mich gerade. Nichts kann mich davon abhalten, zu Gabe zu gehen und ihm zu sagen, wie ich fühle.

Nun ja, nichts außer der Tatsache, dass ich zuerst mit Ivy reden muss.

Ich weiß, dass es das Richtige ist. Ich muss ihr sagen, wie ich für Gabe empfinde – und hoffen, dass sie es nicht allzu schlecht aufnimmt.

Also stehe ich jetzt hier in der Sägemühle und warte nervös im Empfangsbereich darauf, dass sie erscheint. Ich hoffe und bete aus tiefstem Herzen, dass sie damit klarkommt. Denn wenn nicht? Nun, dann weiß ich nicht, was ich tun werde.

Die Bürotür schwingt auf und sie tritt in ihrer Bluse und dem A-Linien-Rock heraus. „Hey, Girl, hey", sagt sie, während sie sich neben mich setzt.

„Hey", murmele ich zurück, während meine Nervosität mir den Brustkorb fest zusammenschnürt.

„Was ist los? Ich dachte, du wärst im Café."

„Ich mache gerade Pause und dachte, ich schaue mal bei dir vorbei." Ich reiche ihr das Friedensangebot, von dem sie noch nicht weiß, dass es eins ist.

„Ist das ein Stück Apfelkuchen mit extra Schlagsahne?"

„Ich weiß, dass es dein Lieblingskuchen ist." Ich überreiche ihr die Schachtel und sie wirft einen Blick hinein.

„Du bist die Beste. Wollen wir ein Stück spazieren gehen? Ich könnte frische Luft gebrauchen."

„Klar."

Wir machen uns auf den Weg nach draußen und sie erzählt mir, wie nervig ihr Chef ist, dass die Kaffeemaschine im Büro kaputt ist und dass sie sich wünschte, ich hätte ihr einen anständigen Kaffee aus dem Second Chance mitgebracht.

„Hätte ich gewusst, dass du einen brauchst, hätte ich es getan", sage ich. „Ivy, können wir reden?"

„Das klingt ernst. Hast du die Ohrringe verloren, die du dir letzte Woche von mir geliehen hast? Bitte sag mir, dass du sie nicht verloren hast, das würde mir das Herz brechen."

Wenn es ihr das Herz bricht, ein paar Ohrringe zu verlieren, dann steht ihr eine Menge Schmerz bevor, wenn ich ihr den wahren Grund meines Besuchs verrate.

„Ich habe deine Ohrringe nicht verloren. Es geht um etwas anderes." Ich verschränke meine Hände ineinander und hole tief Luft.

„Was ist los?", fragt sie lachend. „Ryn, du machst mir Angst."

„Ich werde es einfach sagen."

„Okay?"

„Es geht um Gabe."

Sie zieht scharf Luft ein. „Hat er mit dir über mich gesprochen? Mag er mich auch?" Ihr Gesicht leuchtet vor Hoffnung und ich fühle mich wie der Bösewicht, der im Begriff ist, einen Welpen zu ertränken.

„Es geht mehr um mich."

„Ich dachte, du sagst, es geht um Gabe?"

Ich mache eine kurze Pause, um meinen Mut zu sammeln. „Es geht um mich und Gabe, genauer gesagt darum, wie ich für ihn empfinde und wie ich glaube er vielleicht auch für mich empfinden könnte."

Sie lehnt sich auf ihre Fersen zurück, ihr Gesicht spiegelt Alarm wider. „Du und Gabe?"

Ich beiße mir auf die Lippe und nicke langsam.

Sie runzelt die Stirn. „Du hast Gefühle für ihn? Romantische Gefühle?"

Ich nicke erneut. „Ich… ich bin in ihn verliebt."

Sie weicht ein Stück zurück. „Du bist in ihn *verliebt*?"

„Ich weiß, es wirkt wirklich schrecklich, dass du zu mir gekommen bist, um über deine Gefühle für ihn zu sprechen und ich dir jetzt erzähle, dass ich auch Gefühle für ihn habe, aber die Sache ist, dass ich nicht wusste, dass ich diese Gefühle hatte, und es tut mir leid. Du musst mir glauben. Es tut mir so, so leid, Ivy. Ich habe das nicht geplant und wer weiß? Das Ganze könnte völlig einseitig sein, und wenn ich es ihm sage, könnte er mich abweisen, und—"

„Warte. Du wirst es ihm sagen?"

„Ich muss es tun."

Sie studiert lange mein Gesicht. „Ja, ich denke, das solltest du."

„Wirklich?"

„Ich werde dir nicht sagen, dass sich das gut anfühlt, denn das tut es definitiv nicht, aber wenn du den Kerl liebst, ihn wirklich liebst, dann musst du es ihm sagen."

„Aber was ist mit dir? Du hast mir gesagt, dass du Gefühle für ihn hast und wolltest, dass ich mit ihm über einen Neuanfang für euch beide spreche, was ich gestern Abend getan habe und jetzt stecken wir in dieser Zwickmühle."

Sie winkt meine Proteste ab. „Ich liebe ihn nicht. Ich dachte nur, er ist wieder ganz süß. Und falls du dich fragst: Liebe sticht süß."

Ich öffne meinen Mund, um zu antworten, doch stattdessen ziehe ich meine Freundin in eine feste Umarmung, während mir die Tränen in die Augen steigen.

„Hey, das ist meine beste Bluse", protestiert sie.

Ich ziehe mich zurück und schenke ihr ein wässriges Lächeln. „Du bist unglaublich. Weißt du das?" Meine Stimme ist von Emotionen erstickt.

„Das weiß ich. Und jetzt geh dir deinem Mann holen, bevor ich es mir anders überlege und entscheide, dass süß doch Liebe sticht."

„Ich liebe dich", sage ich ihr.

„Ja, ja. Sag das lieber Gabe."

Angst erfasst mein Inneres. „Was glaubst du, wird er sagen?"

„Das wirst du erst wissen, wenn du es versuchst."

„Du hast recht. Das werde ich."

Als ich weiterhin wie angewurzelt an Ort und Stelle stehe, stupst sie mich an und sagt: „Worauf wartest du noch? Einen roten Teppich?"

Ich habe keine gute Antwort darauf. Außer, dass ich schreckliche Angst habe, was mir in diesem Moment ein ziemlich guter Grund zu sein scheint.

Aber ich werde nicht kneifen. Wenn mein Verdacht richtig ist, besteht eine hohe Chance, dass er auch etwas für mich empfindet. Ich hoffe nur, dass dieses Etwas Liebe ist.

Mit einem nervösen Schwung in meinem Schritt verabschiede ich mich von Ivy und steige in mein Auto, mit einer Entschlossenheit, die ich in meinem Leben noch nie zuvor gespürt habe. Ich fahre zur Glasbläserei, von der ich weiß, dass er dort gerade arbeitet.

Kurze Zeit später stehe ich neben meinem Auto, die Schlüssel so fest umklammert in meiner Hand, dass es schmerzt, während ich auf den Eingang zur Glasbläserei starre.

Gehe ich einfach rein und sage ihm, wie ich fühle? Gestehe ich ihm meine Gefühle und warte ab, in der Hoffnung, dass er genauso empfindet? Oder drehe ich mich einfach um, steige in mein Auto und fahre zurück ins Kaffeehaus, ohne diesen Berg bezwungen zu haben? Ohne die Chance ergriffen zu haben?

Er könnte mich abweisen und mir sagen, dass er nicht dasselbe für mich empfindet. Unsere Freundschaft wäre ruiniert, vorbei, kaputt. Es würde nie wieder so sein zwischen uns wie jetzt. Es würde seltsam werden. Unangenehm. Dass ich Gefühle für ihn habe und dass wir beide das wissen, würde wie ein Elefant im Raum zwischen uns stehen.

Diese Chance zu ergreifen, ist das Größte, was ich je getan habe.

Mein Kopf schmerzt und ich beginne, das Leben zu vermissen, wie es war, bevor ich den Fotostreifen und die Kinokartenabrisse gefunden habe. Bevor ich zu hoffen begann, dass er mehr als nur Freundschaft für mich empfindet. Bevor ich erkannte, dass ich ihn liebe.

Und ich denke, er könnte mich auch lieben.

Dieser Gedanke lässt mein Herz schneller schlagen.

Ich blicke zur Tür.

Komm schon, Ryn. Du schaffst das.

Die Tür zur Werkstatt schwingt auf und ich schrecke zurück, mein Herz rutscht mir in die Hose. Wenn es Gabe ist, wird er fragen, warum ich hier bin und ich werde ihm sagen müssen, wie ich fühle, bevor ich dazu bereit bin, und das könnte so, so schrecklich werden und...

Fehlalarm.

Es ist nicht Gabe.

Es ist Theo.

Ich atme erleichtert auf, mein Herz wechselt vom Kampf-oder-Flucht-Modus in den Es-ist-nur-Theo-Modus.

Er sieht mich überrascht an. „Ryn. Was machst du denn hier?"

Ich muss mir schnell etwas einfallen lassen. Ich kann ihm nicht den wahren Grund verraten, warum ich hier bin. „Ich... ich war in der Gegend, also habe ich beschlossen, Gabe etwas zum Mittagessen vorbei zu bringen."

„Du hast ihm Mittagessen mitgebracht?" Er schaut auf meine leeren Hände.

„Es ist im Auto. Ich denke, ich hole es wohl besser, bevor ich reingehe", schwindle ich.

Er wirft mir einen fragenden Blick zu.

Ich tue so, als ob ich etwas aus meinem Auto hole und hoffe, dass er schnell verschwindet, damit ich nicht wie eine komplette Idiotin aussehe, wenn ich mich umdrehe und nichts in der Hand habe.

„Hey, Ryn?"

Ich stoße mir schmerzhaft den Kopf an der Decke meines Autos. „Ja?" Ich ziehe Luft durch die Zähne und reibe die schmerzende Stelle an meinem Kopf.

„Alles okay?"

„Alles gut."

„Hör mal, es tut mir leid, dass ich letzte Nacht wegen der Ausbildung ins Fettnäpfchen getreten bin."

„Die Ausbildung?", frage ich.

„Ich habe aus Versehen erwähnt, dass du sie für Gabe abgelehnt hast – vor seiner Freundin. Natalie, glaube ich, hieß sie? Wie auch immer, ich weiß, dass du das für dich behalten wolltest und es tut mir leid, dass ich es vermasselt habe."

Eine verschwommene Erinnerung an das Gespräch kommt mir in den Sinn. „Ich denke, es ist in Ordnung."

„Das ist gut. Ich werde ab jetzt nichts mehr ausplaudern. Versprochen."

So sehr ich Theo mag und schätze, was er sagt, habe ich im Moment größere Fische zu fangen, wie man so schön sagt.

„Das ist großartig. Wir sehen uns später?" Ich schenke ihm ein Lächeln.

Seine Augen wandern noch einmal zu meinen leeren Händen, aber er beschließt offenbar nichts zu sagen. „Bis später."

Er steigt in sein Auto und ich winke ihm zu, als er wegfährt.

Ich richte meine Aufmerksamkeit erneut auf die Tür.

Bevor ich die Gelegenheit habe, die Sache wieder zu überdenken, gehe ich entschlossen auf die Tür zu, ziehe sie auf und trete hindurch.

Die Hitze und der Geruch von Gas, gemischt mit verbranntem Holz, schlagen mir entgegen, als ich die Tür hinter mir schließe. Gabe ist über seine neueste Kreation gebeugt, seine Brauen konzentriert zusammengezogen, während er mit seinen Werkzeugen arbeitet, formt und bearbeitet.

Da trifft es mich wie ein Blitzschlag: Jeder Zweifel, den ich jemals hatte, wird ausgeräumt. Ich weiß, dass ich in meinen besten Freund verliebt bin. Unzweifelhaft, eindeutig, vollkommen in ihn verliebt.

Ich weiß es tief in mir. Es ist eine starke, dauerhafte Liebe – eine Liebe, die ich so viele Jahre lang verleugnet habe, die ich beiseitegeschoben habe, als ich dachte, dass er nichts für mich empfindet.

Jetzt, wo ich ihn ansehe, wie er an seiner Kreation arbeitet, weiß ich es so sicher wie meinen eigenen Namen.

Ich liebe ihn.

Und ich hoffe, er liebt mich auch.

Er hält plötzlich inne, als seine Augen auf mir landen. Seine Lippen heben sich zu einem Lächeln. „Ryn-Ryn. Was machst du hier?"

Er steht direkt vor mir, sein T-Shirt spannt sich über seine breite Brust, seine Bizepse glänzen und sein Gesicht ist von der Hitze der Arbeit mit dem Glas gerötet. Er sieht aus wie ein nordischer Gott, bereit, es mit der Welt aufzunehmen.

Ich schlucke, während ich in seine Augen blicke und meine Unsicherheiten treffen mich wie ein Schlag ins Gesicht.

Was mache ich hier?

Er wird nicht das Gleiche für mich empfinden, ich bin ein Idiot, überhaupt so etwas zu denken.

Als keine Worte aus meinem Mund kommen, runzelt er besorgt die Stirn. „Ist alles in Ordnung?"

Der Zweifel an seinen Gefühlen für mich schnürt meine geplante Liebeserklärung zu einem festen Paket zusammen und drückt es tief in mein Innerstes hinein.

Stattdessen greife ich nach dem anderen Thema, das mir auf der Seele brennt.

„Ich habe etwas getan, weil deine Mutter gestorben ist und ich dachte, es würde dir mehr bedeuten als mir, also habe ich es dir überlassen und Theo musste mir versprechen, es dir nie zu sagen, und dann hat er sich letzte Nacht bei Natalie verplappert und Gabe, es tut mir so leid."

Meine Worte strömen aus mir heraus wie Wasser aus einem Feuerwehrschlauch, zusammengedrängt zu einem langen Satz.

„Wovon redest du?"

„Theo hat mir die Ausbildung angeboten und ich habe sie abgelehnt." Ich halte den Atem an.

Er steht regungslos da und sieht mich an. „Dir wurde die Ausbildung angeboten?", fragt er, seine Brauen ziehen sich zu einer Elf zusammen.

Ich presse die Lippen aufeinander und nicke.

„Weil meine Mutter gestorben ist?"

„Ich hätte es dir damals sagen sollen. Ich… ich wollte das Richtige tun."

Er gibt nichts preis. Ist er wütend? Verletzt? Wird er unsere gesamte Freundschaft infrage stellen?

Ich nehme all meinen Mut zusammen und mache einen zaghaften Schritt auf ihn zu. „Ich weiß, wie wichtig Ehrlichkeit für dich ist. Ich hätte das nicht vor dir verheimlichen sollen, aber du hast so gelitten wegen deiner Mutter und als du mit Glas gearbeitet hast, schienst du diesen Schmerz zu vergessen. Du hast dich darin verloren. Ich konnte dir das nicht nehmen." Zu meiner Überraschung steigen mir Tränen in die Augen, ein Kloß bildet sich in meinem Hals. „Du hast es so viel mehr gebraucht als ich."

„Ich kann nicht glauben, dass du das getan hast", sagt er mit leiser Stimme.

Ich versuche ein Lächeln. „Du kannst es nicht glauben, im positiven oder negativen Sinne?", frage ich, mein Herz pocht laut.

„Im positiven Sinne. Natürlich im positiven Sinne. Ryn, ich finde es fantastisch. Du hast das für *mich* getan." Er deutet auf das Studio um sich herum. „Du hast das alles hier für mich aufgegeben."

Ich zucke mit den Schultern, als wäre es keine große Sache, obwohl ich es in Wahrheit wollte.

Aber ich wollte noch mehr, dass Gabe es bekommt.

Er überbrückt die Distanz zwischen uns in wenigen schnellen Schritten. Packt mich an den Schultern und sieht auf mich herab, seine Augen intensiv, wie ein loderndes Feuer.

Mein Herzschlag hämmert, jeder Schlag wiederholt wieder und wieder: *Ich liebe ihn, ich liebe ihn, ich liebe ihn.*

„Ich liebe es, dass du das für mich getan hast", sagt er mit von Emotionen erstickter Stimme.

„Ich—" Die Worte bleiben mir im Hals stecken. Ich weiß, dass ich ihn liebe, aber diese Worte nach all der Zeit, in der wir Freunde waren, auszusprechen, scheint plötzlich wie ein unüberwindbares Labyrinth.

Ich schlucke den Kloß in meinem Hals hinunter. „Ich habe noch ein Geständnis zu machen und ich muss es loswerden."

Seine Hände ruhen immer noch warm auf meinen Schultern und es wäre so leicht, seine Wangen mit meinen

Händen zu umschließen und meine Lippen auf seine zu drücken.

„Was denn?"

Ich schlucke. „Als ich nach deinen Schlüsseln gesucht habe, habe ich etwas gefunden. Du hast den Fotostreifen und die Kinokartenabrisse von dem Abend damals behalten, an dem wir ins Kino gegangen sind, nachdem du mit Ivy Schluss gemacht hast. Du hast sie behalten und gesagt, du hättest sie weggeworfen."

Seine Gesichtszüge spannen sich an, aber er leugnet es nicht. Wie könnte er auch? Ich habe unwiderlegbare Beweise.

„Du hast sie gefunden?"

„Ich habe nach deinen Schlüsseln gesucht."

„Sie waren in einem Buch."

Naja, wenn er es so ausdrückt…

„Ich habe nicht geschnüffelt. Du musst mir glauben. Sie sind aus dem Umschlag gefallen, als ich das Buch geöffnet habe und… na ja, ich denke, ich *habe* sie mir angesehen."

Seine Mundwinkel heben sich zu einem Lächeln. „Du bist eine totale Schnüfflerin, weißt du das?"

Ich beiße mir auf die Lippe. „Warum hast du sie behalten? Bitte, Gabe. Ich muss es wissen."

„Ich habe sie behalten, weil sie mich an-" Er stoppt genau an der entscheidenden Stelle.

Erinnern sie ihn an unseren Kuss?

Oh, bitte lass sie ihn an unseren Kuss erinnern.

„Erinnerst du dich, was in dieser Nacht passiert ist?", fragt er mit leiser Stimme.

Wie auf Kommando macht mein Herz einen Satz, wie ein Frosch auf ein Seerosenblatt.

Wir stehen so nah beieinander, dass ich die Wärme spüren kann, die von seinem Körper ausgeht und seinen

Duft wahrnehme, diese Mischung aus körperlicher Arbeit und *ihm*.

Ich lasse meinen Blick von seinen Augen zu seinen Lippen wandern. Es wäre so leicht, mich an ihn zu schmiegen, meine Arme um ihn zu legen und ihn zu küssen, so wie wir es damals getan haben.

Ich hebe meinen Blick zurück zu seinem. „Ja, ich erinnere mich, Gabe. Ich habe es nie vergessen. Niemals."

Seine Lippen formen sich zu einem kleinen Lächeln. „Ich wollte mich auch daran erinnern. Deshalb habe ich sie behalten."

Mein Atem stockt und plötzlich spüre ich, wie seine Hände an meinen Armen entlang gleiten, um meine Hände in seine zu nehmen. „Aber du hast gesagt, du hättest sie weggeworfen."

„Ich wollte nicht, dass du weißt, dass ich sie habe."

„Warum?", frage ich, mein Herz pocht so laut in meinen Ohren, dass meine Stimme klingt, als würde sie aus einem anderen Raum kommen.

„Weil du nach dieser Nacht nicht mit mir zusammen sein wolltest. Du hast mir gesagt, wir sollten nur Freunde sein."

Ein Lächeln breitet sich auf meinem Gesicht aus. Ich halte seine Hände fest. „Aber diese Nacht hat mir so viel bedeutet und ich dachte, sie hätte dir nichts bedeutet."

„Glaubst du das wirklich? Seit dieser Nacht wusste ich sicher, was ich für dich empfinde."

Das Flattern in meinem Magen verstärkt sich. „Wirklich? Ich dachte, du hast mich nur als Lückenbüßer geküsst und jetzt weiß ich, dass du derjenige warst, der mit Ivy Schluss gemacht hat und als ich die Erinnerungsstücke gefunden habe, gab es mir… Hoffnung."

„Hoffnung", wiederholt er, ich nicke, mein Mund trocken. „Ryn, ich war ein Narr, Ivy dir damals vorzuziehen und ich wäre ein Narr, jetzt jemanden anderen als dich zu wählen. Du warst es, Ryn. Du warst und wirst es immer sein."

Mein Körper wird von einer überwältigenden Freude erfüllt und ich kann das Grinsen, das sich auf meinem Gesicht ausbreitet, nicht aufhalten, selbst für alle Leonardo-Finch-Poster der Welt.

„Wirklich? Ich kann es nicht glauben", quieke ich.

Auf seinem Gesicht breitet sich ein ebenso breites Grinsen aus. „Niemand kommt an dich heran, Ryn-Ryn. Niemand."

„Niemand kommt an *dich* heran. Ich bin diejenige, die ein Narr war und den falschen Typen hinterhergelaufen ist."

„Das hast du definitiv getan."

Ich lache. „Heißt das etwa…? Gabe?" Ich bringe es nicht über mich, ihn zu fragen, es auszusprechen, aber es muss so sein. Es muss bestimmt bedeuten, dass er mich liebt.

„Es bedeutet, dass ich dich liebe, Ryn Cole, mehr als alles andere und ich liebe dich schon immer, seit ich mich erinnern kann." Seine Stimme ist tief, roh, voller Liebe. Liebe, die er für mich empfindet.

All meine Ängste und Zweifel verschwinden. Er liebt mich. Gabe liebt mich!

Mein Atem kommt in kurzen Stößen und mein Herz schlägt mir bis zum Hals, während ich seine Hände halte und in seine Augen blicke. „Ich liebe dich auch, G, und nicht nur als Freund, obwohl du der beste Freund bist, den ich mir jemals hätte wünschen können. Ich bin absolut und vollständig in dich verliebt."

Und dann, in einer fließenden Bewegung, zieht er mich an sich, lässt seine großen, warmen Hände meinen Rücken hinauf gleiten, sendet Schauer des Verlangens durch mich hindurch, die sich noch tausendfach verstärken, als er seine Finger in meinem Haar vergräbt.

„Wir haben so viel Zeit verschwendet", murmelt er.

„Dann würde ich sagen, haben wir einiges nachzuholen."

Ein Lächeln breitet sich auf seinem Gesicht aus, bevor er sich zu mir hinunter beugt und seine Lippen auf meine presst. Es ist süß und zugleich voll intensiver Leidenschaft.

Man könnte denken, es wäre seltsam, von jemandem geküsst zu werden, der einem so vertraut ist, der ein Teil meines Lebens ist. Jemanden, den ich so lange nur als Freund gesehen habe.

Das ist es nicht.

Ganz und gar nicht.

Es ist, als ob die Liebe, die ich all die Zeit für diesen Mann empfunden habe, mit einer neuen, tieferen Art von Liebe erfüllt ist, erfüllt mit Leidenschaft und dem Bedürfnis, ihn zu meinem zu machen.

Ich lasse meine Hände entlang der Konturen seiner muskulösen Arme gleiten, klammere mich an seine Schultern und ziehe ihn näher zu mir, bis jeder Teil unserer Körper sich berührt. Unser Kuss intensiviert sich und er hält mich fest, als hinge sein Leben davon ab – und meines auch.

Und in gewisser Weise tut es das, denn Gabe ist der, auf den ich gewartet habe, der, nach dem ich gesucht habe. Die Männer, mit denen ich zusammen war, sind nichts im Vergleich zu ihm. Ich muss beinahe lachen, wie töricht ich war, den falschen Typen hinterherzujagen, den interessanten, exzentrischen Männern, bei denen ich von Anfang an wusste, dass sie mich nicht gut behandeln würden, bevor sie auch nur ein Wort zu mir gesagt hatten.

Männer wie Joe und die anderen können niemals mit dem mithalten, was wir haben. Was Gabe und ich haben, ist eine tiefe, beständige Liebe, verwurzelt in der engsten aller Freundschaften. Wir lieben einander, wir respektieren einander, wir lieben es, zusammen zu sein. Ich kann ehrlich sagen, dass ich das vorher noch nie mit jemandem hatte und jetzt, wo ich es mit Gabe gefunden habe, werde ich es auf keinen Fall jemals wieder loslassen.

Kapitel 25

Gabe

Wenn mir jemand noch vor einer Woche gesagt hätte, dass ich meiner besten Freundin meine Liebe gestehen und sie diese erwidern würde, hätte ich ihn für verrückt erklärt. Aber genau das ist passiert und es ist, als ob meine Welt sich auf die wunderbarste Weise auf den Kopf gestellt hätte.

Wir hatten nicht viel Zeit miteinander, nachdem wir unsere Liebe mit einem Kuss im Studio besiegelt hatten.

Aber wow, was für ein Kuss das war. Einer, der meine Welt verändert hat, keine Frage.

Rowena unterbrach uns mit einem lauten Husten, da sie meine Hilfe brauchte, also trennten wir uns widerwillig voneinander und einigten uns darauf, nach meiner Schicht im ‚Schwarzbär' zu reden. Und geredet haben wir – sowie ein paar andere Dinge, die möglicherweise ein paar wirklich spektakuläre Küsse beinhalteten haben, aber ich bin ein Gentleman, der genießt und schweigt. Und das im wörtlichen Sinne.

Was ich sagen kann, ist, dass das Küssen meiner besten Freundin meine neue Lieblingsbeschäftigung ist.

Ich bin gerade dabei die Türen des Second Chance Café zu durchschreiten, um ein paar Minuten mit der Frau zu verbringen, die ich liebe, bevor meine erste Schicht des Tages beginnt. Wir haben uns darauf geeinigt, das zwischen uns vorerst geheim zu halten. Das Hunter's Creek Damen-Komitee würde wahrscheinlich vor Freude einen kollektiven Herzinfarkt bekommen, wenn sie wüssten, dass wir zusammen sind. Außerdem, obwohl wir schon so lange Freunde sind und ich sie seit Ewigkeiten liebe, ist das zwischen uns noch neu.

Wir wollen es erst einmal nur für uns genießen.

Unsere Strategie ist, dass wir uns weiterhin so verhalten, als wären wir nur gute Freunde, nicht mehr. Das sollte einfach sein. Schließlich sind wir fast unser ganzes Leben lang beste Freunde gewesen.

Ich trete durch die Tür des Cafés und werde sofort vom Duft frisch gebrühten Kaffees und frisch gebackener Leckereien empfangen. Eine Spur von Zucker, Zimt und Gewürzen liegt in der Luft. Mir läuft direkt das Wasser im Mund zusammen.

Wie um diese Tageszeit üblich, ist das Kaffeehaus gut

besucht und ich entdecke Ryn, die gerade hinter dem Tresen steht und einen Kunden bedient.

Bilde ich es mir nur ein oder sieht sie heute noch atemberaubender aus als je zuvor? Ihr langes, erdbeerblondes Haar fällt in Wellen über ihre Schultern, ihre haselnussbraunen Augen funkeln, während sie dieses wunderschöne Lächeln lächelt – mit jenen vollen Lippen, die ich zum ersten Mal seit unserer Kindheit als meine beansprucht habe.

Der Gedanke lässt mein Inneres sich vor Sehnsucht nach ihr zusammenziehen.

Sie hat mich noch nicht bemerkt, also beobachte ich sie, während sie arbeitet, mein Herz erfüllt von Liebe. Sie bedient gerade Herrn Whitlow und Christopher, die wie so oft hier sind, um bei einer Tasse Kaffee und einem Snack über das Gesetz zu philosophieren, während sie an einem der Tische neben den mit Büchern gefüllten Regalen sitzen.

Ich könnte Ryn den ganzen Tag beobachten.

Nicht auf eine stalkerhafte Art, natürlich. Sondern mit Liebe in den Augen und in meinem Herzen für diese wunderschöne, lustige, kluge Frau, die ihren eigenen Kopf hat und sich dafür niemandem gegenüber rechtfertigt. Die Frau, die eine Ausbildung für mich aufgegeben hat, weil sie wusste, dass ich sie mehr brauchte.

Meine Ryn.

„Sie ist wirklich etwas ganz Besonderes, oder?", sagt eine Stimme neben mir und lässt mich zusammenzucken.

Ich drehe mich um und sehe Alyssa, die mich anlächelt.

„Sie ist deine Tochter. Du weißt, dass sie unglaublich ist", sage ich, bevor ich mich korrigiere. So viel zum Thema Geheimhaltung. „Was ich meine, ist, dass sie großartig ist und ich habe Glück, sie meine Freundin nennen zu dürfen."

Alyssa fällt nicht auf meinen schwachen Versuch herein, das Ganze geheim zu halten. Tatsächlich durchschaut sie mich sofort.

„Ihr habt endlich herausgefunden, was ihr füreinander empfindet, oder?", sagt sie.

Ich bin mir nicht sicher, wie ich darauf antworten soll. Soll ich zugeben, dass ich ihre Tochter liebe, obwohl wir vor nicht einmal 24 Stunden beschlossen haben, das Ganze geheim zu halten? Ich bekomme meine Antwort, als ich in ihre Augen blicke. Ich war schon immer jemand, der die Wahrheit sagt und Ehrlichkeit über alles stellt. Ich weiß aus erster Hand, wie tief Lügen schneiden können und ich könnte das Alyssa Cole niemals antun.

Dann ist da noch die andere Sache, die mich jahrelang davon abgehalten hat, Ryn meine wahren Gefühle zu gestehen: die Angst, kein Teil der Cole-Familie mehr zu sein. Aber jetzt, wo ich weiß, dass Ryn mich auch liebt, ist diese Sorge verschwunden. Obwohl Beziehungen oft scheitern, weiß ich in meinem Herzen, dass ich für immer mit meiner besten Freundin zusammen sein möchte. Ich will das ganze Programm mit ihr. Heirat. Kinder. Gemeinsam alt werden, zusammen auf der Veranda schaukeln.

Ich will all das mit ihr.

„Ist es so offensichtlich?", frage ich leise, meine Wangen werden heiß.

„Es ist offensichtlich, wenn du geschlagene fünf Minuten lang mit einem dümmlichen Grinsen auf dem Gesicht dastehst und sie anstarrst."

Ich habe fünf Minuten lang hier gestanden und Ryn beobachtet?

Alyssa nimmt meine Hand in ihre. „Ich habe so lange gehofft, dass ihr beide erkennt, wie großartig ihr zusammen sein könntet. Ich könnte mir keinen besseren Mann für meine Tochter wünschen, Gabe."

„Es ist alles noch sehr neu", murmele ich und als ich meinen Blick von Alyssa zu Ryn wende, sehe ich, wie sie mich ansieht, ihre Wangen leicht gerötet. Ich schenke Ryn ein Lächeln, das ihr hoffentlich zeigt, dass alles in Ordnung ist, bevor ich mich wieder ihrer Mutter zuwende.

„Es ist nicht neu, Gabe. Es ist niemals neu, wenn zwei Menschen, die füreinander bestimmt sind, endlich erkennen, dass sie zusammengehören." Sie drückt meine Hand. „Ich freue mich so sehr für dich." Sie schaut zu ihrer Tochter hinüber. „Für euch beide."

Ich grinse sie an. Alyssas Zustimmung zu bekommen, lässt mich innerlich vor Freude die Fäuste ballen.

Ich beuge mich vor, küsse sie auf die Wange und sage: „Danke. Für alles, was du für mich getan hast."

Zu meiner Überraschung und meinem Entsetzen steigen mir Tränen in die Augen und ich blinzle sie schnell weg.

„Oh, mein Lieber", murmelt Alyssa.

„Alles gut. Mir geht es gut. Es ist nur… viel auf einmal. Auf eine gute Weise." Ich schaue wieder zu Ryn hinüber. Sie bedient einen Kunden, behält uns aber im Auge. „Auf die allerbeste Weise."

„Gabe, ich bin spät dran für meinen Termin im Friseursalon", sagt sie mir. „Geh dir deinen Kaffee holen und was auch immer du hier sonst noch holen wolltest." Sie grinst mich mit einem wissenden, zustimmenden Lächeln an. „Wir sehen uns bald beim Abendessen."

Wir verabschieden uns und ich stelle mich in die Schlange an der Theke, während Frau Jacobson ihre Auswahl trifft. Endlich ist Ryn frei und wir stehen uns gegenüber, getrennt nur durch die Theke zwischen uns, schmachten uns an wie zwei verliebte Teenager, die zum ersten Mal in ihrem Leben verliebt sind.

Was genau das ist, was wir sind – abgesehen davon, dass wir ein bisschen älter sind, natürlich.

„Hey, du", sagt sie, ihr Gesicht erleuchtet von einem Lächeln, ihre Stimme sanft und atemlos.

„Hey, du", antworte ich, während wir uns unzählige unausgesprochene Dinge sagen.

„Wie geht's dir?", fragt sie, als hätten wir uns schon eine ganze Weile nicht mehr gesehen.

„Mir geht's gut. Großartig sogar."

„Großartig? Warum das? Irgendein besonderer Grund?", neckt sie mich, und der Ausdruck auf ihrem Gesicht lässt mein Inneres vor Freude tanzen.

„Es ist ein schöner Tag. Kein Regen."

„Dir geht's großartig, weil es nicht regnet? Du bist ein wirklich leicht zufriedenzustellender Mann."

Ich lehne mich ein Stück näher zu ihr und antworte: „Nur, wenn es um dich geht."

Ich beobachte, wie ihre Wangen eine befriedigende rosa Farbe annehmen und wünsche mir, wir wären allein, damit ich sie in meine Arme nehmen und ihr zeigen könnte, wie viel sie mir bedeutet.

„Oh, hallo Gabe", sagt Tante Sheila, ein Tablett mit frischen Muffins für die Auslage in der Hand. „Bist du hier für deinen Kaffee zum Mitnehmen?"

„Richtig. Kaffee. Ich habe ihn noch nicht bestellt", antworte ich, und zwar auf die denkbar ungeschickteste Weise, die ein Mann hinkriegen kann, der versucht, eine neue Beziehung geheim zu halten.

Ohne auch nur eine Sekunde zu zögern, wandert Tante Sheilas Blick zwischen Ryn und mir hin und her. Ich weiß, dass sie es erraten hat, noch bevor sie den Mund öffnet. „Also, ihr zwei. Irgendwelche Neuigkeiten?"

Mir ist bewusst, dass das Spiel schon aus ist, aber Ryn hat das noch nicht erkannt.

„Ich mache einfach Kaffee und bediene die Kunden, so wie immer", antwortet sie fröhlich.

Ich habe einmal einen Ausdruck von einem britischen Touristen gehört: „Butter würde nicht in ihrem Mund schmelzen." Er wird benutzt, um jemanden zu beschreiben, der unschuldig erscheint, aber tatsächlich schuldig ist. Im Moment tropft Ryn regelrecht geschmolzene Butter von den Lippen.

Tante Sheila kauft ihr die unschuldige Butter-Show nicht ab. „Wisst ihr, was ich denke? Ich denke, wir haben hier das neueste Paar von Hunter's Creek vor uns."

Ryn öffnet den Mund, um zu protestieren, aber ich schüttle den Kopf.

„Das Spiel ist aus, Ryn-Ryn. Deine Mutter hat es auch schon erraten."

„Du hast es nie gemocht zu lügen", erwidert sie lachend.

Tante Sheila klatscht in die Hände. „Oh, das sind großartige Neuigkeiten. Großartig!"

„Tante Sheila, wir versuchen, es ruhig angehen zu lassen", beschwert sich Ryn, aber ihre Tante hört gar nicht zu.

„Also? Wann ist es passiert? Und wie habt ihr es gemerkt?" Sie schnappt nach Luft. „Es war das Lied, nicht wahr? Das Lied hat euch die Augen geöffnet. Ihr habt euch in die Augen geblickt und erkannt, wie sehr ihr euch liebt, und hier sind wir." Sie sieht aus wie ein Eichhörnchen, das die letzte Eichel ergattert hat, als hätte sie das Ganze eingefädelt und nun wären wir dank eines Dolly-Parton-und-Kenny-Rogers-Songs verliebt.

Ryn und ich teilen ein Lächeln. Sie hat teilweise recht. Wir hatten einen Moment, als wir dieses Lied zusammen sangen, aber die Gefühle waren schon lange vorher da. Für uns beide – nur dass einer von uns sie tief in sich vergrub und der andere sie jahrelang leugnete.

„Chrissy? Joanne? Kommt her! Es gibt Neuigkeiten", ruft sie Frau Jacobson und Frau Sommerfeld zu, die an ihrem Tisch am Fenster sitzen.

Buchstäblich jeder im Café wendet sich uns zu, um zu hören, was es für Neuigkeiten gibt.

Ich verziehe meine Lippen zu einem zerknirschten Lächeln. „Tut mir leid", flüstere ich Ryn zu.

Sie zuckt mit den Schultern, während die anderen Mitglieder des Hunter's Creek Damen-Komitees herbeieilen, um die Neuigkeiten zu erfahren.

Aber es sind weder Ryn noch ich, die diese teilen. Das macht alles Tante Sheila, die vor Stolz strahlt, während sie ihre Freunde angrinst.

„Es hat funktioniert. Es hat funktioniert!", sagt sie ihnen.

„Was hat funktioniert, Sheila?", fragt Frau Jacobson.

„Unser Plan! *Islands in the Stream*! Sie haben es gesungen und erkannt, was sie füreinander empfinden und seht sie euch jetzt an."

Alle drei Augenpaare richten sich voller Verwunderung auf Ryn und mich.

„Ihr seid zusammen? Ein Paar?", fragt Frau Jacobson, ihre Augen so groß wie der Teller voller Muffins, der auf dem Tresen steht.

„Ach, du meine Güte. Seht euch das an", sagt Frau Sommerfeld mit den Händen über ihrem Herzen. „Sie sind verliebt."

„Verliebt?", fragt Tante Sheila. „Stimmt das?"

Ryn und ich wagen es nicht, einander anzusehen.

Wird es hier drin heißer?

„Es stimmt", antwortet Ryn, und ich schwöre, mein

Herz schwillt zu doppelter Größe an vor Liebe für diese Frau.

„Ich dachte, wir wollten es ruhig angehen lassen", sage ich zu ihr.

„Ich würde sagen, wir haben versagt", erwidert sie mit einem Lächeln und ich nehme ihre Hand in meine.

„Oh!" Frau Sommerfeld sieht so glücklich aus, dass sie platzen könnte.

Tante Sheila sieht stolz zu. „Sind wir nicht ein genialer Haufen?"

„Das sind wir, Sheila. Das sind wir", antwortet Frau Jacobson.

Alle drei Frauen sehen uns mit stolzem Lächeln an, als wäre es allein ihr Verdienst, dass wir verliebt sind.

„Seid ihr nicht froh, dass ihr das Lied zusammen gesungen habt? Weil es war doch das Lied, oder?", fragt Frau Jacobson.

„Das Lied hat definitiv seinen Teil dazu beigetragen", antworte ich und alle drei lachen und beglückwünschen sich gegenseitig, als hätten sie eine unmögliche Mission im Tom-Cruise-Stil vollbracht.

„Wundervoll. Einfach wundervoll!"

Die drei plaudern über ihren Erfolg und Ryn deutet in Richtung Hintertür. Sie sagt Tante Sheila, dass sie eine kurze Pause machen möchte, woraufhin diese erwidert, dass sie sich so viel Zeit nehmen kann, wie sie will. Hand in Hand gehen wir durch die Küche und hinaus durch die Hintertür.

„Das war Einiges. So viel dazu, es niemandem zu erzählen", sagt Ryn.

„Wir leben in Hunter's Creek, erinnerst du dich?"

Sie grinst mich an. „Oh, wie könnten wir das jemals vergessen, mit dem Damen-Komitee und ihren Machenschaften. Wer hätte gedacht, dass sie am Ende recht behalten würden?"

Wir bleiben stehen und ich streiche mit den Fingern sanft über ihre Wange. „Ich wusste es."

Sie blickt zu mir auf. „Ich hatte meine Gefühle für dich schon lange tief in mir begraben, seit der Nacht, als wir uns damals geküsst haben. Ich dachte, du fühlst nicht dasselbe für mich. Ich habe immer angenommen, wir hätten uns nur geküsst, weil du traurig wegen Ivy warst."

„Ich habe dich geküsst, weil ich all diese Gefühle für dich hatte, Gefühle, die ich nie erwartet hätte zu haben. Ich war mit Ivy zusammen. Ich hätte an sie und nur an sie denken sollen, aber stattdessen dachte ich an ihre Freundin. *Meine* Freundin. Deshalb habe ich mit ihr Schluss gemacht. Deshalb bin ich mit dir ins Kino gegangen und habe mich hinterher zusammen mit dir auf die Verandaschaukel gesetzt. Ich hatte vor, dir zu sagen, was ich fühle, aber nach unserem Kuss hast du dich verändert."

„Ich habe mich selbst geschützt. Ich dachte, es wäre nur ein Trostkuss."

„Und du wolltest nicht, dass es nur ein Trostkuss ist?"

„Nein, das wollte ich nicht." Sie lächelt mich an und ich kann nicht widerstehen, mich zu ihr hinunter zu beugen und einen sanften Kuss auf ihre Lippen zu drücken, denn jetzt darf ich das und es fühlt sich unglaublich an.

„Also, lass uns das klarstellen. Die ganze Zeit über wolltest du eigentlich mit mir zusammen sein und ich auch mit dir. Wir sind wirklich zwei Volltrottel, oder?", fragt sie mit einem Lächeln.

„Peter und Petra Pan." Ich streiche eine Haarsträhne aus ihrem Gesicht und fahre mit meinen Fingern über ihre weiche Haut. „Ich denke, wir bekommen eine zweite Chance und dieses Mal will ich, dass wir es richtig machen." Ich beuge mich vor und küsse sie noch einmal, um ihr zu zeigen, wie viel sie mir bedeutet.

Sie stellt sich auf die Zehenspitzen, legt ihre Arme um meinen Nacken und erwidert meinen Kuss. Ich atme ihr einzigartiges Ryn-Aroma ein, während Elektrizität durch meine Adern fließt.

„Ich wünschte, wir hätten nicht so viel Zeit verschwendet", murmelt sie an meinen Lippen und ich küsse sie wieder und wieder, weil ich weiß, dass ich niemals genug davon bekommen werde, die Frau in meinen Armen zu küssen.

„Aus meiner Sicht macht es das jetzt nur umso süßer."

Sie grinst mich an. „Ist das so?"

„Du weißt, dass das so ist, denn ich will alles mit dir. Alles."

„Wirklich?"

„Ich liebe dich, mit Leib und Seele."

„Das solltest du auch", warnt sie mich lachend.

Ich ziehe sie so nah wie möglich an mich und presse meine Lippen noch einmal auf ihre. „Darauf kannst du zählen."

Kapitel 26

Ryn

Gabe und ich kommen zusammen mit den anderen Bewohnern von Hunter's Creek im Rathaus an, bereit, uns die letzte Folge dieser Staffel von *Serious Bite* anzuschauen. Die Aufregung in der Halle ist greifbar und das nicht nur, weil wir in dieser Episode endlich erfahren werden, was mit der Gruppe von Vampiren und der bevorstehenden Schlacht gegen die Kreaturen aus der Unterwelt passiert, sondern auch, weil inzwischen jeder weiß, dass Gabe und ich zusammen sind.

Und ich meine wirklich *jeder*. Die ganze verdammte Stadt. Aber es wäre ja schließlich nicht Hunter's Creek, wenn nicht jeder alles über jeden wüsste.

Wir wurden beglückwünscht, uns wurde buchstäblich auf die Schultern geklopft, uns wurde gesagt, wir wären ein süßes Paar und allgemein wurden wir gefeiert, als wären wir die Stars der Serie, die wir uns ansehen wollen – nicht nur ein Paar, das endlich zugegeben hat, dass es sich liebt.

Ich kann nicht behaupten, dass es sich nicht gut anfühlen würde. Es fühlt sich großartig an. Endlich bin ich mit dem Mann zusammen, den ich schon immer geliebt habe, obwohl ich es nie zugegeben habe – nicht einmal mir selbst gegenüber. Besser noch, ich weiß jetzt, dass er dasselbe auch für mich empfindet.

Das Leben wird nicht besser, Leute. Zumindest nicht laut meiner Erfahrung.

„Ihr beiden habt endlich herausgefunden, dass ihr füreinander bestimmt seid, oder?", sagt Christopher mit einem breiten Grinsen, als er Gabe die Hand schüttelt und mich zu einer kurzen Umarmung zu sich heranzieht.

„Das haben wir wohl", antwortet Gabe, während er seinen Arm besitzergreifend um meine Schultern legt und mich nah an sich drückt.

„Ich freue mich für euch", erwidert Christopher, obwohl er dabei eher mich als Gabe anschaut. Er hat mir einmal gesagt, dass ich ihn an seine Schwester Kelly erinnere, was ich als sein Gütesiegel betrachte. Vielleicht stellt er sich gerade vor, dass auch seine Schwester glücklich verliebt ist.

Alles was ich tue, ist ihn anzustrahlen. Das mache ich in letzter Zeit ziemlich oft. Strahlen. Grinsen. Kichern. Lachen. Lächeln. Es ist schwer, das nicht zu tun, wenn man sich fühlt, als wäre man ganz oben angekommen. Die

Tatsache, dass sich die ganze Stadt für uns freut, macht mich nur noch glücklicher.

Sogar Ivy, die das Ganze mit einer Anmut aufgenommen hat, die ich ihr nicht zugetraut hätte. Ich bin ihr so dankbar. Ich bin mir sicher, sie fühlt sich superunwohl in unserer Nähe, aber sie lässt es sich nicht anmerken. Sie verlässt einfach den Raum, wenn wir uns bedeutungsvolle Blicke zuwerfen.

Das ist ohnehin besser so.

„Hey, ihr zwei", sagt Harper und grinst uns an.

„Was machst du hier? Ich dachte, du meidest diese Vorführungen wie die Pest", sage ich. Christopher und Harper sehen sich die Folgen nie mit dem Rest der Stadt zusammen an. Ich verstehe das. Warum sollten sie sich ihren Ex-Freund auf der großen Leinwand ansehen wollen? Sie wissen definitiv Besseres mit ihrer Zeit anzufangen.

„Du kennst doch deine Schwester. Sie hat beim Aufbau geholfen", antwortet Christopher.

Ich verdrehe die Augen. „Das klingt ganz nach Harper."

„Komm schon, Topher. Lass uns gehen", drängt Harper. „Viel Spaß heute Abend, ihr zwei", sagt sie zu uns.

„Oh, den werden wir haben", antwortet Gabe, während wir uns wieder eines unserer total albernen Lächeln zuwerfen.

Ehrlich, selbst ich finde uns manchmal zum Kotzen süß.

Ich entdecke Joe in der Menge. Er hat den Arm um Jennys Schultern gelegt und sie sieht ihn an, als wäre er ein Stück von Tante Sheilas preisgekröntem Apfelkuchen.

Wenig überraschend.

Viel Glück den beiden, ist alles, was ich dazu sage.

Es ist seltsam, denn ich hatte erwartet, dass ich irgendetwas fühlen würde, wenn ich ihn das nächste Mal sehe. Aber da ist nichts. Gar nichts. Nun ja, abgesehen von der Frage, warum ich mich überhaupt jemals für diesen Typen interessiert habe.

Ein älterer Mann im Anzug, der eine auffallende Ähnlichkeit mit dem Schauspieler Jack Nicholson hat, lächelt uns an und ich stupse Gabe in die Rippen.

„Herr Cantor lächelt uns an", sage ich durch meine Zähne hindurch.

„Wer?", fragt Gabe, wahrscheinlich weil ich wie eine schlechte Bauchrednerin klinge.

Ich habe keine Zeit zu antworten. Herr Cantor tritt lächelnd zu uns und sagt: „Ich habe gehört ihr zwei Jungspunde seid jetzt ein Paar. Glückwunsch."

Ich blinzle den reichsten Mann der Stadt verdutzt an, der Mund steht mir offen.

„Vielen Dank, Sir", antwortet Gabe, während er ihm die Hand schüttelt.

„Habt einen angenehmen Abend." Er geht weiter, um sich seiner Gruppe anzuschließen.

„Ich hätte nicht gedacht, dass er überhaupt weiß, wer wir sind, geschweige denn, dass wir Freunde waren und jetzt mehr sind."

Gabe drückt mich an sich. „Ich mag den ‚mehr'-Teil. Sehr sogar."

Ich sehe zu ihm auf. „Ich auch." Ich stelle mich auf die Zehenspitzen und küsse ihn, vergesse dabei, dass wir von unseren Freunden und Familien umgeben sind. Als ich mich von ihm löse, schaue ich mich um und sehe zwei Mitglieder des Hunter's Creek Damen-Komitees, die uns stolz ansehen, meine Eltern, die uns angrinsen, und Gabes Freundin und Kommilitonin Natalie, die ihr hübsches Lächeln lächelt.

„Nat. Hey", sagt Gabe. „Schön, dass du gekommen bist."

„Natürlich. Ich hatte von diesen Vorführungen gehört, war aber noch nie hier. Es sieht so aus, als wäre die ganze Stadt versammelt." Sie schaut sich erstaunt die Menschenmassen an, die die Halle füllen.

„Wir freuen uns, dass du hier bist", antwortet Gabe.

Das ist noch so eine andere Sache. Ich liebe es, wenn Gabe von uns als „wir" spricht.

Wir setzen uns neben meine Eltern und ich stelle ihnen Natalie vor. Offenbar hat sie sie aber schon auf dem Sommerfest kennengelernt.

„Kennt ihr Dex Ryder?", fragt Natalie uns.

„Klar. Er war ein paar Jahre über uns in der High-School", antwortet Gabe.

„Er war jahrelang mit meiner Schwester zusammen", füge ich hinzu.

Natalie lacht. „Und ihr sagt, dass in dieser Stadt nicht jeder mit jedem verwandt ist."

„Nicht jeder", antworte ich und werde mit einem Lächeln von Gabe belohnt, das meinen Bauch Purzelbäume schlagen lässt.

Sie beugt sich vor. „Hier kann doch sicher niemand irgendwelche Geheimnisse voreinander haben. Ihr müsst doch alles voneinander wissen."

„Ich bin sicher, die Leute haben hier genauso viele Geheimnisse wie anderswo", antwortet Gabe gelassen.

„Hmm, da hast du wahrscheinlich recht", sagt Natalie, ihre Augen gleiten kurz zu meinen.

Die Haare in meinem Nacken stellen sich auf, als wäre Gefahr im Verzug. Eine Erinnerung aus der Nacht, in der ich zu viel getrunken habe, blitzt vor meinen Augen auf.

Theo hat ihr von der Ausbildung erzählt.

Falscher Alarm. Das ist nicht der Rede wert. Ich habe

Gabe die Wahrheit über die Ausbildung gesagt. Wenn sie es erwähnen möchte, wird es nicht die erhoffte Wirkung haben.

Natalie richtet ihre Aufmerksamkeit auf mich. „Was denkst du, Ryn? Haben die Bewohner von Hunter's Creek Geheimnisse?"

„Ich weiß es nicht", antworte ich mit einem Schulterzucken.

Ich kenne Natalie nicht gut. Ich habe sie erst einmal getroffen. Gabe hat mir erzählt, dass sie im Kurs sehr hilfsbereit ist und in seiner gewohnt ehrlichen Art hat er mir gesagt, dass sie ein bisschen für ihn schwärmt.

„So gar keine Geheimnisse?", fragt sie mich.

Gabe kommt mir zu Hilfe. „Geht es um die Ausbildung? Denn Ryn hat mir davon erzählt." Er drückt meine Hand, und ich atme erleichtert auf.

Ernsthaft, jemand sollte diesem Mann ein Pferd geben, denn er ist definitiv mein Ritter in glänzender Rüstung.

Und ja, die Vorstellung würde mir normalerweise einen kalten Schauer über den Rücken jagen, aber seit ich in Gabe verliebt bin, bin ich ein bisschen weniger zynisch geworden.

Natalies Augen wandern zwischen Gabe und mir hin und her. „Ach, hat sie? Das ist gut, denn jetzt, wo ihr ein Paar seid, wäre es schrecklich, wenn irgendwelche Geheimnisse zwischen euch stünden."

„Keine Geheimnisse", sagt Gabe.

Ich blicke sie finster an. Sie versucht, einen Keil zwischen uns zu treiben. Sie wollte die Tatsache nutzen, dass ich Gabe nichts von der Ausbildung erzählt hatte, um uns auseinanderzubringen.

Tja, Lady, das wird wohl nicht *passieren.*

Ich lehne mich zurück und Gabe legt seinen Arm um meine Schultern. Als das Licht gedimmt wird und das

Serious Bite-Titellied die Halle erfüllt, kuschle ich mich an ihn, geborgen in seiner Liebe und dem Wissen, dass uns nichts und niemand trennen kann. Weder Natalie noch irgendjemand sonst.

Wir schauen uns die Episode an, die in einer epischen und spannenden Schlacht gipfelt, die mit einem Cliffhanger endet und uns die nächste Staffel sehnsüchtig erwarten lässt.

Danach sage ich Natalie, wie schön es war, den Abend mit ihr zu verbringen – was unterschwellig bedeutet, dass es der einzige Abend bleiben wird, den ich mit ihr verbringe, nach der Aktion, die sie versucht hat – und unterhalten uns mit den anderen Stadtbewohnern, während wir uns auf den Ausgang zubewegen.

Draußen regnet es leicht. Keiner von uns hat an einen Regenschirm gedacht, aber Gabe bietet an, sein Flanellhemd auszuziehen, um es über unseren Köpfen zu halten, während wir zu seinem Auto gehen.

„Nur, wenn du kein T-Shirt darunter trägst", sage ich lachend.

Er knöpft sein Flanellhemd auf und zieht es aus, darunter kommt sein typisches weißes T-Shirt zum Vorschein. „Tut mir leid, dich enttäuschen zu müssen."

„Ich kann mir nicht vorstellen, dass du mich jemals enttäuschen könntest." Ich lege meinen Arm um seine Taille und er legt seinen über meine Schultern.

In diesem Moment sehe ich ihn – eine dunkle Gestalt gegen den tiefen Abendhimmel, eine Gestalt, die meiner Begleitung so ähnlich sieht.

Er tritt vor uns und wir bleiben stehen. In diesem Augenblick erkenne ich mit einem Schreck, der mir das Herz still stehen lässt, wer er ist.

Patrick Hartmann.

Kapitel 27

Gabe

Ich starre den Mann auf dem Gehweg vor mir an, während sich mein Unglaube in Schock und schließlich in Wut wandelt.

Mein Vater ist hier? In Hunter's Creek? Was zur *Hölle*?

Warum ist er hier? Das ergibt keinen Sinn. Er lebt nicht hier. Er lebt in Portland, oder zumindest hat er das bisher getan. Ich habe ihn seit fast zehn Jahren nicht mehr gesehen. Streich das. Ich *wollte* ihn seit fast zehn Jahren nicht sehen.

Und doch steht er hier, leibhaftig, direkt vor mir, mit einem hoffnungsvollen Ausdruck auf seinem Gesicht.

Ich verstärke meinen Griff um Ryns Schulter, während ich versuche, sein unerwartetes Auftauchen zu verarbeiten.

Er öffnet den Mund und zu meiner Überraschung sagt er: „Hallo, Gabriel. Ryn."

Ich ziehe meine Augenbrauen zusammen. Er kennt Ryns Namen?

„Hallo, Herr Hartmann", murmelt sie und wirkt genauso unwohl, wie ich mich fühle.

Moment mal, *was*!?

Die beiden kennen sich? In was für eine schreckliche Parallelwelt sind wir hier versehentlich geraten?

„Du-du kennst ihn?", frage ich. Meine Stimme klingt gepresst.

„Wir haben geredet", antwortet Ryn.

Ihre Worte fühlen sich wie schwere, stumpfe Schläge gegen meine Brust an.

„Habt ihr?"

„Dein Vater kam vor einiger Zeit ins Café und hat mich gebeten, ihm zu helfen, den Weg zu dir zu ebnen. Zuerst war ich mir nicht sicher, ob ich ihm helfen sollte, und dann, nachdem ich mit dir gesprochen hatte, habe ich ihm gesagt—"

„*Zuerst*?", unterbreche ich, denn ernsthaft? Ryn hat meinen Vater mehr als einmal getroffen? Ich habe das Gefühl, mein Kopf könnte explodieren. „Was meinst du mit ‚zuerst'? Du hast ihn mehr als einmal gesehen?"

„Zweimal. Beim zweiten Mal habe ich ihm gesagt, dass ich ihm nicht helfen kann."

Mein Vater macht einen Schritt auf mich zu. „Hör zu, Gabriel. Mach Ryn keine Vorwürfe. Wenn du auf jemanden wütend sein willst, dann auf mich."

Oh, auf ihn bin ich schon mehr als wütend. Aber im

Moment will ich verstehen. *Muss* ich verstehen. Sie haben Zeit miteinander verbracht. Ohne mich. Ohne mein Wissen. Und über mich geredet.

Und Ryn hat es mir nicht erzählt.

Eiseskälte erfasst mein Herz. Ich lasse meinen Arm von ihren Schultern sinken und trete einen Schritt zurück.

„Gabe", sagt sie, ihre Augen weit aufgerissen, ihr Gesicht flehend. „Ich habe dich gefragt, ob du ihn wiedersehen möchtest und du hast Nein gesagt. Klipp und klar nein. Deshalb habe ich Patrick gesagt, dass ich ihm nicht helfen werde."

„Warum hast du mir nicht erzählt, dass du ihn getroffen hast?"

„Es fühlte sich einfach so groß an und du warst dir so sicher, dass du ihn nicht wiedersehen wolltest. Das hast du mir selbst gesagt. Ich wollte es dir sagen. Wirklich."

Ein Gefühl von eiskaltem Betrug legt sich wie eine Schlange um meinen Körper. „Aber du hast es nicht getan", presse ich hervor.

„Nein." Sie senkt den Kopf.

„Hör zu, Gabriel", beginnt mein Vater und ich werfe ihm einen Blick zu, der ihn warnen soll, nicht weiterzusprechen. Er redet trotzdem weiter. „Ich wusste, dass du mich nicht sehen wollen würdest, selbst wenn ich vor deiner Tür aufgetaucht wäre. Ich dachte, der beste Ansatz wäre, deine Freundin um Hilfe zu bitten. Ich habe herausgefunden, wer sie ist, weil die Leute in dieser Stadt gerne reden." Er lacht höhnisch auf. „Ich bin zu ihrem Arbeitsplatz gegangen und wir haben geredet. Ryn ist ein tolles Mädchen. Du hast wirklich Glück, so eine gute Freundin zu haben."

Ich komme direkt auf den Punkt. „Was machst du hier?"

„Ich wollte dich sehen. Ich wollte die Dinge zwischen uns in Ordnung bringen."

„Warum?"

„Weil du mein Sohn bist."

Ich lache bitter. „Ich bin seit dreiundzwanzig Jahren dein Sohn und du wolltest mich nie sehen ‚weil ich dein Sohn bin'. Warum jetzt? Was hat sich geändert?"

„Gabe", fleht Ryn.

„Du brauchst ihn nicht verteidigen."

„Ich versuche nur zu erklären, was passiert ist", sagt sie.

Ein paar Leute gehen an uns vorbei, einige davon grüßen uns, andere gratulieren uns zu unserer neuen Beziehung, wieder andere werfen uns fragende Blicke zu. Ich bin blind für all das. Alles, was existiert, sind Ryn, mein Vater und ich, in irgendeinem seltsamen, unbegreiflichen Dreieck.

„Können wir irgendwo hingehen und reden?", fragt er.

Ich verschränke die Arme und starre ihn an. „Sag mir, warum du hier bist", wiederhole ich mit harter, entschlossener Stimme.

„Das hier ist nicht der richtige Ort dafür", erwidert er.

„Willst du mir etwa erzählen, dass du wegen der Vorführung hergekommen bist?"

Er fährt sich mit der Hand über den Kiefer und ich verschränke die Arme, während meine Wut brodelt wie ein Topf heißer Suppe auf einem Herd.

Ich spüre, wie Ryns Hand meinen Arm berührt. „Ich weiß, dass du gesagt hast, du willst ihn nicht sehen. Ich verstehe das und ich bin vollkommen auf deiner Seite. Er hat mir erzählt, dass er nur Wiedergutmachung leisten und eine Beziehung zu dir aufbauen möchte."

Ryn verteidigt diesen rückgratlosen Mann, der sich mein Vater nennt?

Ich richte meinen Blick auf sie und spüre den Stich

ihres Verrats. „Du weißt, dass das nicht wahr ist." Ich wende mich ihm zu. „Das kann nicht wahr sein."

Er zögert einen Moment, seine Gesichtszüge vor Emotionen verzerrt. „Es ist mein Sohn", beginnt er. „Elliot. Er ist krank. Er muss nächsten Monat operiert werden und hat eine seltene Blutgruppe. Es ist-es ist dieselbe wie deine."

Und das, meine Damen und Herren, nennt man ein *Motiv*.

„Was?", entfährt es Ryn, ihr Gesicht ist vor Entsetzen erstarrt.

Anscheinend ist das auch für sie neu.

„Ich verstehe, *Papa*. Du bist nicht wegen mir hier. Du bist hier, weil du etwas von mir für deine andere Familie brauchst, die Familie, bei der du geblieben bist."

„Es ist kompliziert", protestiert er.

„Da liegst du falsch", spucke ich ihm entgegen. „Es ist absolut *un*kompliziert. Du bist hier, weil du etwas von mir willst. Nicht mehr."

„G, bitte", beginnt Ryn, während Tränen über ihre Wangen rollen.

„Ich kann das gerade nicht", sage ich mit leiser Stimme, während ich mich von ihr zurückziehe. „Es tut mir leid, Ryn, aber ich kann nicht. Du hast dich mit ihm getroffen und... nein."

„Wo gehst du hin?", fragt sie.

„Ich rufe dich später an, Ryn."

Ich blicke zu meinem Vater. Sein Kiefer ist angespannt und er sieht mich mit einem düsteren, geschlagenem Ausdruck an.

Ich schenke Ryn einen letzten Blick, bevor ich mich umdrehe und gehe. Eine kleine Stimme in meinem Hinterkopf sagt mir, dass Ryn zwischen die Fronten zwischen meinem Vater und mir geraten ist. Dass es nicht wirklich um sie geht.

Aber im Moment bin ich von seinem Auftauchen wie betäubt und ich kann beim besten Willen nicht darüber hinwegsehen, dass sie Zeit mit ihm verbracht hat – ohne mein Wissen.

Kapitel 28

Ryn

Ich fahre zu Gabes Vater herum, Entsetzen und Bestürzung lodern um mich herum. „Sie sind wegen seines *Blutes* hier?" Meine Stimme zittert vor einer Vielzahl von Emotionen, die durch meinen Körper toben – keine davon positiv.

„Es geht um meinen Sohn, Elliot. Er ist wirklich krank. Ohne das Blut für die Operation müssten wir einen Spender nehmen und, na ja, ich möchte, dass es in der Familie bleibt."

„In der Familie bleibt?" Ich schnaube. „Welche Familie? Denn soweit ich weiß, war Gabes Mutter seine einzige Familie."

Ich weiß, es ist grausam. Ich weiß, ich lasse meinen Frust an ihm aus, aber dieser Mann hat mich hintergangen. Er hat mir erzählt, dass er nur eine Beziehung zu Gabe wollte, und ich, die Närrin, die ich bin, habe ihm geglaubt. Ich habe jedes Wort geglaubt, das er mir erzählt hat – dass er wusste, dass er seinen Sohn nicht richtig behandelt hat, dass er seine früheren Handlungen bereut, dass er hier ist, um ein neues Kapitel aufzuschlagen.

Nun, dieses Kapitel wurde von einem Windstoß davongetragen, der aufgedeckt hat was er wirklich ist: ein schrecklicher Vater für Gabe, jemand, der bereit ist, die Beziehung zu seinem von ihm im Stich gelassenen Sohn auszunutzen, um das zu bekommen, was er für ein Kind braucht, bei dem er lange genug geblieben ist, um ihm ein Vater zu sein.

„Warum sind Sie gerade heute Abend hier aufgetaucht?", frage ich ihn.

„Ich wusste, dass er hier sein würde und ich musste die Dinge ins Rollen bringen."

„Seine beste Freundin zu manipulieren war Ihnen also nicht genug?"

„Ich habe dich nicht manipuliert. Ich habe dir nur nicht die ganze Wahrheit gesagt, das ist alles. Das war eine Sache zwischen mir und Gabriel."

Ich funkele ihn an, meine Wut erreicht ihren Höhepunkt. „Sie spalten Haare, Herr Hartmann."

„Hör zu, hätte ich dir die Wahrheit gesagt, hättest du mir dann geholfen?"

Ich öffne den Mund, um zu antworten, aber kein Wort kommt heraus. Hätte ich?

Ich kann jetzt nicht darüber nachdenken. Ich stehe

hier und verschwende meine Zeit mit ihm, während ich dem Mann hinterherjagen könnte, den ich liebe, dem Mann, der mein Herz besitzt. Dem Mann, der denkt, ich hätte ihn verraten.

„Ehrlichkeit ist unglaublich wichtig für Gabe nach...nach dem, was Sie ihm angetan haben und Sie haben mich in diese unmögliche Lage gebracht, in der es für ihn so aussieht, als hätte ich gelogen, obwohl ich es in Wirklichkeit nicht getan habe."

Ich bin mir sicher, dass ich recht habe. Ich habe Gabe gefragt, ob er seinen Vater wiedersehen möchte und er hat mit einem klaren *Nein* geantwortet. Natürlich hätte ich ihm erzählen können, dass sein Vater ins Café gekommen ist und wir geredet haben, aber es fühlte sich an, als würde ich damit eine Konservendose voll dicker, fetter, emotionsgeladener Würmer öffnen – und nach unserem Liebesgeständnis wollte ich nicht, dass diese Würmer Löcher in unser Glück fressen.

Ach, wen versuche ich hier hinters Licht zu führen? Ich hätte es ihm just in dem Moment sagen sollen, als sein Vater aufgetaucht ist.

Ich glaube, ich habe Mist gebaut. Und ich habe meinem besten Freund wehgetan.

„Ryn, er wird sich wieder fangen. Bei dir zumindest. Bei mir? Da bin ich mir nicht so sicher."

Ich lasse die Schultern hängen, die Luft wird aus meinen Lungen gepresst. Aus Gabes Sicht bedeutet die Tatsache, dass ich es ihm verschwiegen habe, dass ich unehrlich war. Mein Schweigen bedeutet, dass ich Gabes oberste Regel gebrochen habe: Ehrlichkeit über alles.

„Vielleicht könntest du versuchen, für mich mit ihm zu reden?", schlägt Herr Hartmann vor.

Ich starre ihn ungläubig an. „Meinen Sie das ernst?"

„Würdest du zumindest darüber nachdenken?"

Ich werfe ihm einen ungläubigen Blick zu.

Ich kann das jetzt einfach nicht.

Ich dränge mich an ihm vorbei und marschiere die Straße hinunter. Ich gehe dorthin, wo Gabe und ich geparkt hatten.

Sein Truck ist weg.

Ich beschleunige mein Tempo und renne die Hauptstraße entlang zu Gabes Haus. Ich erreiche das Haus, aber es liegt in Dunkelheit. Sein Truck ist nirgends zu sehen.

Wenn er nicht nach Hause gefahren ist, wo ist er dann?

Ich bleibe stehen und starre in den bewölkten Nachthimmel, während leichter Regen mich einhüllt, und warte auf einen Geistesblitz.

Könnte er zu der Lichtung am Waldrand gefahren sein, auf der wir regelmäßig die Sterne beobachten?

Nein. Dort würde er nicht hingehen. Es würde ihn zu sehr an mich erinnern und genau das ist momentan das Letzte, was er will.

Vielleicht ist er ins Glaskunststudio gegangen. Ich renne die vier Blocks zum Studio, nur um es verschlossen und dunkel vorzufinden.

Ich lasse mich keuchend gegen die Wand fallen und eine Welle der Hilflosigkeit überrollt mich.

Gabe ist irgendwo da draußen, denkt schlechte Dinge über mich, denkt ich hätte ihn verraten, obwohl ich nur versucht habe, das Richtige für ihn zu tun. Ihn vor einem Mann zu schützen, den er eindeutig nicht sehen wollte.

Tränen strömen über meine Wangen und ich wische sie frustriert mit meinen Fäusten weg.

Ist er wütend auf mich?

Habe ich alles kaputtgemacht?

Das kann nicht sein. Uns geht es gut. Er hat gesagt, er wird mich anrufen. Er braucht nur etwas Zeit, etwas Raum, um das alles zu verarbeiten.

Ich mache mich wieder auf den Weg zu Gabes Haus, hoffe mit jedem Schritt, dass er da ist. Sein Truck steht immer noch nicht in der Einfahrt. Ich versuche die Tür. Verschlossen.

Ich lasse mich auf die Verandaschaukel sinken, beobachte und warte, mein Herz so schwer wie ein Baumstamm im Sägewerk. Es ist noch früh, vielleicht gerade mal neun Uhr. Ich bin mir sicher, dass er bald zurückkommt und wir darüber reden können. Dass wir das wieder in Ordnung bringen.

Ich nehme mein Handy und tippe eine Nachricht an ihn.

Geht es dir gut?

Ich starre auf den Bildschirm, flehe ihn im Stillen an, mir zu antworten. Nach einer Weile tut er es.

Ich brauche etwas Zeit zum Nachdenken.

Angst greift nach meinem Herz und drückt es schmerzhaft zusammen. Bedeutet das, er braucht Zeit, um über uns nachzudenken? Nein. Ich bin mir sicher, dass das nicht der Fall ist. Es geht um seinen Vater und darum, dass sein Bruder krank ist und sein Vater ihn um sein Blut gebeten hat.

Oder?

Ich tippe eine weitere Nachricht, nur um sicherzugehen.

Sind wir okay? Du und ich?

Die Punkte, die anzeigen, dass er tippt, erscheinen auf meinem Bildschirm, dann verschwinden sie. Ich sitze da und warte. Keine weiteren Punkte. Keine Antwort.

G?

Ich liebe dich, schreibt er und Erleichterung durchflutet meinen Körper.

Ich liebe dich auch so, so sehr und es tut mir so

leid, dass ich mit ihm gesprochen habe. Du hast das nicht verdient.

Er schreibt zurück.

Gib mir etwas Zeit, okay?

Natürlich. Ich bin für dich da, das weißt du. xoxo

Ich starre auf meinen Bildschirm und warte auf eine weitere Nachricht. Doch da kommt nichts mehr.

Okay, er braucht also Zeit. Ich verstehe das. Er hat gerade eine Menge zu verarbeiten. Ich kann ihm Zeit geben. Kein Problem.

Obwohl ich verstehe, dass er auch Abstand von mir braucht, wünsche ich mir mit ganzem Herzen, dass dem nicht so wäre.

Kapitel 29

Ryn

Ich warte schweigend, während Tante Lisa den Bacon auf dem Grill brät. Sie hebt den Drahtkorb mit Röstis aus dem kochend heißen Öl und hängt ihn zum Abkühlen auf.

„Möchtest du schon mal einen Korb für die Röstis holen, Schätzchen?", fragt sie in dem Tonfall, den sie und Tante Sheila seit dem Auftauchen von Patrick Hartmann gestern Abend mir gegenüber benutzen.

Die Antwort auf die Frage, wie sie von dem Gespräch zwischen einem Fremden, Gabe und mir erfahren haben, ist einfach: Das hier ist Hunter's Creek. Jemand hat unser Gespräch gehört, es jemand anderem erzählt, der es einem Mitglied des Damen-Komitees weitergegeben hat und dann hat es sich bis in die entlegensten Ecken des Countys verbreitet.

Kleinstädte.

„Sicher, Tante Lisa." Ich nehme einen der Körbe vom Regal und lege ihn mit Backpapier aus. Ich kippe die Rösti hinein und salze sie großzügig.

„Hier, bitte. Tisch 3, Schätzchen." Tante Lisa reicht mir die Teller, zusammen mit dem Korb balanciere ich sie und betrete das Kaffeehaus.

Wie üblich herrscht im Café reges Treiben, mit Geplauder, Gelächter und Tante Sheila, die mit jedem tratscht, der ihr zuhört. Zu ihrer Verteidigung: Sie hat allen, die gefragt haben, gesagt, dass das, was gestern Abend passiert ist, Gabes und meine Angelegenheit ist und es ihnen gut stünde, ihre Nasen aus Dingen herauszuhalten, die sie nichts angehen.

Die Ironie, dass ausgerechnet die größte Tratschtante der Stadt so etwas sagt, ohne vorher alle Einzelheiten aus mir heraus zu pressen, ist mir nicht entgangen. Aber ich liebe sie dafür nur umso mehr.

Ich bringe die Teller zu Marlowe und ihrem Freund Mike. Sie sind wieder ein paar Tage zu Besuch. Natürlich weiß ich inzwischen, dass Mike mehr ist als nur ihr Freund, er ist auch ihr Chef, und ich kann nur hoffen, dass es für sie an beiden Fronten gut läuft.

„Danke, Schwesterherz", sagt Marlowe. „Wie läuft's so?"

Ich zucke mit den Schultern. „Ach, du weißt schon. Das Übliche."

Sie und Mike tauschen einen Blick, der mir verrät, dass sie gehört haben, was der Rest der Stadt anscheinend weiß.

Mike räuspert sich. „Deine Schwester hat mir erzählt, dass du künstlerisch begabt bist."

„Hat sie das?"

Die Lage ist echt mies, wenn schon der Freund meiner Schwester, jemand, den ich kaum kenne, versucht mich aufzumuntern.

„Oh, das ist sie wirklich, Mike. Nicht wahr, Ryn? Du bist super im Zeichnen und in Kunst. Ich habe gehört, du willst vielleicht Maskenbildnerin werden. Du wärst so gut darin", sagt Marlowe.

Ich schaue zwischen den beiden hin und her. Es ist offensichtlich, dass sie nett zu mir sein und mich von Gabe ablenken wollen.

„Klar. Danke", murmle ich. Ich setze eine Miene auf, die hoffentlich wie ein Lächeln aussieht. „Lasst es euch schmecken."

„Bestimmt. Es sieht großartig aus", sagt Mike, während ich mich abwende.

„Ich hab es nicht zubereitet", antworte ich.

„Nun, du hast es…sehr gut serviert", sagt er.

Wir sind definitiv am Ende der Höflichkeitsleiter angekommen.

Ich schlurfe über den Holzboden zurück zum Tresen, meine Schritte schwer, mein Herz noch schwerer. Ich vermisse Gabe. Ich vermisse ihn wirklich sehr. Ich weiß, es ist erst eine Nacht vergangen und wir haben geschrieben, aber es fühlt sich an wie eine Woche oder länger.

Bevor wir uns eingestanden haben, ineinander verliebt zu sein, waren wir Freunde. Die besten Freunde. Wir waren immer füreinander da, bereit, zu reden, zu lachen oder einfach nur zusammen zu sein. Jetzt gibt es ein riesiges, Gabe-förmiges Loch in meinem Leben.

Ich erreiche den Tresen und bediene ein paar Kunden, serviere ihnen Kaffee und Mahlzeiten. Nach einer Weile –

und nach viel Herumgedrücke und Nachfragen von Tante Sheila, Tante Lisa und Marlowe, sogar Mama, Papa, Harper und Christopher kamen vorbei, um Hallo zu sagen – beginnt sich das Café zu leeren.

Ich checke zum zehnten Mal heute meine Nachrichten. Die letzte Nachricht ist immer noch von mir. ***Ich bin für dich da, das weißt du. xoxo***

Ich kaue auf meiner Lippe und wälze den Gedanken in meinem Kopf herum, der mich seit gestern Nacht nicht loslässt. War Gabe nicht zu erzählen, dass ich mit seinem Vater gesprochen habe, ein Versuch ihn zu schützen – oder war es eine Lüge? Ich weiß, wie er es gestern Nacht aufgefasst hat und ich kann nur hoffen, dass er es heute anders sieht.

Tante Sheila kommt durch die Tür aus der Küche. „Alles in Ordnung, Schätzchen?"

Ich stecke mein Handy in die Tasche meiner Schürze und antworte: „Alles gut."

Sie durchschaut mich sofort. „Ihr zwei seid schon so lange befreundet. Ganz egal, was gestern Nacht mit diesem Fremden passiert ist, über den die ganze Stadt redet—" Sie hält inne und schaut mich erwartungsvoll an, hoffend, dass ich die Details liefere. Was ich nicht tue. „Also, worum auch immer es geht, weiß ich eines ganz sicher: Jeder verdient eine zweite Chance. Das weiß ich aus erster Hand."

„Tust du?"

„Oh ja."

„Ist das der Grund, warum ihr das Café ‚Second Chance' genannt habt?", frage ich erleichtert, über etwas anderes als mich, Gabe und ‚den Fremden' zu sprechen.

„Genau so ist es."

„Ich habe mich immer gefragt, warum. Du und Onkel

Johnny seid doch schon ewig verheiratet. Seit ihr Teenager wart, oder?"

„Lass mich dir eine Geschichte erzählen. Als dein Onkel und ich anfingen miteinander auszugehen, hatte ich mich gerade von einem Jungen getrennt, von dem ich gedacht hatte, ich würde ihn heiraten."

„Wie alt warst du da? Zwölf?"

„Ich war siebzehn, um genau zu sein. Es war Bernie Romano."

„Der Metzger?"

„Genau der. Wir waren etwa zwei Jahre zusammen und ich dachte wirklich, er wäre der Richtige. Dann hat er mir eines Tages gesagt, dass er mich nicht mehr liebt und ich war am Boden zerstört. Ich hatte unser Leben schon geplant, weißt du? Er würde den Laden seines Vaters übernehmen und ich würde Hausfrau und Vollzeit-Mama sein."

„Klingt sehr nach Hunter's Creek. Was ist dann passiert?"

„Dein Onkel hat mich um ein Date gebeten und obwohl ich noch wegen Bernie am Boden zerstört war, bin ich mit ihm ausgegangen, weil wir schon eine Weile befreundet waren und ich ihn mochte. Wir sind miteinander ausgegangen, aber mein Herz war nicht voll dabei."

„Es war noch beim Metzger?"

„Ganz genau. Also habe ich nach etwa einem Monat mit deinem Onkel Schluss gemacht."

„Tante Sheila! Der arme Onkel Johnny."

Sie winkt ab. „Oh, er hat's überlebt. Ich hatte beschlossen, dass ich nicht in der Verfassung war, irgendjemanden zu daten, also habe ich jeden abgewimmelt, der mich gefragt hat."

„Du warst also begehrt, ja?"

„Damals schon", lacht sie und klingt dabei, als wäre sie

achtzig. „Dann, als ich meinen Kopf wieder beisammen hatte und über Bernie hinweg war, wurde mir klar, dass ich Johnny nie vergessen hatte. Also habe ich ihn gefragt, ob er mit mir ausgehen möchte. Er hat ja gesagt und der Rest ist Geschichte."

„Du hast Onkel Johnny eine zweite Chance gegeben."

Ein Lächeln breitet sich auf ihrem Gesicht aus. „Ihm eine zweite Chance zu geben, war das Beste, was ich je getan habe."

„Deshalb habt ihr das Café ,Second Chance' genannt."

„Zur Wahl stand dieser Name oder ,Johnny's', und den wollte dein Onkel nicht. Und jetzt möchte ich dich bitten, ein paar Besorgungen für mich zu machen, wenn es dir nichts ausmacht. Du kommst heute Abend zur Spezial-Schicht fürs Abendessen zurück, richtig?"

Tante Sheila hat erst vor ein paar Stunden entschieden, dass sie einmal pro Woche abends öffnen möchte, um Abendessen anzubieten. Es ist ein neues Projekt und heute ist der erste Abend. Ich habe zugestimmt zu helfen. Kellnern wird mir wohl kein Vermögen einbringen, also je mehr Schichten ich arbeite, umso besser – vor allem, während Gabe Abstand braucht.

„Ich schaue vorher noch bei Mama und Papa vorbei und bin um fünf zurück. Versprochen."

„Bestell ihnen liebe Grüße von mir", sagt sie, als hätte sie meine Eltern heute nicht schon gesehen, wie an den meisten Tagen sonst auch.

Sie gibt mir eine Liste von Dingen, von denen einige verdächtig persönlich wirken und nichts mit dem Café zu tun haben – wie zum Beispiel das Abholen ihrer Sachen aus der Reinigung und das Besorgen von Shampoo und Conditioner bei ihrem Friseur –, aber ich erledige alles.

Einige Stunden später komme ich im Haus meiner

Eltern an und bitte Mama und Papa mit mir ins Wohn-zimmer zu kommen.

„Was ist los, Sweetpea?", fragt Papa, als er und Mama sich aufs Sofa setzen. „Entschuldige, ich meine natürlich Kürbis. Ich werde mich umgewöhnen."

„Eigentlich, Papa, ist es schon in Ordnung. Du kannst mich ruhig Sweetpea nennen, wenn du möchtest", antworte ich.

Sein Gesicht hellt sich auf. „Bist du sicher? Ich will nicht, dass du dich wie eine Erbse fühlst, während deine Schwestern beide Kürbisse sind."

Ein Bild von Harper und Marlowe als riesige Kürbisse mit Köpfen, Armen und Beinen erscheint vor meinem inneren Auge. Ich lächle. „Das war ein bisschen dumm von mir. Tut mir leid, Papa."

Papas Augen wandern zu Mama. „Damals schien es dir wichtig zu sein."

Ich zucke mit den Schultern. „Die einzige Erbse zu sein, ist in Ordnung. Es ist sogar etwas Besonderes."

Papa strahlt mich an. „So sehe ich das auch. Willst du dich setzen?"

„Ich möchte euch etwas sagen und dabei möchte ich lieber stehen." Ich kaue auf meiner Unterlippe, während ich unbeholfen vor dem kalten Kamin stehe.

„Geht es um den Fremden, den du und Gabe gestern Nacht getroffen habt?", fragt Mama.

„Nein. Es geht um etwas anderes. Etwas, das nur mich betrifft." Ich verlagere mein Gewicht von einem Fuß auf den anderen. Ich möchte gerade nicht an all das denken.

Mama lehnt sich zurück und schenkt mir ein aufmun-terndes Lächeln. „Wir hören dir zu, Schatz."

„Auf jeden Fall", bestätigt Papa und sieht mich erwar-tungsvoll an.

Ich räuspere mich nervös.

Es sind nur meine Eltern. Sie lieben mich und sie unterstützen mich.

„Okay. Also. Ich wollte euch sagen, was meine Pläne sind und hoffe, dass ihr mich darin unterstützen werdet."

„Natürlich tun wir das", sagt Papa.

„Absolut!", stimmt Mama zu.

„Gut, denn ich habe eine Entscheidung getroffen. Ich spare mein Geld, um zur Schule zu gehen. In die Kosmetikschule, um genau zu sein. Ich habe auf dem Filmset damals diese Maskenbildnerin namens Hayley kennengelernt und sie hat mich ermutigt, zu lernen, wie man Maskenbildnerin wird. Ich hatte schon immer diesen künstlerischen Drang und habe ihn nie genutzt. Ich dachte Maskenbildnerin zu sein, könnte eine Möglichkeit sein, das auszuleben und gleichzeitig einen Beruf zu haben. Also habe ich vor einer Weile angefangen zu recherchieren und herausgefunden, dass wirklich bald ein Kurs an einer Kosmetikschule in Cotown beginnt. Sie bringen einem bei, wie man Make-up macht, aber auch Dinge wie Gesichtsbehandlungen, Nägel, Massagen – das volle Programm. Und ich, ähm, ich habe mich gestern Abend eingeschrieben."

Ich halte den Atem an. Vielleicht war es eine überstürzte Entscheidung, sie so zu treffen, nachdem ich gestern Nacht von der Suche nach Gabe nach Hause gekommen bin, aber es fühlte sich richtig an. Es fühlt sich immer noch richtig an und ich bin aufgeregt wegen der neuen Möglichkeiten, die es bringen könnte.

„Hast du? Liegt es daran, weil du bei der Glasbläser-Ausbildung abgelehnt wurdest, die Gabe bekommen hat?" Mama schlägt die Hand vor den Mund. „Tut mir leid, ich hätte Gabes Namen nicht erwähnen sollen. Oje. Schon wieder. Es tut mir leid, Schatz." Sie sieht beschämt aus.

„Es ist in Ordnung", lüge ich. „Es geht nicht um die

Ausbildung. Gabe liebt sie und er macht sich super, und ich freue mich für ihn. Hier geht es um mich. Nur um mich. Ich habe das Gefühl, dass ich endlich herausgefunden habe, was ich mit meinem Leben anfangen will und ich hoffe, ihr könnt euch für mich freuen. Ich weiß, ihr denkt, ich bin das Nesthäkchen der Familie und werde nie etwas aus meinem Leben machen, aber ich glaube, ich habe nur versucht das herauszufinden und wusste nie wirklich, was ich tun wollte."

„Gut gemacht", sagt Papa. „Das ist einfach wunderbar. Nicht wahr, Liebling?", sagt er zu Mama.

„Oh, das ist es! Aber ich bin etwas verwirrt, warum du gesagt hast, wir würden dich für ein Kind halten."

„Das tut ihr", antworte ich schlicht. „Das tun alle. Es heißt immer ‚Ryn ist das Nesthäkchen der Familie, also können wir nicht erwarten, dass sie vernünftige Entscheidungen trifft' oder ‚Das ist eben Ryn, das große Kind'. Und bevor ihr etwas sagt: Ich weiß, dass ich mit Gabe einen Pakt geschlossen habe, dass wir nie erwachsen werden wollen, aber das bedeutet nicht, dass ich nicht erwachsen geworden bin."

Mamas Augenbrauen schnellen nach oben. „Ihr habt einen Pakt geschlossen?"

„Das war vor langer Zeit und wir waren dumm, und überhaupt, er hat diese Glasbläser-Sache angefangen, und ich bin an dem Punkt, wo ich mehr will, als nur bei meiner Tante im Café zu arbeiten. Was ich übrigens besser machen will. Das gehört zu meinem neuen Ich dazu."

„Liebling, wir halten dich nicht für ein Kind. Sicher, du bist die Jüngste in der Familie und wolltest nicht weggehen und aufs College wie deine älteren Schwestern, aber wir dachten immer, dass du irgendwann herausfindest, was du mit deinem Leben anfangen willst, in deinem eigenen Tempo", sagt Mama.

„Deine Mutter hat recht. Wir dachten, wenn du nie etwas findest, was du wirklich machen möchtest, wäre das auch in Ordnung, obwohl ich gehofft hatte, du würdest dich ins Café verlieben und dort bleiben wollen."

Mama unterbricht ihn. „Nicht jetzt, Schatz."

„Warum? Was ist mit dem Café?", frage ich.

„Das spielt jetzt keine Rolle. Was zählt, ist, dass du etwas gefunden hast, das du liebst", sagt Mama.

„Ich bin keine besonders gute Kellnerin und nett zu Menschen zu sein und sich ihre Bestellungen zu merken, ist einfach nicht mein Ding."

„Aber du denkst, die Kosmetikschule könnte es sein?", fragt Mama.

„Ja. Seit Lauren Barrowe vor ungefähr einem Jahr weggezogen ist, gibt es hier in Hunter's Creek keine Kosmetikerin mehr und eines Tages, wenn ich ausgebildet und bereit bin, möchte ich ein Geschäft eröffnen. Ich möchte herausfinden, ob ich Hunter's Creeks neue Kosmetikerin und Make-up Künstlerin werden kann."

„Weil die Leute in dieser Stadt dringend verschönert werden müssen, willst du das damit sagen, Sweetpea?", fragt Papa lachend.

Ich lächle ihn an. „So ungefähr, Papa."

„Nun, ich finde das einfach großartig und wir werden dich zu hundert Prozent unterstützen", sagt Papa, während er und Mama aufstehen und mich in eine Umarmung ziehen.

„Danke, ihr beiden", sage ich mit vor Emotionen stockender Stimme.

„Es tut mir so leid, dass du das Gefühl hattest, wir würden dich wie das Nesthäkchen der Familie behandeln, weil ich glaube, du könntest damit recht haben. Zumindest ein bisschen. Aber du bist eine erwachsene Frau mit deinem eigenen Kopf und dafür liebe ich dich", sagt Mama mit Tränen in den Augen.

Ich murmele ein „Danke", während ich laut schniefe.

Auch wenn die Dinge mit dem Mann, den ich liebe, im Moment auf wackeligem Beinen stehen, habe ich eine neue Perspektive in meinem Leben gefunden. Eine erwachsene Perspektive und es fällt schwer, sich deswegen nicht gut zu fühlen, auch wenn mein Herz schmerzt.

Kapitel 30

Gabe

Ich öffne desorientiert die Augen und blinzele in die vertraute Umgebung meines Wohnzimmers. Ich liege auf dem Sofa, ein stechender Schmerz im Nacken, die Decke, die meine Mutter immer über die Sofalehne gelegt hat, über mich gezogen.

Während ich blinzelnd versuche, mich ans Tageslicht zu gewöhnen, springt mein Verstand von dem plötzlichen und unerwarteten Auftauchen meines Vaters zu der Tatsache, dass er etwas von mir will. Dass der

Bruder, den ich erst einmal in meinem Leben getroffen habe, krank ist und mich braucht. Dass Ryn sich mit meinem Vater getroffen und mir nichts davon erzählt hat.

Das war einiges.

Gestern Nacht brauchte ich Abstand. Ich brauchte Zeit, um alles zu verarbeiten. Meinen Vater zu sehen, hat mir den Boden unter den Füßen weggezogen und so viele Emotionen hochgebracht – Emotionen, von denen ich dachte, ich hätte sie längst begraben.

Es stellt sich heraus, dass es deinen Verstand ziemlich durcheinanderbringt, wenn dein lange verschollener Vater plötzlich wieder auftaucht.

Nachdem ich die beiden stehen gelassen habe, ging ich direkt zu meinem Truck und fuhr zum Friedhof.

Ich brauchte meine Mutter.

Ich saß an ihrem Grab, eingehüllt in Dunkelheit, und redete. Ich erzählte ihr von meinem Vater, der plötzlich aufgetaucht ist und sich mit meiner besten Freundin anfreundete. Ich erzählte ihr, dass er ein Motiv hat – den Sohn zu retten, bei dem er geblieben war und ihn aufgezogen hat. Ich erzählte ihr, dass Ryn ihn getroffen hatte, ohne es mir zu sagen und ich erzählte ihr, wie sehr mich das verletzte.

Ich ließ alles raus und mit den Worten auch meine Tränen.

Ich weinte um den Verlust meiner Mutter.

Ich weinte um den Mann, der mein Vater ist.

Ich weinte über die Tatsache, dass er nie für mich da gewesen ist.

Schließlich, zur Melodie des morgendlichen Vogelgezwitschers, küsste ich den Grabstein meiner Mutter, sagte ihr, dass ich sie liebe, stieg in meinen Truck und fuhr nach Hause.

Als ich erschöpft zu Hause ankam, rollte ich mich auf dem Sofa zusammen und schlief endlich ein.

Jetzt liege ich hier, starre an die Decke, während der Regen gegen das Fenster prasselt, und versuche herauszufinden, was ich tun soll.

Soll ich die Bitte meines Vaters ignorieren, um es ihm heimzuzahlen, und dabei Elliot, einen unschuldigen Mann, verletzen?

Oder soll ich mich damit abfinden und zustimmen, obwohl ich ihn hasse?

Ich seufze tief. Ich weiß einfach nicht, was ich tun soll.

Ich brauche meine beste Freundin. Ryn würde wissen, was zu tun ist − und wenn nicht, wäre sie da, um mir zu helfen es herauszufinden.

Ich nehme mein Handy, das ich es auf den Couchtisch gelegt hatte, als ich nach Hause kam. Ich sende eine Nachricht und lese dann die letzte, die Ryn mir geschickt hat.

Ich bin für dich da. xoxo

Trotz meines inneren Aufruhrs muss ich lächeln.

Das ist die Sache: Ryn war immer für mich da. Immer. Und letzte Nacht habe ich ihr das Gefühl gegeben, sie wäre der Feind, als hätte sie mich für meinen Vater verraten.

Das sagt viel mehr über mich als über sie aus.

Meine größte Angst war es immer, wie meine Mutter zu enden, verstehst du? Ich meine damit nicht als Alleinerziehende, verlassen vom Partner und ihr Kind so gut erziehend, wie sie konnte. Sie hat einen großartigen Job gemacht. Ich liebe sie und werde ihr immer dankbar sein für die Person, die sie war, und für die Person, die sie aus mir gemacht hat. Aber damit ging auch emotionaler Ballast einher. Einige Ängste genauer gesagt. Ich habe so viel Wert auf Ehrlichkeit gelegt, dass ich alles andere aus den Augen verloren habe. Meine Mutter tat dasselbe und sie hatte gute Gründe dafür. Mein Vater hatte sie belogen. Er hatte eine andere Familie, von der sie nichts wusste und ihre Ehe war nicht einmal legal. Das herauszufinden, muss der größte Schock ihres Lebens gewesen sein und es ließ sie niemandem mehr vertrauen.

Sie brachte mir bei, dass Ehrlichkeit immer die wichtigste Tugend ist.

Und ich nahm es mir zu Herzen, folgte ihrem Beispiel.

Ich habe immer versucht, mit Integrität und Ehrlichkeit zu handeln und erwarte das Gleiche von den Menschen in meinem Leben.

Als Ryn mir also letzte Nacht offenbarte, dass sie mir nicht die ganze Wahrheit gesagt hatte, war mein erster Instinkt, mich direkt von ihr verraten zu fühlen.

Ryn, die Frau, die ich liebe, hat sich mit meinem Vater getroffen, ohne es mir zu sagen? Es war wie ein gezielter Schlag in die Magengrube.

Der Logik meiner Mutter folgend, machte sie das zu einer Lügnerin.

Schwarz-Weiß-Denken: Entweder man ist ehrlich oder man ist es nicht.

Doch das Leben ist selten schwarz-weiß. Ryn ist nicht perfekt – genauso wenig wie ich.

Sie hat eine solche Präsenz in meinem Leben und das nicht nur, weil ich schon immer in sie verliebt bin. Sie ist jemand, der den Raum erhellt, wenn sie ihn betritt, ihr Lächeln lässt mein Herz höherschlagen. Sie ist immer ihr authentisches Selbst und sie ist die beste Freundin, die ich je hatte – und die ich mir je wünschen könnte.

Letzte Nacht geriet Ryn ins Kreuzfeuer, eine unfreiwillige Teilnehmerin der Gabe-und-Patrick-Show. Sie hat mir nicht gesagt, dass sie ihn getroffen hat, weil sie mich beschützen wollte. Das erkenne ich jetzt. Sie hatte nur mein Bestes im Sinn. Sie war auf meiner Seite.

Jetzt muss ich ihr zeigen, dass ich auch auf ihrer Seite bin.

Ich werfe einen Blick auf die Uhr. In weniger als zwanzig Minuten muss ich im ‚Schwarzbär' sein. Ich dusche schnell, ziehe frische Klamotten an und mache mich auf den Weg.

Nach meiner Schicht schreibe ich eine Nachricht an Tante Sheila und gehe in den Schreibwarenladen *Hunter's Creek Stationery*, während der Regen weiterhin unaufhörlich fällt. Ich muss etwas für heute Abend besorgen und kann es kaum erwarten loszulegen.

Ich eile zu meinem Truck und fahre die kurze Strecke bis zur Hauptstraße. Ich finde einen Parkplatz direkt vor dem Café. Gerade als ich die Tür öffne, gibt es einen lauten Donnerschlag und der Regen wird noch stärker.

Eine perfekte dramatische Untermalung für meine große Geste.

Nicht, dass das, was ich für Ryn geplant habe, so besonders groß wäre. Es ist nicht wie damals, als Christopher Harper vor allen gefragt hat, ob sie mit ihm ausgehen möchte, nachdem er die Stadt gerettet hatte.

Nein. Für Ryn und mich ist es etwas Intimeres, Persönlicheres. Es ist mehr *wir*.

Mit meinem treuen Flanellhemd als Regenschutz klopfe ich an die Tür und einen Moment später öffnet Tante Sheila sie mit einem breiten Lächeln im Gesicht.

„Ich freue mich, dich zu sehen. Ich habe deine Nachricht bekommen. Komm schnell rein, raus aus dem Regen."

Drinnen angekommen, schüttle ich meine nassen Sachen aus.

„Alles ist vorbereitet. Die Leiter steht hinten, aber ich dachte mir, du bist kräftig genug und holst sie dir selbst.

Stell nur sicher, dass alles wieder an seinen Platz kommt, wenn du fertig bist."

„Danke, Tante Sheila."

„Sie denkt, wir öffnen heute Abend zum Abendessen."

„Sie hat keine Ahnung?"

„Keine." Sie grinst verschwörerisch. „Los, hol dir die Leiter."

Ich tue, was sie sagt, stelle die Leiter auf und öffne die Box, die ich gerade gekauft habe. Vorsichtig lege ich meine Sternkarte auf die oberste Stufe und beginne jeden Stern exakt zu positionieren – einschließlich des Großen Wagens. Natürlich. Es dauert eine Weile, und erst als ich die Leiter heruntersteige, die Rollos schließe und das Licht ausschalte, entfaltet sich die volle Wirkung meiner Arbeit.

Ich stehe in der Mitte des Raumes und begutachte mein Werk. Die Decke sieht genauso aus wie die in Ryns Kinderzimmer.

„Es ist großartig", sagt Tante Sheila, während sie ebenfalls nach oben schaut. „Es sieht genauso aus wie Ryns altes Zimmer."

„Das war der Plan."

„Wenn wir jemals fürs Abendessen öffnen, wird es den Kunden sicher gefallen. Es ist so verspielt. Möchtest du wirklich nur Softdrinks?"

„Softdrinks reichen."

„Na gut, dann überlasse ich dir jetzt das Feld. Schließ ab, wenn du gehst", sagt sie und geht zur Tür. „Und Gabe? Ich weiß, es geht mich nichts an, aber Ryn war heute ziemlich niedergeschlagen. Ich hoffe, du tust das hier nicht nur als ihr Freund."

Statt einer Antwort lächle ich sie nur an. Als Leiterin und Gründerin des Hunter's Creek Damen-Komitees, möchte ich nicht, dass sie erfährt, was ich heute Abend wirklich vorhabe – nicht bevor Ryn es tut.

Als Tante Sheila weg ist, nehme ich mein Handy heraus und schreibe Ryn eine Nachricht.

Ich bin fertig mit Grübeln. Ich vermisse dich. Können wir reden? Ich bin im Second Chance. xoxo

Ich starre auf mein Handy und warte auf ihre Antwort. Eine große Geste zu planen, um der Frau, die man liebt, seine Gefühle zu gestehen, ist eine Sache. Eine andere ist es, darauf zu warten, dass sie antwortet, während man vor lauter Emotionen schier zu platzen droht.

Mein Handy vibriert.

Ich bin gerade bei meinen Eltern.

Sie hält sich wahrscheinlich zurück, verletzt durch mein Verschwinden letzte Nacht, als ich ihr sagte, ich brauche Zeit zum Nachdenken. Obwohl es das Richtige für mich war, verstehe ich sie und nehme es ihr nicht übel.

Ich tippe meine Antwort.

Du hast seit gestern Abend auf mich gewartet, also werde ich jetzt auf dich warten.

Die drei Punkte erscheinen auf dem Bildschirm, die anzeigen, dass sie antwortet.

Vielleicht sollte ich dich bis morgen warten lassen?

Ich schmunzle. Typisch Ryn.

Ich würde es dir nicht übelnehmen.

Dann tippe ich eine weitere Nachricht.

Habe ich dir heute schon gesagt, dass ich dich liebe?

Ihre Antwort kommt schnell.

Meine Güte. Da ist aber jemand manipulativ.

Ich lache.

Keine Manipulation, versprochen.

Ich bin in ein paar Minuten da. Und G?

Ja, Ryn?

Ich liebe dich auch.

Ich grinse, während ich die Picknickdecke ausbreite

und einige Kissen darauf platziere. Kissen drapieren gehört nicht gerade zu meinen Stärken, aber ich gebe mein Bestes.

Nach einer gefühlten Ewigkeit klopft es an der Tür.

Ryn.

Ich eile zur Tür und öffne, mein Herz platzt fast vor Liebe zu ihr. Sie trägt Turnschuhe, Jeans und ein T-Shirt, wie üblich, und hält einen roten Regenschirm über ihren Kopf, der ihr Haar warm aufleuchten lässt.

Mein Plan war, sie herein zu bitten, sie es sich dann auf der Picknickdecke gemütlich macht mit einer Limo in der Hand, während ich die Lichter ausschalte, damit sie die Sterne sehen kann, bevor ich meine Rede halte.

Aber du weißt ja, was man über die besten Pläne sagt. Besonders wenn die Frau, in die man schon immer verliebt war, vor einem steht und einfach absolut hinreißend aussieht.

„Es tut mir leid. Es tut mir so, so leid", platze ich heraus und ergreife ihre Hand, mein Herz rast. Ich bin überwältigt von meiner Liebe zu ihr.

„Ich bin diejenige, die sich entschuldigen sollte. Ich hätte dir sagen sollen, dass ich ihn getroffen habe. Ich weiß, wie wichtig dir Ehrlichkeit ist, aber ich habe es nicht getan, weil du so sicher warst, dass du ihn nie wiedersehen wolltest. Also habe ich ihm gesagt, dass ich ihm nicht helfen werde und ich wollte es dir sagen, wirklich, und es tut mir leid, dass ich es nicht getan habe", sprudelt es aus ihr heraus.

„Nein, Ryn. Ich habe dich weggestoßen, obwohl du immer für mich da warst. Es war eine instinktive Reaktion und ich schäme mich dafür. Es ist keine Entschuldigung, aber irgendwie habe ich dich, meinen Vater und meine Mutter in meinem Kopf miteinander vermischt und meine Ängste haben mich übermannt. Ich fühle mich furchtbar, dass ich mich von dir zurückgezogen habe."

Sie verzieht den Mund. „Das hat mir nicht besonders gefallen."

„Meine Mutter hat sich nie von dem erholt, was mein Vater ihr angetan hat, und sie hat sich nie wieder erlaubt, jemandem zu vertrauen. Sie hat mir beigebracht, dass du entweder ehrlich bist oder ein Lügner. Und ich habe begonnen, so über alle Menschen zu denken – sogar über dich. Meine Mutter hat mich ihr versprechen lassen, mich nur in jemanden zu verlieben, der mein Herz beschützen würde."

Inzwischen laufen ihr Tränen über das Gesicht und mein Herz zieht sich schmerzhaft zusammen für diese Frau, diese wunderbare, kluge und wunderschöne Frau, die ich mehr liebe, als ich es je für möglich gehalten hätte.

„Ich verspreche, dein Herz zu beschützen, G. Immer", flüstert sie.

„Ich weiß. Und das hast du immer getan. Es hat mich hart getroffen, als ich herausfand, dass du meinen Vater getroffen hast, ohne es mir zu sagen, aber ich hätte dir vertrauen sollen."

„Du kannst mir vertrauen."

„Letzte Nacht habe ich das eine Zeit lang aus den Augen verloren, aber ich vertraue dir – und ich liebe dich dafür."

„Ich liebe dich auch. Aber Gabe?"

„Ja?"

„Denkst du, ich könnte jetzt vielleicht reinkommen und endlich aus dem Regen raus?"

Ich lasse ein verlegenes Lachen hören, beschämt über meine Gedankenlosigkeit. „Natürlich. Komm rein." Ich trete zurück, während sie ihren Schirm schließt und ins Café tritt.

Ich schließe die Tür, drehe mich zu ihr um und halte ihr meine Hand entgegen. „Ich möchte dir etwas zeigen."

„Gerne."

Sie nimmt meine Hand, und ich führe sie zur Picknickdecke.

„Du hast eine Decke auf dem Boden des Cafés ausgebreitet, G?" Sie lacht. „Du wirst sie allerdings bald wegräumen müssen. Wir haben heute Abend Reservierungen fürs Abendessen."

„Nein, habt ihr nicht."

„Haben wir nicht?"

„Ich habe deine Tante gebeten, das zu sagen, um sicherzustellen, dass du hier bist."

„Du Schlitzohr", neckt sie mich mit einem glücklichen Lächeln.

Ich deute auf die Picknickdecke. „Setz dich. Eine Limo?"

„Natürlich." Sie setzt sich hin, und ich reiche ihr ihr Getränk.

Wir öffnen unsere Dosen und trinken einen Schluck.

Ich stehe kurz auf, um das Licht auszuschalten, und setze mich dann wieder neben sie.

„Soll das romantische Beleuchtung sein oder so, G?"

„Warte ab."

Gemeinsam lehnen wir uns auf die Kissen zurück und schauen zur Decke.

„Sterne?", fragt sie.

„Für dich."

„Das ist großartig. Du hast sogar an den Großen Wagen gedacht!"

„Keine Decken-Konstellation in Hunter's Creek wäre vollständig ohne ihn."

Sie lehnt sich zu mir und küsst mich, ihre Lippen kalt und süß von der Limonade. „Ich liebe es. Ich liebe *dich*."

Ich fahre mit den Fingern ihre Wange entlang. „Das ist auch gut so, denn sonst könnte das, was ich gleich sagen werde, etwas unangenehm werden."

Ihr wunderschönes Gesicht erstrahlt in dem Lächeln, das ich so liebe. „Was ist los?"

„Wir kennen uns schon unser ganzes Leben und obwohl das zwischen uns neu ist, fühlt es sich für mich nicht so an."

„Nein, für mich fühlt es sich auch nicht so an. Es fühlt sich natürlich an. Richtig."

„Genau. Und deshalb werde ich dich eines Tages, unter den Sternen, fragen, ob du mich heiraten willst."

„Wirklich?", fragt sie, während ihre Stimme zittert, aber ihr Gesicht vor Freude leuchtet.

„Wenn das für dich in Ordnung ist?"

Sie legt ihre Hände um mein Gesicht und gibt mir einen langen, sinnlichen, emotionalen Kuss, der mir alles sagt, was ich wissen muss. „Das ist mehr als okay für mich, G."

Ich erwidere ihren Kuss, ein Gefühl von Frieden, Wärme und Glück legt sich wie eine Decke über mich.

Ryn ist die erste Frau, die ich je geliebt habe, und nach all den Jahren der Freundschaft liebt sie mich nun auch. Ich weiß, dass sie meine einzige Liebe sein wird – die Frau, mit der ich mein Leben verbringen werde, hier in Hunter's Creek.

Kapitel 31

Ryn

Der Abspann des Films läuft, aber keiner von uns bewegt sich. Wir sitzen eng aneinander gekuschelt in Hunter's Creeks einzigem Kino, mein Kopf lehnt an Gabes Schulter, er hat seinen Arm um mich gelegt.

„Das war superromantisch und ich habe es geliebt", sage ich ihm.

Er macht dieses Gesicht, das verrät, dass er nicht meiner Meinung ist.

„Dir hat es nicht gefallen, oder?"

„Was soll ich sagen? Es ist eine Romantische Komödie."

„Exakt. Es hat sowohl Romantik als auch Humor – zwei meiner absoluten Lieblingsdinge auf dieser Welt. Was gibt es da nicht zu mögen?"

Er drückt einen Kuss auf meinen Kopf. „Solange es dir gefallen hat, ist das alles, was zählt."

„Dann war es ein voller Erfolg."

Wir verlassen das Kino und treten auf die Straße hinaus. Es sind ein paar Wochen vergangen, seit dieser schrecklichen Nacht mit Patrick Hartmann, und das Wetter ist kühler geworden. Ich ziehe meine Jeansjacke gegen den Wind über und Gabe legt seinen Arm um meine Schultern. Natürlich bringt das kühlere Wetter auch Gabes Interpretation der Hunter's-Creek-Uniform mit sich: eine Auswahl karierter Flanellhemden, kombiniert mit Jeans und Arbeitsschuhen. Aber wie schon gesagt und ich werde es jederzeit gerne wiederholen –niemandem in dieser Stadt steht die Hunter's-Creek-Uniform so gut wie ihm.

Nicht, dass ich voreingenommen wäre.

„Eis?", fragt er.

„Auf jeden Fall."

Wir spazieren am *Second Chance Café*, das für heute Feierabend hat, sowie an einer der drei Bars der Stadt, die alle nach Bären benannt sind, vorbei, bis hin zu *Lombardis Gelato & Eiscreme*, einer Eisdiele, die zu Beginn des Sommers eröffnet hat.

Mit den Holztischen und gepolsterten Sitzecken, Wänden, die mit Vintage-Eiswerbungen und alten Fotos von Hunter's Creek geschmückt sind, und einem Verkaufs-tresen aus massivem Holz, der an das frühe 20. Jahrhun-dert erinnert, ist der Laden gut besucht. Das Klirren von

Löffeln gegen Glas und Stimmengewirr erfüllen die Luft. Wir grüßen Harper und Christopher, die sich ein Bananensplit teilen und dabei total verliebt aussehen. Wir entdecken Ivy mit ihrem Date, einem Typen, mit dem wir zusammen auf die High-School gegangen sind und der mittlerweile in Cotown lebt, sowie Tante Sheila und Onkel Johnny, die an ihren Milchshakes nippen und sich unterhalten.

Wir holen uns unsere Leckereien, – für jeden eine Waffel mit 2 Kugeln Eis, Schokolade und Pfefferminz für mich, Kokosnuss und Himbeere für Gabe – als Gabe sagt: „Lass uns nicht hier bleiben. Ich habe eine Überraschung für dich."

„Eine gute Überraschung?"

„Warum sollte ich eine schlechte Überraschung vorbereiten, wenn wir auf einem Date sind?"

„Du bist jemand, der keine Romantischen Komödien mag. Ich behaupte nicht, dich zu verstehen."

Er lacht auf, das tiefe Grollen durchströmt mich und bringt mich zum Lächeln. „Nun, die *gute* Überraschung ist gleich um die Ecke." Er beißt in sein Eis. „Probier mal. Es ist unglaublich." Er hält mir seine Waffel hin und ich nehme einen Bissen.

„Das ist lecker, aber nicht so lecker wie meins. Probier das mal."

Er nimmt einen viel größeren Bissen von meinem Schokoladeneis als ich von seinem Kokosnusseis. „Wirklich gut."

„Hast du mir noch was übrig gelassen?", frage ich, während ich mein deutlich geschrumpftes Eis betrachte.

„Mehr als genug", lacht er.

Wir schlendern die Hauptstraße entlang und biegen in die Donnelly Street ein.

„Hier wollte ich mit dir hin", sagt Gabe.

„Das Einkaufszentrum? Es ist 20:30 Uhr. Die Geschäfte sind längst geschlossen."

Die Menschen in Hunter's Creek nennen die kleine überdachte Passage mit ihren drei Läden auf der Donnelly Street „das Einkaufszentrum". Wir werden Bloomingtons Mall of America so schnell keine Konkurrenz machen.

„Wir gehen nicht in die Läden. Wir gehen hierhin." Er deutet auf eine große, mannshohe schwarze Box mit einem roten Vorhang, als wäre er der Moderator einer Gameshow.

„Ein Fotoautomat? Ist das dein Ernst? Ich liebe diese Dinger!"

„Deine Mutter hat beim Abendessen neulich erwähnt, dass hier einer steht und ich dachte, es wäre lustig, ein paar Fotos zu machen. Hast du Lust?"

„Lieben die Damen des Hunter's Creek Komitees Klatsch und Tratsch und sich in das Leben anderer einzumischen? Natürlich! Lass uns Fotos machen."

„Du solltest dir erst mal den Mund abwischen." Er deutet auf meine Oberlippe.

„Schokolade?", frage ich und er nickt. „Küss sie doch ab", fordere ich ihn auf.

„Mit Vergnügen", antwortet er und küsst zuerst meine Oberlippe, dann auch meinen restlichen Mund, bis keine Spur von Eis mehr übrig ist.

„Jetzt sind Sie bereit für Ihre Nah-Aufnahme, Fräulein Cole."

Ich kichere. Gabe Hartmann ist ohne Zweifel und mit Abstand der beste feste Freund, den ich je hatte.

Er wirft Geld in den Automaten, zieht den Vorhang zur Seite und wir setzen uns. „Welchen Hintergrund möchtest du?"

„Man kann Hintergründe auswählen?"

„Wann hast du das letzte Mal Fotos in so einem Automaten gemacht?"

Ich schenke ihm ein kokettes Lächeln. „Du weißt, wann."

Er lächelt zurück. „Ja, das tue ich. Bereit?"

„G, ich wurde für so etwas geboren."

Er sieht mich skeptisch an. „Ich kann nicht glauben, dass du das gerade wirklich gesagt hast. Viel zu kitschig."

Knips! Das erste Foto wird geschossen und wir blinzeln überrascht.

„Ich war nicht bereit", beschwere ich mich.

„Ich dachte, du wärst dafür geboren?"

Ich ignoriere seine Bemerkung. „Schnell. Mach etwas Süßes."

„So?" Er nimmt eine Strähne meines Haares und legt sie sich auf die Oberlippe um einen Schnurrbart zu formen, genau wie für den Fotostreifen damals, als wir siebzehn waren. Ich will ihm gerade sagen, dass er weniger nehmen soll, als *Knips!* das zweite Foto geschossen wird.

„Verdammt! Schon wieder nicht bereit und sag jetzt ja nichts dazu!"

Er hebt die Hände in einer Unschuldsgeste. „Würde ich das etwa tun?"

„Ja, G, das würdest du."

„Ich weiß, was wir als nächstes machen." Er wartet meine Antwort gar nicht erst ab, sondern zieht mich für einen Kuss zu sich heran, und *Knips!* – das dritte und vierte Foto werden gemacht, aber ich bekomme es kaum mit. Was soll ich sagen? Gabe ist ein großartiger Küsser.

„Sollen wir uns die Bilder ansehen?", fragt er.

„Unbedingt."

Er lässt die Bilder auf dem Bildschirm erscheinen und wir müssen beide lachen. Die ersten beiden Bilder sind eine Katastrophe – auf dem ersten sehen wir überrascht aus und auf dem zweiten steht mir der Mund offen, während die Hälfte von Gabes Gesicht von meinem Haar bedeckt ist. Aber das dritte und vierte?

Die Bilder sind perfekt.

„Wähl Hawaii", weise ich ihn an.

„Was bitte?"

„Als Hintergrund. Wähl einen Strand in Hawaii aus, da möchte ich gerne hin und das obwohl ich noch nie außerhalb des Landes war."

„Ryn-Ryn, du weißt schon, dass Hawaii der 50. Bundesstaat ist, oder?"

„Natürlich, aber ich weiß auch, dass es eine Gruppe wunderschöner Inseln im Pazifik ist, und ich hin möchte. Also hör auf mit der Erdkunde-Stunde."

Er findet einen Strand-Hintergrund und wir drucken die Fotos aus, bevor wir durch die Straßen zu Gabes Haus schlendern. Dort schlägt er vor, sich zusammen auf die Verandaschaukel zu setzen.

„Oh mein Gott. Jetzt hab ich es endlich kapiert. Du stellst die Nacht von damals nach."

Ich stoße ihn an. „Du bist ein Romantiker, Gabriel Hartmann."

„Deine Mutter hat mir von dem Fotoautomaten erzählt und der einzige Film, der heute lief, war eine Romantische Komödie –"

„Und du hast die Schicht getauscht, damit wir sie sehen können", unterbreche ich ihn.

Er fixiert mich mit seinem Blick. „Beschwerst du dich?"

„Nein", antworte ich, während die Erinnerungen an damals sanft über mich hinweg spülen. „Weißt du noch, was wir nach dem Film und den Fotos gemacht haben?"

„Kannst du mein Gedächtnis auffrischen?"

„Wir saßen genau hier auf dieser Schaukel und haben uns geküsst."

„Wir müssen das nicht tun, wenn du nicht willst."

Ich kichere. „Klar, du weißt ja, wie sehr ich es hasse, dich zu küssen."

„Wirklich? Du verbirgst das ziemlich gut."

Und mit diesen Worten lehnt er sich zu mir und küsst mich, genau wie an jenem Abend in der High-School. Aber heute ist es anders. Heute haben wir nichts mehr voreinander zu verbergen.

Gabe überrascht mich, indem er plötzlich aufspringt.

„Wo gehst du hin?"

„Bin gleich zurück. Bleib hier sitzen und denk in der Zwischenzeit an mich."

Ich kichere wieder. Ich weiß, er meint es als Scherz, aber vermutlich werde ich genau das tun. Wenn man verliebt ist, denkt man ständig an die andere Person. Tatsächlich fällt es einem schwer, überhaupt an andere Dinge zu denken.

Das bedeutet nicht, dass ich nicht eine Menge anderer Dinge hätte, über die ich nachdenken könnte. Ich arbeite weiterhin im *Second Chance Café für Tante Sheila*, wenn ich es mit meinen Kursen vereinbaren kann —weil ich jetzt offiziell Schülerin an der Kosmetikschule in Cotown bin. Ich lerne, wie man Make-up aufträgt, Gesichtsbehandlungen durchführt und all die anderen Dinge tut, die professionelle Kosmetiker anbieten – und ich liebe es, genau wie ich es mir vorgestellt habe. Es ist, als ob ich meine Bestimmung gefunden hätte.

Also ist doch zumindest eine gute Sache dabei herausgekommen, dass Hollywood in die Stadt gekommen ist und es hat nichts mit Joe, sondern nur mit mir selbst zu tun.

Meine Schwestern freuen sich für mich, meine Eltern sind stolz, und es fühlt sich großartig an, endlich zu wissen, was ich mit meinem Leben machen möchte. Tante Sheila musste sich ein neues „Projekt" für das Hunter's Creek Damen-Komitee suchen.

Mein fester Freund – ich liebe es so sehr das sagen zu können- arbeitet immer noch im ‚Schwarzbär' und ist weiterhin Lehrling in Theos Glasstudio. Er hat diese Woche seinen Kleinunternehmerkurs abgeschlossen und sucht nun die notwendigen Utensilien zusammen, um sein eigenes Studio in seiner Garage einzurichten. Es wird dauern, weil diese Dinge teuer sind, aber er ist entschlossen. Und ich werde ihn bei jedem Schritt auf diesem Weg begleiten.

Natalie vermisst ihn, aber nach ihrem Versuch, unsere Beziehung zu sabotieren, hält sich mein Mitleid in Grenzen.

Gabe setzt sich wieder zu mir auf die Schaukel, eine gelbe Schachtel in den Händen, die etwa so groß ist wie zwei Schuhkartons und mit einer roten Schleife verziert ist. „Ich habe etwas für dich."

„Was ist es?"

„Warum sollte ich es in eine Schachtel packen und eine Schleife drum binden, wenn ich es dir einfach sagen würde?"

„Guter Punkt." Ich öffne die Schleife und werfe einen Blick in die Schachtel. Dann sehe ich zu Gabe auf. „Die Vase."

„Sie staubte im Studio nur ein und Theo meinte, ich solle sie loswerden", sagt er mit einem schelmischen Lächeln.

Ich lache vor Freude. „Es ist die, in die ich mich auf den ersten Blick verliebt habe." Ich ziehe die Vase heraus und bewundere sie. Sie hat einen breiten Rand, Mid-Century-Stil und ist in Blau- und Lilatönen gehalten.

Was soll ich sagen? Ich habe den besten festen Freund, der zufällig auch mein bester Freund ist – sowie mit

Abstand der heißeste Typ der Stadt. Ich habe den Jackpot geknackt.

„Ich habe sie nicht wirklich gut versteckt."

„Nein, aber du hast etwas anderes gut versteckt – etwas ziemlich Großes." Ich stupse ihn mit dem Ellbogen an und er verdreht die Augen.

Er weiß, dass ich meine, wie lange er in mich verliebt war, ohne es mir zu sagen. Er hat mir erzählt, dass ich ihn „gefriendzoned" hatte und er gelernt hat damit umzugehen, während ich dagegen hielt, dass ich ihn nur „gefriendzoned" hatte, weil ich dachte, dass er nichts für mich empfindet.

Lustig, wie zwei beste Freunde, die sich so gut kennen, sich so sehr irren können.

Aber das spielt jetzt keine Rolle mehr, denn wir haben einander gefunden und könnten nicht glücklicher sein.

Es stellt sich heraus, dass verliebt in Gabe zu sein – und zu wissen, dass er mich genauso liebt – das beste Gefühl der Welt ist.

Epilog

Gabe

Nach einer langen Fahrt kommen wir an einer Adresse in Portland an. Meine Nerven flattern und meine Hände sind feucht.

Aber ich muss das tun. Es gibt kein Zurück mehr.

„Bist du bereit?", fragt Ryn sanft vom Beifahrersitz.

Ich starre zu dem roten Backsteingebäude hinauf. „Ich bin mir nicht sicher."

„Es ist okay, wenn du es heute doch nicht machen willst."

„Nein. Ich muss. Wir haben darüber gesprochen."

Die Wahrheit ist, ich bin mir so unsicher über unser Hiersein, dass ich mich wie ein Eichhörnchen auf einer Nuss-Ausstellung fühle, hin- und hergerissen zwischen Mandeln und Cashews.

Ryn drückt meine Hand. „Ich bin bei dir."

Ich schaue zu ihr und die Liebe in ihren Augen zwingt mich es durchzuziehen. „Lass es uns tun."

Wir steigen aus meinem Truck und ich drücke die Klingel für Wohnung 5.

Einen Moment später summt die Tür und gemeinsam steigen wir die Treppen bis zum fünften Stock hinauf. Oben nehme ich Ryns Hand in meine, dankbar, dass sie dabei ist.

Ein Mann steht in der offenen Tür und lächelt unsicher, als wir näher kommen. Er sieht vertraut aus, ein Mann, den ich seit jener Nacht nach der Vorführung von *Serious Bite* nicht mehr gesehen habe.

„Gabriel. Ryn. Ich bin froh, dass ihr gekommen seid", sagt er und ich nicke, weil ich mir nicht sicher bin, ob ich froh bin, aber es fühlt sich richtig an.

„Hallo, Herr Hartmann", murmelt Ryn.

„Ganz schön viele Treppen", kommentiere ich, meine Nerven sind so verknotet wie eine Kiste mit alten Lichterketten.

„Da sagst du was. Ich könnte hier nicht leben. Ich brauche definitiv einen Aufzug", antwortet er mit einem Lächeln. „Kommt rein. Ich habe jemanden, den ihr kennenlernen sollt."

Ich weiß, wer es ist, also antworte ich nur: „Okay."

Wir folgen ihm in die Wohnung, wo ein Mann wartet. Es ist, als würde ich in einen verzerrten Spiegel schauen. Er ist so groß wie ich, aber schlanker, seine Haare sind ein paar Nuancen dunkler als meine, seine Augen blassblau.

„Gabriel, Ryn, das ist Elliot", sagt Patrick.

Ryn hebt die Hand zum Gruß und sagt Hallo, während ich ein Lächeln aufsetze. „Hey, Elliot."

„Schön, dich richtig kennenzulernen, Gabriel", antwortet er.

„Meine Freunde nennen mich Gabe", erwidere ich und spüre einen sanften Druck um meine Hand. Ich blicke zu Ryn, die mir ein aufmunterndes Lächeln schenkt.

„Dann Gabe", sagt Elliot. „Ich weiß, wir haben uns damals gesehen, aber ich habe das Gefühl, wir haben einiges nachzuholen."

„Wahrscheinlich schon", sage ich.

Ich hatte Elliot und seine ältere Schwester Michelle damals getroffen, als ich vierzehn war. Er war ein Jahr älter als ich und verwirrt, wer ich war und was ich auf der Türschwelle seiner Familie wollte, mit der Behauptung, ich sei ebenfalls der Sohn seines Vaters.

Heute ist es anders. Heute weiß er, dass ich sein Bruder bin, und wir sind zusammen hier mit unserem Vater.

Oh man, es fühlt sich echt seltsam an, das zu sagen. *Unser Vater.*

Es wird Zeit brauchen, um sich daran zu gewöhnen.

„Soll ich uns Kaffee machen? Wie trinkst du ihn?", fragt Elliot.

„Für mich nur Wasser, danke", antworte ich. Ich bin aufgedreht genug. Koffein würde alles nur schlimmer machen.

„Ich nehme einen Kaffee. Ich helfe dir dabei ihn zu machen", sagt Ryn. „Wenn das okay ist?", fragt sie mich.

„Klar", sage ich.

„Komm mit, Ryn. Die Küche ist den Flur runter." Elliot schließt die Schiebetüren des Wohnzimmers hinter sich und Ryn, die mir ein letztes ermutigendes Lächeln zuwirft, und dann sind es nur noch Patrick und ich.

„Ich bin auch wirklich froh, dass du gekommen bist", sagt er. „Wegen dem Abend vor der Halle letzte Woche? Ich hätte dir nie von Elliot erzählen sollen. Nicht dort. Das war ein Fehler. Du schienst ziemlich wütend auf mich und Ryn zu sein, aber wie ich schon sagte, es ist alles meine Schuld."

Ich presse die Kiefer zusammen. Ich weiß, dass ich an diesem Abend unfairerweise wütend auf Ryn war, obwohl es allein sein Fehler – und meine starren Ansichten über Ehrlichkeit – war. „Das weiß ich."

„An diesem Abend dachte ich, ich müsste dir einen zwingenden Grund geben, nicht vor mir wegzulaufen. Dass Elliot eine Blutspende für seine Operation braucht, war das Erste, was mir einfiel. Ich hoffe, du verstehst, dass das nur ein Teil des Ganzen ist."

„Auch wenn das der einzige Grund wäre, warum du mich aufgesucht hast, will ich das Richtige tun. Ich bin bereit, Blut zu spenden."

Sein Gesicht hellt sich auf. „Wirklich?"

Ich presse die Lippen zusammen und nicke, mein Kiefer bleibt angespannt. Obwohl ich weiß, dass es richtig ist, muss ich gegen das Gefühl ankämpfen, dass mein Vater mich ausnutzt – und dass er nichts weiter von mir will. Aber, wie Ryn und ich beschlossen haben, nach dieser Sache liegt es an ihm und was er daraus machen wird, liegt ganz in seiner Hand.

„Danke, Gabriel. Das bedeutet mir so viel. Meiner Familie." Er hält kurz inne und fügt dann hinzu: „*Unserer* Familie, denn ich hoffe, dass du eines Tages ein Teil davon sein kannst."

Ich lehne mich auf meinen Fersen zurück. „Gehen wir es langsam an, okay?"

Er lacht nervös. „Wäre es okay, wenn ich dich umarme?"

„Von mir aus", antworte ich, bevor er mich in die emotional unangenehmste Umarmung meines Lebens zieht. Ich werde von dem Mann umarmt, der mich gezeugt und dann verlassen hat.

Das ist wirklich Chaos pur.

Ryn und Elliot kommen zurück ins Wohnzimmer und ich werfe Ryn einen Blick zu, um ihr zu verstehen zu geben, dass es mir gut geht. Die nächste Stunde verbringen wir damit, mehr über unsere bisherigen Leben in Erfahrung zu bringen und uns gegenseitig auszutauschen. Es ist so unangenehm wie man sich vorstellt und ich könnte mir definitiv bessere Dinge vorstellen, die ich mit meiner Zeit anfangen könnte, aber es fühlt sich wie der *richtige* Schritt an. An diesem Gedanken werde ich mich so lange festhalten wie nötig.

Wer weiß? Vielleicht werde ich mich eines Tages als Teil dieser Familie fühlen. Vielleicht auch nicht. Aber ich bin hier und tue, was ich tun muss.

Und das Wichtigste dabei: Ryn, die Frau, die ich liebe, ist stolz auf mich. Sicher, wir haben so viel Zeit vergeudet, unsere Gefühle voreinander zu verstecken, aber das zählt jetzt nicht mehr.

Was zählt, ist, dass wir zueinandergefunden haben. Und wie ich Ryn damals unter den Sternen im Second Chance Café gesagt habe, wo wir unsere zweite Chance bekamen: Eines Tages werde ich sie bitten, mich zu heiraten.

Bis dahin aber werde ich jeden einzelnen Moment, den ich mit meiner besten Freundin bekomme, in vollen Zügen genießen.

ENDE

Danksagung

Ein großes Dankeschön geht an meine Übersetzerin Steffi KS, die meine Bücher fantastisch ins Deutsche übersetzt. Steffi begann als Vorab-Leserin meiner englischen Bücher, wurde dann Korrekturleserin und ist jetzt meine vertrauenswürdige Übersetzerin fürs Deutsche. Ich bin so glücklich mit Steffi zusammen zu arbeiten.

Und natürlich danke ich auch allen meinen Lesern, ihr macht es überhaupt erst möglich das ich meine Bücher schreiben kann.

Auch von Kate O'Keeffe auf Deutsch

Romantische Kleinstadt Komödien

Scheinbeziehung mit dem Griesgram

Scheinbeziehung mit Meinem Besten Freund

Scheinbeziehung mit dem Kerl von Nebenan

Romantische Komödien, die in Großbritannien spielen:

Verliebe dich nie in deine zweite Wahl

Verlieb dich nie in deinen Feind

Verlieb dich nie in deinen Schein-Verlobten

Verlieb dich nie in den, der dir entwischt ist

Königliche romantische Komödien:

Die Backup Prinzessin

Weitere Titel in Kürze!

Auch von Kate O'Keeffe auf Englisch

Romantische Hockey Komödien:

Mistletoe Face Off

The Rebound Play

Royale Romantische Komödien:

The Backup Princess

Royally Matched

The Royal Runaway

Romantische Kleinstadt Komödien:

Faking It With the Grump

Faking It With My Best Friend

Faking It With the Guy Next Door

Romantische Komödien, die in Großbritannien spielen:

Dating Mr. Darcy

Marrying Mr. Darcy

Falling for Another Darcy

Falling for Mr. Bingley (spin-off novella)

Never Fall for Your Back-Up Guy

Never Fall for Your Enemy

Never Fall for Your Fake Fiancé

Never Fall for Your One that Got Away

Romantische Komödien aus Neuseeland:

One Last First Date

Two Last First Dates

Three Last First Dates

Four Last First Dates

No More Bad Dates

No More Terrible Dates

No More Horrible Dates

Styling Wellywood

Miss Perfect Meets Her Match

Falling for Grace

Gemeinsam mit Melissa Baldwin verfasst:

One Way Ticket

Unter dem Pseudonym Lacey Sinclair:

Manhattan Cinderella

The Right Guy

Über die Autorin

Kate O'Keeffe ist eine mehrfach preisgekrönte und USA Today Bestseller-Autorin, die für ihre unterhaltsamen, romantischen Wohlfühlkomödien voller Humor, Herz und Happy Ends bekannt ist. Die gebürtige Neuseeländerin hat zahlreiche beliebte Serien erschaffen und sich damit eine treue internationale Leserschaft erworben.

Mit einem Gespür für witzige und scharfsinnige Sticheleien zwischen den Charakteren und unwiderstehliche Heldinnen, die sich durch die Höhen und Tiefen des modernen Datings navigieren, erzählen Kates Romane von starken Freundschaften, komödiantischen Verwicklungen und natürlich dem manchmal holprigen, aber immer hoffnungsvollen Weg zur großen Liebe.

Wenn sie nicht gerade am Schreiben ist, liest Kate gerne romantische Komödien, schaut sich ihre Lieblingssendungen an (oder besser gesagt verschlingt sie) und verbringt Zeit mit ihren Freunden und ihrer Familie in der wunderschönen Hawke's Bay-Region in Neuseeland.